放逐一叶扁舟

中国通史阅读随记

刘存根　著

河北出版传媒集团

河北教育出版社

图书在版编目（CIP）数据

放逐一叶扁舟：中国通史阅读随记 / 刘存根著. --

石家庄：河北教育出版社，2025.1

ISBN 978-7-5545-8213-8

Ⅰ.①放… Ⅱ.①刘… Ⅲ.①散文集－中国－当代
Ⅳ.①I267

中国国家版本馆CIP数据核字(2023)第231455号

放逐一叶扁舟
——中国通史阅读随记

FANGZHU YIYE PIANZHOU
ZHONGGUO TONGSHI YUEDU SUIJI

责任编辑　张亚楠
装帧设计　牧童工作室
出版发行　河北出版传媒集团
　　　　　河北教育出版社　http://www.hbep.com
　　　　　（石家庄市联盟路705号，050061）
印　　制　河北新华第一印刷有限责任公司
开　　本　890mm×1240mm　1/16
印　　张　18.25
字　　数　300千字
版　　次　2025年1月第1版
印　　次　2025年1月第1次印刷
书　　号　ISBN 978-7-5545-8213-8
定　　价　68.00元

没有一程是放空精神的漫游

红 孩

　　说来我是惧怕历史的。惧怕是因为不清楚，甚至是不知道。早有人说，无知者无畏，可我还是有畏。当我拿起《放逐一叶扁舟》这本书时，不仅是用手，而且是用心掂量了起来。

　　上学时，我读过中国历史，也读过世界历史，大致的历史脉络和历史人物知道一点儿，那应该是被确定的历史，是不能也不该怀疑的。但随着时代的发展，人们开始热衷于对历史的研究与探寻，这种回望是现代生活的节奏太快，还是精神的缺失与颓废？人类已经多次登空探月了，发现了许多的未知，观察纵深已用到了光年。然而，我对光年却没概念，也没印象，倒是中国五千多年的文明史常让我目瞪口呆。好在前人已写了许多，不管是正史还是野史，抑或是传说、神话，我都想读，我相信读后必有所得。

　　20 世纪 90 年代，余秋雨历史文化散文的出现，一下子搅动了文坛，用石破天惊来形容一点儿也不过分。自此，历史文化散文成为一种热潮，各种报刊都不惜版面大肆刊登，更有无数作家、学者、官员纷纷效仿，但达到余先生的文采与思想高度的微乎其微。我历来提倡文学的多样性，一

个作家的风格形成，一个作家群体形成一个流派，对文学的发展十分有益。

2023 年 7 月，在抗美援朝战争胜利七十周年来临之际，中国散文学会为抗美援朝老战士侯炳茂举办了抗美援朝题材的散文集《流动的马灯》分享会。在会上，我见到了来自河北省涿鹿县的作家刘存根。我与存根兄相识二十余载，他本是在县政府工作，主业是操持公文，副业是写散文。多少年来一直写，写得很执着，写得颇有成就。去年，张家口市文联为他举办了散文研讨会，我因身体原因未能亲自到场，但打心眼儿里为他高兴。分享会结束后，我与存根做了简短的交谈。存根告诉我，这两年他集中精力写了一本读史方面的随记，书名暂定为《放逐一叶扁舟》。说着，他从包里取出书稿的打印本，说出版社正在过审，还缺一个序言。存根说，他很希望我能写上几句，算是推荐的话。我知道存根说这话的真诚，这几年我生病住院，存根一直很关心，是那种兄弟般的关心。我说："文章我肯定要写，只是要稍等几天，我得把眼压控制好了。"

存根以前的散文多以叙事、乡情为主，偶尔也涉及一些历史人文。但此番不同，他是在认真研读了中国通史的基础上，再择其认为有料的人物事件，以散文的形式进行解读。从字里行间不难看出，为了写好这本《放逐一叶扁舟》中的六十篇文章，除了认真研读中国通史之外，他还要参考大量与之相关的书籍，不然，他的知识面比之过去怎么一下让我惊愕不已呢？

诚然，写历史文化散文首先要了解历史。历史是过去时，过去的事是可以确定的。但历史又有很多不确定性，首先，历史是有档案的，档案是由什么人整理的？整理编纂的人又有多少可信度？他是不是御用文人，或有偏激倾向的人？其次，书写历史者，他真的能做到公正无私吗？因为人是有思想、有情感、有主观价值的，那些所谓的本纪、列传，不可能将人的真相全盘还原，不管是一个人编纂还是一个机构来编纂。即使我们现在看到的《史记》《资治通鉴》《二十四史》《中国通史》《中国简史》，这些历史书籍都力图以一己之力来定乾坤，可能吗？当然不可能。在司马迁之前的三千年，很难想象中国是什么样子，究竟发生了什么，他之所以作了《史记》，其意义就在于他第一次把中国三千年的事情说清楚了，信不信由你，反正他就这样记录了。至于后人，你若议论司马迁之前的中国历史，你没有别的依据，你只能拿司马迁说事。例如，拿《三国演义》和《三国志》进行对比，我以为，后者的历史真实性肯定比前者要可信些，但作为文学作品，《三国演义》仍有其不可磨灭的历史贡献。假如没有文学的《三国演义》，人们对三国那段历史还会那么热衷吗？

历史是用来记录的，也是用来评说的。对当下的散文写作者，我不大支持对历史进行无休止的真实求证，我更倾向把已知的历史就当作真实的历史，以现代人的现代思想去描述、去评说。历史文化散文可以进行分类组合，如可以历史＋文化＋散文，也可以历史文化＋散文、历史＋文化散文，还可以散文＋历史、散文＋文化。

我很欣赏存根关于历史文化散文的想法，或者说是写法。他有的篇什正写，有的篇什侧写，不苛求事实的真相，而把笔墨着重于自己的思考与联想，从而把历史人物、历史事件和作者、读者捆绑在一起，达到了很好的同频共振的效果。就某种穿越感而言，竟是一种很好的文学体验。本来，得到存根的书稿后，我想拿出一两天时间就可以阅读完，了解个大概即可。可是当我阅读了几篇后，发现这是一本必须安静下来认真研读的书，需要边读边思考，以至于要做读书笔记的方式，做全面的审视，才能很好地理解他，走近他创作的由来。

笔记一：文字是历史的化石，我不过是夹在化石层里的一棵芥草，只企图从过往里汲取一滴营养，以延续我思想的一缕绿色，换取灵魂的喘息。今世，我是从一般平凡走进愈发平凡的人，因为短视，我的眼睛开始散光，不再那样聚焦时事的热点。不过，我已经很欣慰能站在历史的前沿，做出如此悠然的回望了。(见《初醒》)

笔记二：司马迁有一个孤独而丰满的灵魂，我不敢做假设去穿越它的浩瀚，因为我没有那样强大的人格力量，我更没有用"骨气"做的舟楫可渡。外面下了第一场雪，人们便窝在了家里，他们说路面结冰了，很滑，有危险，怕摔倒。这就是现代有些人，自己娇宠自己，世上只有一个中心，就是"我"。(见《史家之绝唱》)

笔记三：站在敦煌的壁画前，我觉得我们过于世故圆滑，过于偷奸取巧了。如此我们并不能获得多少好处，相反会更加失落。想

当年，这些画工们无论是出于个人信仰，还是被人雇用，他们都是非常了不起的人。在一堆篝火、一盏油灯的照耀下完成了如此罕有的惊世之作，在黑暗的洞窟里描绘光明，在寂寞的岁月里泼洒丹青。他们都有一个超凡的灵魂，是他们将信仰艺术化，又将艺术成为不朽。（见《去敦煌"朝圣"》）

　　笔记四：这是一个月色清寒的残雪之夜，容若在笛声里自问自答。我们也常有这种状态，当一个人累了、倦了、苦了的时候，会静坐在那里自怨自艾，不得其解。我们惆怅世间这一遭，我们无奈许多痛苦的事由，我们心中的那个目标啊，总是如彼岸的灯塔，没有舟楫而不能到达，有了舟楫却风浪太大。我们始终没有学会取舍而不能放下。容若说："我知道你为什么哭得这般伤心，因为你始终放不下那断肠的往事。三更天你还在落梅下横笛望月，怎不一身霜花，满腹孤苦？"（见《我是人间惆怅客》）

　　刘存根是将这本书的六十篇文章写成中国通史阅读随记来完成的。也就是说，他在阅读到一些有料的历史后，便信手写出了自己的心得。而我则是在阅读了他的心得后，又做了一次阅读随记。我不认为我看到的是"二手货"，有时看高水平的"二手货"比原著本身更让人怦然心动。

　　我和存根几乎是同时代的人，在很小的时候就会哼唱《苏武牧羊》的曲调。那时由于年龄小，理解不了历史人物的悲壮。后来，看到了几位不同时代的画家以"苏武牧羊"为题材创作的人物画。我常想，在茫茫的草原上，一个老者手持一根长长的牧羊鞭，赶着一群羊，遥望着南方，这个就足以表现出大汉使者苏武的内心坚强吗？其实，气节才是古人看重的东西，这个"节"不是一根简单的竹竿，而是肩负着的国家荣誉与使命。我们说一个人贞节不保、晚节不保，似乎是个人的事，若放在国家、民族之上，就是世上最大的事了。

　　在《干了一件大事的小人物》一文中，存根在评价荆轲刺秦时说，如果荆轲刺秦成功，嬴政在未完成统一大业时便死去，历史肯定会是一个不同的走向，荆轲反倒不会这样有名了，历史肯定还会出现责怪的声音。荆轲之所以这么干，思想的根源是当时的士大夫们普遍推崇"忠敬勇死"，他们看重的不是俗世的亲情与人性，而是名誉、耻辱、忠诚、义气。就荆轲而言，他知道干这一票不管成功与否，注定要产生轰动效应，一战成名。只是他不曾想到，他的名声会以成语的形式流传了两千多年。否则，谁会记住荆轲？更不会记住"风萧萧兮易水寒"了。

相比荆轲，陆羽、张仲景、徐霞客等也算不得多么英勇无畏的人，但他们都用毕生精力干成了一件大事。很显然，荆轲用的是生猛之力，一战成名。而陆羽、张仲景、徐霞客则用慢工出细活，用神农尝百草、铁杵磨成针的耐力叠加的方式，完成了自己的使命。在这里，我们无需妄评哪种方式的对错得失，也不该有什么分别心，要相信他们的选择在当时的环境下一定有它的合理性，合理性就蕴含着其必然性。譬如徐霞客，在刘存根看来，徐霞客是很"功利"的人，他一生的游走都归纳为一本六十多万字的《徐霞客游记》，使其与李时珍、徐光启、宋应星齐名，成为中国历史上最负盛名的地理学家和旅行家。是不是可以说，徐霞客是真正的大玩家。读徐霞客我们会明白，人活着做一件事固然重要，但确定一种活法更重要。关于徐霞客成功的条件，研究者可以列出多种理由，但有一点我们必须相信，他的每一次出游都是有计划的，是用"头脑"在行走，其心智耗损远比肉体更大。也就是说，他几乎没有一程是放空精神的漫游，每一步都被文字预约了。这不得不让我们想到时下的旅游热，想到作家诗人们的采风热，在此，我不想提出具体问题，更不能去责备人们有哪些缺失，旅游终究是一件让人快乐的事情。

这本书读来饶有兴趣，还得益于存根的文字功力，这也见诸他以前的作品中。新颖与陌生的语境引发着读者好奇，推助着思绪延伸。他用语言搭建的意象空间、用多点的妙语奇句，自然流畅地表达出那份张力与美，不卖弄，不做作，如甘霖般滋润着阅读。

其实，我看刘存根这本书，本身就是在做一次历史的漫游，这是一次历史的精神的文化的文学的打包式的聚合，也是在看写作者对新的一种散文样式做出的成功的尝试与体验。我以为，刘存根这种上升到精神文化层面的散文，已经达到了好散文的高度与难度，实属不易。

我曾说，散文的意义就在于审美。这部书的美是多方面的，既是语言上的，也是结构技巧上的，但更为突出的是精神文化层面上的。在此，我

衷心祝贺刘存根这部具有封神意义的散文集出版问世，也盼望他写出更多的这样的好作品来。

2024 年 5 月 18 日　北京西坝河

（作者系中国散文学会常务副会长，散文家、散文理论家）

目录

目录

左 篇

如果早晨是晚上的历史，
那么过去的一切都值得回望。
或许有个不起眼的角落，
就刻着未来的预言。

前　表

感谢您抽出宝贵时间来阅读我的随记，与我共度一段历史时光。

在研读中国通史的过程中，我胡乱地写了几十篇随笔，谬称左篇、右篇。其实，在研读中，由于我缺乏系统的历史知识，也不具有深度的剖析能力，只是对有兴趣的人物和事件做了一些功课。所以，我始终认为，我仅仅是消遣层面的码字，但也暴露出了我擅于说一些华而不实的妄言。

历史不全然为非白即黑的东西，在它的空间里充斥着许多灰度，这些灰度客观上支撑了历史的丰盈。既为后人预留了探究的机会，也为历史翻新提供了可能。我之所以透过灰度去捕捉一些映象，是因为所谓的真理过于黑白分明，已为世人说尽，并封印青史，不容我另有主张。当然，去颠倒黑白，我更没有资格。鉴于时间长河的阻隔，历史被我放置在了对岸。与其对话，是我历史情怀使然。我试着以笔尖为篙，撑着我的无聊，去对岸捕捉些历史记忆。

在古代中国，这片广袤而富饶的土地能有如此久长的文化传袭，除了地域的相对封闭，还有因为圣人讲究秩序的初衷被封建制度接纳后，对人性的基本尊重，弱了一些。纵览历史典籍，大多是警示帝王们如何驾驭权力、

世袭罔替的。

当然，对于一个普通人而言，读史还是有些用处的。起码，历史可以让我们平凡而急促的生命获得很好的空间感，多了点悠长的意味；让我们活在当下，又非坐井观天；既有回望的纵深，还有眺望的高台。

是啊，历史是时间轴上的一根射线，我们短暂的生命将其切碎了。我们哀其短暂，不如将它复原。

历史，莫怪我多嘴。

初　醒

　　我把历史设在对岸，因为时间是一条大河，过去的只能隔河相望。我想从新的维度出发，试着用我的笔描画出它投射的映象，不知能否稍稍撼动一下历史的固化和偏执？

　　是的，读史可以读出生命的长度，也可以读出精神的丰度，还可以读出认知的深度。我从历史的对岸走过，何如白马入芦花？

　　我以为，文字是历史的化石，我不过是夹在化石层里的一棵芥草，只企图从过往里汲取一滴滋养，以延续我思想的一缕绿色，换取灵魂的喘息。今世，我是从一般平凡走进愈发平凡的人，因为短视，我的眼睛开始散光，不再那样聚焦时事的热点。不过，我已经很欣慰能站在历史的前沿，做出如此悠然的回望了。

　　我知道，我是个多么庸碌的耽思客，写作不过是精神的填充物而已。我虽然没有堕落到令人不齿的地步，但也没有多么高尚。希望不要用我的文字与我的人格画等号，也不要奢望写出来就能做出来。

　　每每掩卷之后我就想，人到底算什么？就因为你有思想、你有语言、你有文字，就可以在历史的长河里恣意激荡、任性涂饰？就可以改变年轮的颜色、封冻时光？

　　有人说，史书并不全然真实，这一点我相信。据说，自司马迁之后，

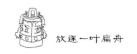

史官基本都是君王的代言人。食其俸禄，受其恩泽，慑其酷厉，它是职业，不要期望都是历史的守护者。历史不具书本的条理性，也不要太计较文字的虚伪与掩饰，好在它是个标石，为你走进过去引个路。再者说来，它不真实，真实的在哪里呢？

对于庸闲者而言，历史是台老戏，唱念做打，诸功俱全；历史是面镜子，能看看得失之外的得失；历史还是一副安慰剂，在自斟自饮中疗伤。

当然，对施政者而言，历史既是个锦囊，也是个工具箱。无奈，历史是向未知处前行的，即便成为化石的时候，我依然不过是那棵芥草。

可惜小时候没人指点，空白的大脑里只装了些苦难。如今老成朽木，才知道历史是那样丰满饱胀，孕育了那般灿烂的过往。莫不是"东隅已逝，桑榆非晚"也？是呀，读史不晚，是我醒得有些晚了。

我从历史的对岸走过多少次，就有过多少次的重生。这种假设，没有记忆支撑，让我对时间的真实性有了怀疑。我们有没有过去？过去是以什么方式让生命搭乘时间的快车勇敢地来到今天？因为这一摞书，因为你翻阅的节律，时间就不再匀速了吗？就能看到车上的那个"我"吗？我不相信有直接的重生记忆，但我觉得这世上有重生密码。书是其中之一吗？

过去不是因为遥远而不可到达，而是因为湮失而无从寻觅；过去不是放在不同空间的一组组雕塑，任你去伸手抚摸。今天，我们所有的一切，都可以看成是过去燃烧的灰烬。活着的生命仅仅是先祖投向未来的那缕余光，文字也仅仅是他们遗留于后世的一组魔方而已。这般认知是不是令人好奇，又颇为伤戚？

是啊，历史就是可望而不可即的对岸，过往就是横亘于其间不可逾越的大河，任你怎样呼喊而没有回声。我们孤绝于当前，叹息曾经以往，迷茫于前路。

历史虽不可重演，但可回溯。不知史，便不知过失；不知史，便不知险恶。

我阅读的这一版本的中国通史算得上是客观公允，不抽象的文字叙说，博洽、浅显、怡趣，应该是尽可能地寻求美感，与新颖独特的图史体系构筑出一道愉悦的历史长廊，仅观赏那些彩图也是一种享受。当然，那一大摞书放在案头上也很耐读，让缺少阳光的这间品隐阁又多了一股历史的霉腐之气。好在有几枚枯蓬做伴，倏尔会有几缕莲风吹过，让我想起远方尚有一片清新的荷塘……

　　既然开了头嘛，就认真地读下去吧。如若读史只求愉悦，那深解便无益。我却读得很自私，因为我意图碰撞偏执。

　　　　　　　　　2019 年 7 月 15 日　　牧童速记于品隐阁

鸿　蒙

　　中国通史开篇便是人类起源问题，这个被中外学者争得不可开交的事情，依据也就是那么几块老骨头。人类掩饰不住对自己的好奇，总觉得这是个脸面问题，还自诩主宰了这颗星球，却弄不清自己从何而来，丢的不光是祖先的脸，还会让后人瞧不起。于是乎，有个叫达尔文的英国人提出了"进化论"。由此推断，我们就成了一只古猿，叫森林古猿或腊玛古猿，就像现在的大猩猩，大约生活在 2000 万年到 500 万年前。

　　据说，那时的我们很愚笨，技能都是一点一点学来的，积累非常慢，以百万年为提升单位，在一个生命周期内基本看不到变化。从用石块砸东西，到现在的飞机、导弹、互联网，知识积累是除 DNA（脱氧核糖核酸）之外的又一条进化通道。

　　关于人类起源问题，世界上不同民族有不同的理解，为此流传了许多神话传说，颇为浪漫。我们权且以一只古猿为界线，不再向上端追问；权且这只古猿不是从非洲迁徙而来，而是在华夏大地上某一片茂密的原始森林诞生；我们权且赞同地球人类多点起源的观点，以便理直气壮做这片大地的主人。

　　在此我申明一下，我的阅读随记没有将书本的东西进行复述，只是记录因阅读而引发的闪念，那些飘忽不定的东西有时挺有趣。它也在告诉我，

人的思维有多么诡异，在极其无聊的情况下，做了多少无用的臆想。又可见，生命是多么渴求寻找意义。

坐在品隐阁的榻榻米上，可以看到窗外楼下行走的人们，如此风雨无阻，四季如常。他们那么匆忙，那么执着，但他们大都挥手做一下致意，竟无暇停下来叙话。这让我不禁问自己，人活着真的有必要那么匆忙吗？细细思之，便极其惶恐。

那些形形色色的人啊，不就是为了完成一种人类基因的延传吗？就能把世界弄成了这样，这样疯狂地践踏这颗星球，这样肆意地破坏动物的家园。行走的众人都是啥？都是一堆堆套着华丽衣衬的粒子团呀！他来自一条基因的驱动，为一个没有意义的存在过程而奔波。

为了验证 DNA 有没有知识的传承，我们可以做个设想，就是让五百万年前刚出生的小孩跟今天刚出生的小孩在一起成长。同样的环境，同样的教育，结果会有明显的差异吗？

我认为有的。现在人都做了好几代胎教了，DNA 肯定被知识熏染有了牢牢的印记，难道 DNA 之外就没有另一层诸如信息因子的包裹？或者是另一个维度的不可知的秘密？"知识是天生具有的，学习只是将其复活。"记不清是哪个哲学家说过一句我不太赞同的话，他表面上否认了知识积累对认识提升的作用，但是不是隐喻着遗传的某种未知的特性？

如果记忆果真能被基因携带，那么我们的祖先并没有死去。我们每一个站在大地上观赏彩霞和星空的人，其实身后都有一串生命的影子。他们一直延伸进历史最遥远的那片荒野里，他们孤寂于大地，仰首于远方，做着最原始的思索，在为我们今天丰满的智慧接受天地的启蒙。

那个站立在黄河边老树下的古猿完全可以看作是早期的我。因为从我的肉体开始上溯到几百万年前的古猿时代，我的生命链都未曾断裂，那些 DNA 一直在传递着生命的结构信息，今天的我已经称得上是一个奇迹了。作为一个树状的遗传模型，任何一个枝条末端停止发芽，就意味着它不再有后续的果实。我们每一个人都有这种危机，好在我们都逾越了这道坎，站在了今天的阳光之下，还会向过去致敬。这难道不是令我们珍惜自己生命的最有说服力的理由吗？

古猿从站立行走后被称为早期的人，更主要的标志是他有了思想。我

们可以想象 DNA 最上端的那个我，是如何认识世界的。那时我有了记忆，但没有知识的积累，也少有技能的传授，我是多么强悍又愚蠢。我既是生物链上的一环，又是即将摆脱这一束缚的新新类动物。我开始从天火中拣拾烧熟的食物，我的脑室开始迅速地膨大。就是因为有了这颗超乎其他动物的大脑袋，我开始有了喜怒哀乐，开始有了苦恼。原有肢体的条件反射和动物的本能，渐渐转移到视觉和听觉之上，延伸进了大脑深处。精神的酵素日益增多，使我能对事件做出预判，并开始懂得了因果。我最大的收获是在实践中知道了美丑，尽管是非常单纯的美的萌芽，也让我的灵魂敷上了色彩。当我有了判断和回顾的能力时，生物学意义上的那个"人"就开始成型了。

那时，我还不知天上发光的那些大大小小的东西是什么，更不知来去无踪的风雨缘于何故。我与我的同伴既没有成熟的语言交流，也没有认知事物的标准。我只知道早晨的曦光是一天的开始，我得为填饱肚子奔忙与冒险；傍晚的日落是黑暗的来临，我除了打瞌睡，还要应付四方潜伏的危机。我知道，梦里的食物不可充饥，它多么诱惑，又多么不可靠。

我有两只越使用越灵巧的手，我最自豪的事是第一次使用工具击毙了一只猎物。那是一根从同伴手中接过的木棍，我稳、准、狠地击中了猛虎的头颅，因此那张美丽的条纹虎皮归我。火、工具与语言让我们有了更多的沟通，明白了团队协作的意义。我更大的收获是开始懂得享受，开始规避自然的伤害，开始选择更安全、干燥、温暖的居所。无论是树上筑巢，还是走进洞穴，我已经认识到，我不再是一只古猿。但我不知我是谁，甚至连"我"都不知道。

我只知道如此小的一片天地，我的长辈告诉我可以向远处走去。是黑暗界定了一天的路程，我不能走得更远，所以我的天地很小。我逐渐知道了喜悦的力量，开始向除母亲之外的另一个异性释放精神依赖，这是一种建立在信任基础上的占有，这种吸引正在向本能之外转移。只是"爱"的概念还没有形成。记得有一种美好的称为"希望"的东西来得最晚，它的确最终是一个原始群落成长并延绵下去的支撑。

那是最干净的人际关系了，几乎没有隐瞒和欺骗。大家同居共食，从初生到衰亡，在呵护与搀扶中完成一个个轮回。

　　我应该还原自己了。回到生活的当前，其实我比古猿更笨。如今我们不再使用本能活着，而是靠技术成果养着，所以我们的承受力非常脆弱，几乎不堪一击。假如有一天，我们这个世上最聪明的一个人迷失于原始森林，且两手空空，赤身裸体，他能活几天？我们不要相信"野外求生"类的电视节目，他有团队支持，根本无生命之虞。而我设计的这个人不同，是完全掉到另一个时空里，他没有回返的机会。这个人在这里已经不是社会学意义的人了，因为人类社会的一切道德规则都失效，一切技术成果都为零，如若是你，徒手，能坚持多久？也许，你潜在的本能被激发出来，你成了一只新的古猿，这个概率极低。或许，你转眼便成为生物链上的一件美味。当所有的知识和技能都无助的时候，你的社会经验支撑不住肉体的痛苦与精神的恐惧，因为你此刻只有动物的属性，不再有任何人的尊严。你所有的骄傲就是你最终成了老虎最肥腻的一顿午餐。

　　事实表明，人类正在与自然隔绝，正在被技术阉割，正在被无情地程序化。我们尚在嘲笑古猿的愚昧时，其实我们自己又陷入另一场鸿蒙的游戏之中。

　　　　　　　　　　　　2019 年 7 月 20 日　牧童速记于品隐阁

母仪天下

在现代人眼里，母系氏族社会是由许多出土的人类化石支撑的，比如山顶洞人、柳江人、资阳人。母系氏族社会更有许多文化佐证其灿烂，比如老官台文化、仰韶文化、半坡文化、红山文化以及河姆渡文化。地下埋藏的许多早期历史实证，都是那个时代的产物。

为此，你可以从书本上得到这些实证的具体知识，也可到出土现场去参观，我无法用更多的篇幅去罗列这些事件。因为我感兴趣的不光是那些惊世耀眼的文化遗存，而是那个时期的社会形态以及母性最伟大的光彩。那是人类最温暖的一个时代，没有贪婪、掠夺、杀戮，没有野心、角斗、欺诈和权力的欲望。在旧石器时代晚期，人类开始相继进入母系氏族社会。

由原始群阶段进入母系氏族社会，这是人类的一大进步，这是母亲们的功绩。

据说那时的人，其体貌特征比较接近于现代人，那当然已具备了美学意义的经典造型了。如若你我不是被高楼大厦的钢筋水泥所挟持，不是有一层化纤衣物包裹着，我们与母系氏族社会时期的人便没有多大区别了。作为氏族的男性成员，他们虽然是从属地位，但他们雄性的特征无疑受激素驱使，他们会因为力量的缘故而担负起保卫母亲们的任务。建设家园、驱赶猛兽、猎物捕鱼、负重前行，他们其实已经接受了分工。但他们的担

当精神要逊色于女性，因为他们没有决策权，只要服从便可。

那个时期没有私有财产，是原始共产主义社会，实行公有制。心爱的东西随身携带，最终成为陪葬。那个时期天下大同，人心纯正，可以夜不闭户，当然，是不是有严格意义的家门还值得探究。

那个时期也没有婚姻的概念，是现在意义的半个家，有其母而没有其父。这种自由对男人来说未必都是幸事。因为当男人失去劳动和性能力后，将会被遗弃，亲情只维系在母亲这一边。集中养老的可能性不大，这便是氏族社会残酷的一面。

那时的人并不知道性对生育的意义，性行为只是激素作用的结果。男人们肯定不知道自己的价值，他们甚至鄙视自己不能怀孕。那时的男女更不会有受孕的知识，因为这一解剖学的知识成为普遍常识应该是很后期的事情了。他们甚至相信被一种神秘的力量所支配，他们将其视为天授。添丁对于氏族的兴旺至关重要，然而生育的风险极其地大。母性的无私与牺牲精神是那个时期所有人崇拜的偶像。所以母系氏族社会延续了几万年之久，男人们一直处于从属地位。他们基本没有反抗，也无意要撼动母性的权威，或取而代之。应该说他们很享受那一时期的阳光，他们的智慧都用在了文化的肇造之上，其实他们更像纯粹的男人。

如若没有母系氏族社会的缓冲，没有给文化积累提供一个相对平和的环境，人类社会初始便受男性激素左右，把创造文化的主力直接投身到血腥的权力斗争中，那么世界文化的演进，可能会缺乏善良与温馨的底色。

应该说母系氏族社会"性"的自由，并没有今天人们想象的那么浪漫。在生产力非常低下、生产关系十分脆弱的时代，人无法获得现代意义的自由，性所能带来的精神取悦的成分不可夸大。他们也许会因生存的压力让性黯然失色。"温饱思淫欲"，性具有文化的成分，或者说现代人理解的性是被放大了的精神工具，它远离了DNA对物种传承的初始贡献。

作为男人，我还是向往母系氏族社会的，不是向往它的自由，而是向往整个人类普遍的善良。男人不去觊觎权力的顶峰，也没有沦为权力争斗的牺牲品。同类也没有刀刃相向，嗜血成性，也没有在理想主义掩映下的兽性发作，一种史诗般的冷酷。

几万年的岁月是很漫长的，人们未必不去思考过去和未来，无奈他们

没有相应的历史知识和参照物，他们只能对现实做出判断，而且都是基于母性的思维，一种本能的延长。母亲的懿德像太阳一样温暖，像月亮一样清透，像高山一样慈爱，像江河一样绵续。在人们心目中，母亲是至高无上的。母性的力量可以在如此久长的年代里压制住男人对权力的欲望，这是母系氏族社会最辉煌的成就。从山顶洞人的带孔饰件、磁山文化的石雕人头、裴李岗文化的陶器、仰韶文化的彩陶碎片，到半坡文化的人面鱼纹彩陶盆和红山文化的玉龙，无不那般圆润含蓄，具有柔美的女性特征。母仪天下，这便是一种感召力，基本体现出了母系氏族社会审美取向里所表达的精神内涵，对善良人性的培植。那种价值观具有很强的抑制力，使母系氏族社会成为最美好的社会形态之一。

母系氏族社会结束后，再没有获得重生。尽管在封建社会里也出现了吕后、武则天、慈禧等女性掌权者，但她们身上已没有母性的光辉，她们是政治的"改性"之人，她们是另一种"男人"。

可以想见，那个时期如有我，是多么单纯可爱。穿着兽皮，拿着木棍，勇敢地冲向猎物。为我的母亲，或为许多的母亲献上一份新鲜的食物，是多么高尚的成就。应该还没有手工织物吧？一切的美都源于原始的天然塑造，明眸皓齿的少男少女在嬉戏玩耍。他们掩饰住羞处，朦胧出爱意，向文明的门槛迈进了一只脚。

那时的阳光多么明媚、天空多么湛蓝、草地多么通碧、春风多么和煦，一个男人，不知过去，不懂未来，自由往来于人间，俯仰于天地，是何等快哉！

其实，时间是没有界限的，不会因日落月出而有丝毫的急促或迟疑。几千年，几万年，在宇宙的大尺度下，不过是一颗星星眨了一下眼。这期间，我的生命却如梦的离幻，被充斥进无数的贪欲，再也没有那般干净了。

政治让野心变得如此郑重其事，历史也变得如此丰满。这似乎都归咎于私有制的产生。公有制和私有制孰是孰非，已经成了一场又一场的斗争。有人指出，贪欲与自私缘于人类有了房屋之后，因为墙制造了隐私，屋顶阻断了阳光。有了私密的空间，便有了私密的物品，便有了占有的贪念。

建造房屋是我们的母亲在母系氏族社会后期完成的最具划时代意义的伟大创造，不会因为萌生了自私而令其光焰黯失。但母性的善良最终还是

被自私的人性击溃，成为被无数贪欲盘剥的奴隶。

是啊，母系氏族社会早已淹没在贪婪的草丛里。

说到这里，我们应该向天下所有的母亲们敬献一束康乃馨！

2019 年 7 月 22 日　牧童速记于品隐阁

精神骨格

　　我在历史的长河里驾着一叶扁舟，撑着一支笔桨，已漂行多日。

　　顺着湍急的河流，我的思绪在波涛上起伏。任由风光洗目，浪花逐脚，我自是长歌当抒，临风抱襟。我由此再一次对生命之旅有了新的理解。活着，就是一个填充的过程。我们占有的是空间，获取的是力量。因为我们是多维的生命，需要精神的支撑，需要一副挺立的脊骨。

　　是的，我们民族有一个极其浪漫的过去，我们身上流淌着她的血液。我们之所以在五千多年文明的进程中一直特立独行，一直视苦为乐，一直悲雄不屈，一直自立自强，就是因为我们有美好的希冀，有善恶的分辨，有前行的动力。我们始终不缺浪漫，不缺理想。

　　今天，我们对过去的定义，是站在众多考古成果的集体认知上，最好不要拿这个成果去苛求古人。如果再过几千年，我们今天的观念是不是也会被后人视为幼稚？

　　我个人认为，中国历史一直在两条线上并行，一条是神话传说，一条是史实成果。这两条线之间有一个模糊区，随着地下发掘实物的增多而渐渐清晰起来。神话明显超乎客观常理，列为文学范畴并无争议。而传说具有欺骗性，无奈时还会被当作信史采用。随着时间的推移，有些传说在考古学面前正在变成神话，许多曾经的假设正在被实证替换。这是历史的必

然。但这并不影响我们对祖先想象力的崇拜。

神话曾作为早期人类理想的支柱，是回望过去的史诗，是启示未来的童谣。

走进中国历史博物馆，我没有找到黄帝战蚩尤的版块，也没有见到中国历史上众多传说的记载。博物馆，主要靠物证做支撑，实证是真实历史的生命。神话与传说应该是其上的灵魂。而灵魂作为精神层面的东西，我们应该给它一个恰当的历史地位放置。我们应该珍惜其曾有的历史价值，它是一个伟大民族早期的精神曙光。

关于历史的真实，我们应该识别一个误区。据司马迁《史记》记载："黄帝乃征师诸侯，与蚩尤战于涿鹿之野……而邑于涿鹿之阿。"这是对传说的一个勇敢的肯定，但不是信史的依据。好一个太史公，在没有任何考古支撑的汉武帝时期，要将传说人物黄帝写入正史，并作开篇之作，这定然是文人的创新精神战胜了史学家的固执，这是真正文人才有的胆魄，使其增添许多文学的色彩，更体现出"史家之绝唱，无韵之离骚"的艺术成就。

尽管有碳-14的科学手段，但许多历史事件还是缺乏实证的。神话传说也基本没有得到过出土文物的支持，史学家们对此一副失望的面孔。

事实上，历史证物的出现具有非常大的偶然性，不可能也不会在一个时期一同告别地下，做一个完整的地面告白，我们还需要很长的一个时期面对神话传说。哪怕你低头无视，拿着洛阳铲插遍所有文化层。

我想对家乡说的是，传说作为精神层面的东西，不要老在实物的有无上纠缠。如果我们缺乏科学的历史观，没有理解了神话传说在历史进程中的意义，不能摆正历史、文化、旅游三者的关系，那么将很难走出这一误区，甚至在曲解历史的道路上会越走越远。

中国早期的神话传说不是出于信仰的需要，它有明显的农耕特征，它留存着鸿蒙初开、人心渐渐澄明的痕迹。特别是较好地保留了不同时期人们的精神取向，或那个时期认识世界的高度。我们甚至可以从中窥见中国人解析世界的能力——认识论最朴素的萌芽。

从时空顺序上讲，没有谁能超越"盘古开天地"的想象了，它是神话的鼻祖。这个神话的意义不是故事本身有多么离奇，而是表明在那样遥远的年代，我们东方人类就有了如此超拔的宇宙观，这几乎可以和霍金大爆

炸的理论相媲美，为宇宙的诞生拿出了答案，还有了时间和空间的解释。这个神话所讲的一个鸡蛋，正是宇宙大爆炸之前的那个起点，其中孕育的盘古，恰似瞬间膨胀的那个时空。还有那些无中生有的物质，正是盘古挣脱那个蛋壳后化作的山川河流等世间万千气象。

我们可以想见，六七千年或近万年期间，我们祖先杜撰了多少关于世界诞生的故事，而唯这个故事成为经典，流传至今，并成为一个伟大民族对世界认识的开端。这是为何？就是因为这个故事占据了人类想象力的巅峰，是其后科学、哲学、宗教以及艺术所不能突破的界限。从这一点上讲，人类早就在思考宇宙的起源问题了，只是几千年来并没有新的进展而已。霍金的大爆炸理论与"盘古开天地"的神话谁更胜一筹，难道还需要公众投票吗？

关于"五氏"的传说，应该视为人们学会分类和归纳的结果。"五氏"就是女娲氏和她的哥哥伏羲氏，还有有巢氏、燧人氏和神农氏。恩格斯说："就世界性的解放作用而言，摩擦生火还是超过了蒸汽机，因为摩擦生火第一次使人支配了一种自然力，从而最终把人同动物分开。"其实，这"五氏"就是代表了所创造的与动物区别的人的启蒙行为，而使一种类似人的动物成了人。将人所创造的征服自然的能力归结到某一位神人的身上，正是神话传说要讲的中国故事。无疑，神正是集中代表了最具智慧的人，先人正是借助神话把他们的事迹讲述给了后人，并传播着知识。无论女娲氏补天，无论伏羲氏用火，无论燧人氏钻木，无论有巢氏筑屋，无论神农氏耕耘，这些都是人类逐渐积累的技能，被以神的名义受到膜拜。这些神话传说更具可信之处是，他们不是帝王授意而编撰的政治神话。

应该说，将黄帝时期视为文明开端还是缘于对政治和权力的崇拜，司马迁并没有摆脱君王至上的桎梏。文明首创是不会在一个极短的时间内爆炸式完成的。其实，那种积累是非常缓慢的。将许多文明肇造之功都归纳到黄帝时期，这本身就是一个神话。如果非要找到实证，那女娲补天的石头、盘古挣脱的蛋壳都应该用洛阳铲去找一找，以填补历史博物馆的空白。

尊重历史，不是要给神话寻找实证，那是历史的无知。神话就是神话，传说就是传说，过去它是史诗、是童谣，今天它是我们的精神云霞，应该让它继续去装点璀璨的历史天空，无须把它雕琢成人类前行的足迹。

在掩盖世界真相的假象面前，我们依然处在童蒙时代。也许，我们对今天做出的某种判断有了详细的记载，在后人眼里"传说"是少了些，但"神话"不会绝迹。

2019 年 7 月 25 日　牧童速记于品隐阁

青铜——浇铸的信仰

走进青铜时代，你庆幸那段历史是可以触摸的。

地下几乎保存最好的遗存当属青铜器了，就是那股铜臭味，学名叫碱式碳酸铜的绿锈的味道里，不知凝固了多少夕照的残辉、坟茔的寂寞、岁月的苍冷。

我知道，人的生命短暂，不及青铜的一层斑迹年长。我知道，在它坚硬的躯干面前，我总是流露出天生的软懦。它就是过往的砥石，铭刻着年轮的辙印。我只是一棵草，抚过一段时光。

在中国历史上，青铜是一条大河，从夏朝开始灌注于中华大地，经商周至秦，澎湃如潮，那彤红的汁液稍一打漩、驻望，便会有一滴凝塑成器物，闪耀于后世。我不敢在青铜器面前做自我假设，我没有当过火工、铸工，没有刻制过模范的记忆。然而，我们之上的一脉血亲，一定在青铜时代做过青铜的梦，一定在某一个铸件上留有指纹。

一切都是因为有了火和会使用火。偶然从灰烬里拣出第一团被烈火烧过的天然铜块，让人类得知，火能够改变石头的形状。由此想到了塑形，并尝试通过熔化获得了第一件铸物。这是多么神圣的开端。

我不感到意外，中国目前发现最早的青铜器是甘肃马家窑文化遗址出土的一把单刃刀具，这是当时人类最有用的工具。今天，我们独往一片森林时，第一个想到的是带把刀子。这把绿迹斑驳的铸件虽为刀具的雏形，却是五千多年前一次石破天惊的革命。相信那个时期造出过许多同类物件，甚或都朽为泥土，而这把刀具存世示后，难道是想告诉我们，刀子是征服世界最有效的工具？

选矿、配料、掺锡、铸范、修饰等，青铜器的制作过程是很繁重的劳动。

一般认为，奴隶社会起始于夏，结束于春秋战国之交。夏商周正是青铜器的全盛时期。无疑，青铜器的历史是由奴隶们书写的。在我眼中，炽热的铜汁犹如掺和着奴隶们滚烫的鲜血，饕餮的纹饰是一只只狰狞的猛兽。我走过历史对岸时，或正逢夏商周，我会是一个奴隶吗？是有过几次"国人暴动""盗跖"等历史事件，但没有动摇了统治者的基础，青铜器照做不误。

青铜器几乎就是奢侈品，奴隶们无权享用。青铜器从生活之品到国之重器，其间越做越大，越做越精美，越做越有精神内涵，越做越具象征性。

古人认为，青铜器有两种作用：一是"纳"，二是"设"。纳，即盛放；设，就是陈设布列。最典型的是"鼎"，它是由炊具演变为礼器的代表之作，是财富与权力的象征。"钺"是由石斧演化而来的兵器，更是商代重要的礼器之一，它强调华丽贵气，强调仪式感，是功用与装饰并重的青铜典范。

据传，天下曾有九鼎护佑，为夏王大禹所制。大禹划分天下为九州，令九州牧贡献青铜，铸造九鼎。其后，夏商周三朝均奉九鼎为天下最高权力的象征，以彰其志。后九鼎归周，楚、齐亦怀问鼎之心。秦灭六国，统一天下时，九鼎已不知下落。九鼎是青铜的最高尊荣，它已异化为圣物。劳动人民信仰劳动的成果，贵族和统治者信仰权力的成果，青铜器兼而有之。

历史可回望，但不可改变。我们冷静下来透过青铜器的血泪史，还是要歌赞它的艺术成就。苦难伴随着艺术成长，使青铜器愈发美得凝重。社会前行，就是一柄双刃剑。

历史局限了公平正义，但青铜器讲述着每一位奴隶的劳动成果，他们的聪明才智在艺术的构成里被烈火熔铸为永恒。

在国内，稍有一点名气的博物馆总有一两件青铜器为镇馆之宝。而在中国国家博物馆，却可看到众多的国宝级青铜器列成宏伟的阵势，讲述着那个时期的辉煌。这种骄傲缘于这片土地的伟大，也让我第一次对青铜器

产生了崇拜。唯青铜器能让我震撼，有些青铜器物精美华缛的程度到了令我惊愕的地步。

青铜是因为红铜在冶炼过程中加入锡或铅，铸件呈青灰色而得名，这种容颜比天然铜色更坚毅和峻酷。在博物馆那束投灯的照映下，更显得其辉幽幽、其貌肃正、其神苍远，极像一尊尊从远古走来的圣者，带着另一个时空的飒飒冷风和铿锵的脚步。

青铜冰鉴是中国国家博物馆让我惊愕并驻足良久的一件战国青铜器。冰鉴就是古代的冰箱，是贵族贮酒的设备，是由一个方鉴和一件方尊缶组成的青铜套器。有四足兽、八龙耳、八接檐；有蟠螭纹、勾连云纹；失蜡、镶嵌、镂雕、浮雕等工艺俱全，是罕见的艺术珍品。其精巧华丽之极，突破了一般人对青铜器的认知，有理由让你惊叹不已。

造这样一件器物，就其艺术的想象力，就其工艺的复杂性，让你不得不怀疑你是否被时空做了颠倒。站在具有两千多年历史、艺术和技术高度融合，并奉为典范的青铜器的里程碑面前，我真为现代人的贪愚惭愧。

我想找一种情景的回归，以让我的惊叹震荡为文字的传响。

就是这只冰鉴，不迟疑地与我做了精神对接。我或曾是宾客，或曾是乐师，或曾是侍者，在古代那座大殿里伴君陪侯，盛暑的一樽冰酒是无上的殊荣。青铜的光彩映照着绿蚁新醅，从长袖舞风里溢出脂香。有人唱道："呦呦鹿鸣，食野之苹。我有嘉宾，鼓瑟吹笙。"有人吟道："乐饮过三爵，缓带倾庶羞。主称千金寿，宾奉万年酬。"好哦，一只冰冷的酒器成为君王暑日的新宠。宫娥失色，妖姬无颜。

还有那件四羊青铜方尊，那是商朝的酒器，已延及到商代三苗活动区，走出中原，向长江之南播撒着文化的醇香。我愿那是武丁访贤带的酒具，而不是纣王的玩具。那器具之美，美在四羊各据一隅，相互守中，静中有动，并饰以云雷纹、夔龙纹、蕉叶纹、饕餮纹，令其通体流畅，庄静而生动。我不善饮酒，一见其器，便倾醉其中。

鸮尊，还是个酒器，出土于河南殷墟妇好墓。形如猫头鹰的青铜器，有些古怪诡异。我好奇它的身世，不想与之喙吻一番。只是它做站立状，着实是构思奇巧，生动传神。它昂首雄劲，花纹绚丽，是商代青铜器中的精品。器身铸铭文"妇好"，便知此物是为武丁之妻妇好所做。武丁，商朝晚期一代雄主，以赫赫战功扭转了一度衰落的国运，史称"武丁中兴"。妇好亦曾受命于王，统兵西征，多次大获全胜。现代学者称其为"中华第一女将"。鸮尊是妇好墓众多陪葬品之一，是对功臣的褒奖。

原来，地下埋藏的不仅是沉睡的文物，而且是传奇的故事。每一件青铜器都带走过一段历史，也带来了一个惊喜。

我们无不由衷地赞叹青铜时代人们对造型艺术的疯狂追求，其实正是标志着那个时代象征意义的社会认同度已相当普遍，并渐渐演化为青铜信仰，物化为价值尊崇。因为它的优良质地、它的实用功能和它的可塑性，青铜成了一个时代的宠物，也成就了一个时代的辉煌。是它，一炉青铜，浇铸出一个伟大民族早期的魂魄、信仰和梦想！

今天，我被一层钢化玻璃隔开，只能用眼睛去抚摸青铜器上的花纹。它的价值尊崇还在，它的信仰意义已散发于岁月的蹉跎中，成为天边的一片云霞。

青铜器之所以称为"器"，是因为它是由无数生命又重塑出的一个生命，早已不再是可随意堆放的那堆铜渣。我默默地注目于它，从书本到博物馆，再到旷野衰草下沉睡未醒的精灵们，作为历史最精彩的存在，它始终是人类的荣光。

青铜器，可否记得，我走过历史的对岸时，你正在被浇铸，我急着对你喊叫了一声："等一下凝固，请融进我的灵魂！"

2019 年 7 月 27 日　牧童速记于品隐阁

不是鹤的错

就单独说鹤，这是我极其喜爱的一种动物。它站立时总是高高地竖立身体，顶着块红宝石，伸直脖颈四下张望，单腿于泥淖也能站立许久。当它展开美丽的双翅翩翩起舞的时候，那双腿更是修长灵动，优雅万端。它静如处子，动如舞仙。怪不得自古以来它便招文人雅士的喜爱，以至于宋朝大诗人林逋先生敬鹤奉梅，结庐孤山，隐逸不仕，终身不娶，得 "梅妻鹤子"之雅誉。更有他的那首小词："吴山青，越山青，两岸青山相送迎，谁知离别情？"道不尽那般高洁出尘又几多惆怅的心境。

然而，走进春秋的历史，也有一位爱鹤的人士，那就是卫国的国君卫懿公。他玩物失德，好鹤衰国，成了反面教材。这个故事在《左传》里有详细的记述。事实上，每一个人都有自己的情趣与爱好，养只宠物也无可厚非。君王也是人，也需要托物寄情，疏解压力。但凡事不可过之，过则伤本。卫懿公养的可不是一只鹤，他几乎倾其王权，失德于政，为养鹤丢弃了天下人心，这就是悲剧了。

说来也可笑，一代君王不好好管理自己的天下，爱护自己的子民，去养什么鹤？这是教育的过失吗？据说他的父亲卫惠公也不得人心，因为他设计杀害了自己的哥哥才登上了王位，估计这种家庭也没有什么美德可以传承的。春秋是奴隶制社会的晚期，是大动荡的变革时代。周室衰微，诸

侯纷起，天下分裂，争战不绝，春秋三百年间发生四百多次战争。孟子说："春秋无义战。"应该说，那是个价值观最混乱的年代。

卫懿公估计也不爱学习历史知识，或者不知道尧舜禹的美德，也不知道有"周公吐哺，天下归心"的榜样。他只管一味地玩，从小玩到大。如今有权了，更把少年时的那个情结放大了：要玩就玩出个花样来嘛。

在那样的混乱年代，能克制自己的欲望，为天下人着想，做一番千秋功业，对这样一个纨绔君王的要求也就太高了。加之此公没有打过天下，不知守业之难，总觉得自己运气好。不就是养几只鹤吗？也没像周厉王那样杀人止谤，也没像周幽王那样烽火戏诸侯，干吗人们就不买这个账？

卫懿公是真的爱鹤，爱得不得了，甚至超过了对酒色和权力的痴迷。这倒是历史的一个奇葩。卫懿公将最好的园林给众鹤们玩耍，建起了一幢幢高大奢华的鹤舍，让鹤们居住。他朝听鹤鸣，晚看鹤舞，还要亲自为鹤梳妆打扮，以致臣子们有要事禀报，还得来鹤舍觐见。于是鹤群越来越大，品种越来越多。好在有些暴发户豢养珍禽异兽，算得上是自个儿挣的钱。可卫懿公花的是公款呀，财政部门还得加大税收来支撑他的花销，从国计民生上削刮预算，甚至动用国防开支。

玩就玩呗，谁知卫懿公对鹤动了真情，竟将组织人事制度扩大化，不惜拿出编制来玩游戏。对那些体察圣意的、卖乖弄宠的、羽毛洁白的、舞姿优美的，一一选出，封为将军、大夫，并按级别享受不同待遇，比现在的国宝大熊猫还要受宠。上有所好，下必效之。一时间，卫国上下养鹤成风，鹤价大涨。地方官员不惜重金，搜刮名鹤，献于卫懿公。由此搞的是民不聊生，怨声载道。更有甚者，卫懿公每次出游，几只极喜爱的美鹤都要乘大夫的轩车出行，伴随前后。

狄人攻打卫国，将军把甲胄分发给士兵准备开战，士兵们愤愤地说："使鹤，鹤实有禄位，余焉能战！"意思是说："派鹤去打仗吧，鹤享有俸禄和官职，我们怎么能去打仗呢！"尽管卫懿公也做了周全的安排，还亲自上阵指挥，但由于他玩物失德，人心涣散，最后卫军在荥泽全军覆没，卫懿公战死沙场。据说连尸身都被敌军分食殆尽，只留一副肝脏被遗弃在地。

其实卫国也不全是贪腐无能之辈，先前出使陈国的大夫弘演回国复命时，在听闻国君遇难的消息后，便火速前往荥泽，最终找到了国君的那副

肝脏。他失声痛哭，对着卫懿公肝脏汇报完出使情况后，对跟随而来的仆人说："国君死得如此之惨，没人收尸，我要以身体做棺木，为主公入葬。"随后抽剑剖腹，取出自己的肝脏，而将主公的肝脏纳入其中，随即倒地气绝而亡。弘演的忠义之行很快传遍了中原各诸侯国，霸主齐桓公大为感动，说："卫懿公无道而灭国，本属咎由自取，但有弘演这样的忠义之臣，却不可不帮其复国。"于是第二年，齐国便联合宋、曹两国帮卫文公击退了赤狄进犯，将卫都朝歌从黄河之北迁至南岸的楚丘，从而避开了赤狄人的骚扰。

杜牧在《阿房宫赋》里吁叹道："秦人不暇自哀，而后人哀之；后人哀之而不鉴之，亦使后人而复哀后人也。"但这种警示依然有人不当回事，诸如梁武帝萧衍父子、南陈后主陈叔宝、南唐后主李煜、宋徽宗赵佶等也是走了玩物丧志这条路的人，都没有弄出个好结果。虽然说国家灭亡也未必全在于他们沉溺于玩物，但这是一个重要的因素。如果他们能够奋发图强，尽心于国家治理，也许结果不会是那样悲惨。

卫懿公因为养鹤过了头，而没有获得历史的同情。这是站在国家利益的高度，由历史给出的定论。国家如此，一个人也如此。不过有许多人似乎是看透了人生的本质，钻进了消极的牛角尖里。他们从来不在乎身前或身后的定论，只为现世的快活。所以玩性十足的时代能消磨掉人的斗志、责任和对人生积极意义的探寻，让整个民族沉沦。这不是文明的进步，这是文明的悲哀。人民幸福，不光是物质的充裕，还要有精神的丰满与自由前行的力量支撑。每一个人都是地球的主人，而不是从属于某种强势的奴隶。耽于玩物是人性的自我矮化，是人类精神的沉陷。

从动物保护意义上讲，养鹤不是错。卫懿公养鹤衰国，也不是鹤的错。归根结底是人的错。

我不准备养卫懿公那样的鹤了，但想养一只精神的鹤，一只白羽丹顶的仙物，令其时常盘旋于松林溪水之上，高歌朝晖，低舞夕阳，瞰视红尘，心翱寰宇。凌空鹤唳，远瞩过往，以唤我警觉，止我沉沦。

我倒是真向往能有这样一只鹤。

2019 年 7 月 29 日　牧童速记于涿鹿品隐阁

列子御风有术

春秋时代的人敢想敢说，这其中有一人就是列子。据说他行走天地，不用舟车，从心底起念，祭起一股清风，便飘然而去。转瞬翻山越岭，跨江过河，百里千里不在话下。这倒跟我儿时做梦一样，骑一根竹竿，便可离开地面，自由飘荡，来去无阻，好不快活。

说来我读中国通史，只是想恶补一下历史知识，无奈到了读得懂、记不住的年龄。就中国思想家层面的人物而言，我还是知之甚少，更缺乏联想与对比的能力。我以我粗浅的判识，只能说明某一历史事件对我有所触动，我仅能写点读后感而已。比如列子，他虽说是老子、庄子之外的又一位道家思想的代表人物，但他倡导的贵虚学派在其后庄子的学说面前还是逊色了许多。所以列子被排在了第二梯队，以致我以前并没有太多地关注他。

据传列子很低调，四十多年研究学问，但街坊邻居并不知晓他。他主张人不可炫智于外而应养神于心，一切顺其自然，达到"无用之用"的境界。学界评说，先秦道家创始于老子，发展于列子，而大成于庄子。将列子视为道家学说的过渡人物，不算偏见。《金瓶梅词话》有一句"风吹列子归何处，夜夜婵娟在柳梢"是将列子比喻为风，美女如柳枝在风中摆舞一般。"列子御风"也有世俗消遣的一面。

人们从庄子《逍遥游》中得知了列子是如何御风的故事。庄子说："夫列子御风而行，泠然善也，旬有五日而后反。彼于致福者，未数数然也。此虽免乎行，犹有所待者也。若夫乘天地之正，而御六气之辩，以游无穷者，彼且恶乎待哉！"庄子如是说："瞧，列子能驾风行走，那样子实在轻盈美好，而且十五天方才返回。

列子对寻求幸福，从来没有急急忙忙的样子，他这样做虽然免除了行走的劳苦，可还是有所依凭的呀。至于遵循宇宙万物的规律，把握六气的变化，遨游于无穷无尽的境域，他还依赖什么呢？"如此说，列子已经达到了和尘同光的境界，他具备了一位"仙人"的条件。

我想，以我们现在的科学认知，不用争辩人能不能驾风而行的问题了。那么列子就真的认为自己能御风千里吗？与列子同时代之人就真的得拜他为师，欲乘风出行吗？不会的。列子是思想家，不是幻想家。他其实是将人的精神和肉体做了分离，找到了精神的"我"。春秋时期是一个很特殊的、张扬了个人的逻辑理性主义和道德人本主义的时期，列子可以自由地畅行其中，自然其精神可以飞翔。

难道列子的故事是要告诉我们，做了神仙就如此自由潇洒吗？未必是。其实他要告诉我们的真义是，人是精神动物。我们只有放低对肉体的贪欲，挣脱动物本能的驱使，才能获得更大的精神自由。他看到了这种自由的无限性和独享性，以及这种自由之于人的天赋特权。但如此超拔的他依然有局限，就是对心性的内观还没有达到庄子的深度和广度，因而他还得依托于风。而庄子直接以心为舟车，不为物所役，故而无所不可到达，是为逍遥的顶级状态，驾风而行自是略逊一筹了。

在人类精神的启蒙时代，列子做了如此不同凡响的探索，不愧是东方智慧的奠基人之一。

据说，列子的生活非常清苦，面色饥黄，清瘦。如同伯夷叔齐一样，抱节守志，饿死不食周粟。这岂不是彰显出了"苦其心志，劳其筋骨"的圣人品行吗？列子写了许多寓言故事，比如我们熟悉的《愚公移山》《夸父追日》《高山流水》《杞人忧天》等，都充满哲理，且浅显易懂，饶有趣味，极大地影响了中国人的精神构成和价值取向。

我们很惊讶地发现，在2400多年前，列子这位无欲无求的先人，其灵魂比我们现在人都洒脱得多。我们不断仰望这些思想者们，其实就是想从他们身上获取驾驭灵魂、自由飞翔的力量。因为我们被物质累重拖拽得太久了，竟舍弃了思想的外放，而任由灵魂被红尘奴役，这是多么可怕的现实啊！

春秋时代虽战乱纷争，但人的思想表达却非常自由。各诸侯国之间忙于攻伐，文化控制比较松弛，客观上对各种学派、各种思想体系的产生，创造了宽松的环境和衍生发展的社会条件。有人说，春秋战国，礼崩乐坏，其实这正是释放新思想的机会。因为这是社会大变革时期，这一时期大多为原创的思想，一下子便抢占了制高点，以至于其后，甚至于今天都难以超越。

读到列子时，会有一股清风于暑时吹向心田的感觉，精神很凉爽。我御风不能，倒有操笔之技、欺心之术，暂时跳离红尘一阵子也好。

我找到了《列子御风》这首古琴曲，是南宋时期著名古琴家毛敏仲所作。点开了播放器，我很得意，觉得比列子幸运得多。因为列子本名叫列御寇，战国郑国圃田人。他不求名利，清净修道，只管研究学问。他并不奢望后人尊其为列子，也不知道后人为他创出了如此空静雅逸的琴曲。

反正我听这琴曲，俨然看到有一老者，银鬓疏逸，衣带飞扬，飘飘洒洒，御风而行。一会儿工夫，我便被琴声带入佳境，也驾风而起，蹈空远去。不知是风乘我，还是我乘风，如此遗世独立，泠然善也。列子贵虚，这一琴曲让人顿然生出凌虚御风、超然物外的感觉。想当年，列子拜壶邱子为师，与关尹子为友，尝游心于清静玄虚之府，窥其壶奥而得神解之理。故御风以行，若驰天马，遨游六合，俯仰乾坤。陆机在《要览》里品评此曲："列子御风，常以立春归乎八荒，立秋游乎风穴。是风至则草木发生，去则摇落，谓之离合风。"

列子能听到尘世间这一缕渺若烟云的琴声吗？还是那弦音早跟着你去过了四极八荒？

御风有术，列子靠德。他认为一个人修炼到虚无之身、忘我之境，便可御风前行了。

我在北方居住，最不缺的是风。这风既有宋玉笔下的大王之风，也有庶民之风，而列子所御之风尚为稀物。务实之地"贵虚"有几人？如果我

们能从列子这里学到精神的育养之术，即便不能御风而行，哪怕能沐风而立，也算开卷有益了吧？

2019 年 8 月 1 日　牧童速记于涿鹿品隐阁

师旷耳聪

　　经过这一番读通史我也学会挑拣了，有的一扫而过，有的停下来细细地拜学，甚至与古人做场对话。这历史本来就是一道风景嘛，依序陈列于过往。你可以溺失其间，也可以垂钓其上，钩出心仪的珍宝来。

　　编者为了增加历史书籍的可读性，有意渲染一些奇闻轶事，使其具有文学的色彩，我们要给予理解。尤其是较远的历史，用传说填充的不确切空间，或者说传说就是全部。我们也就未必非得刨根问底，弄得不欢而散。疑其有，不如乐见其有。

　　许多圣人级的人物都出在春秋，这是个有趣的现象。比如晋国的盲人乐师师旷，他以耳为目，知晓天下。柔柔十指，可拟万千情韵，令鬼神泣号。其人格与技艺已臻完美，简直就是一个历史的传奇。我读了几遍这段文字，依然是饥肠辘辘，还是想在汾河岸边，听他拨弄一番琴弦；醉卧于晋祠隋槐之下，做一个春秋大梦。

　　有人说，师旷先天就是个盲人，也有人说，他为了专心学琴，自己把自己弄瞎了。反正音乐靠的是耳朵，哪种说法都反衬了他心无旁骛的志向与决心。自己把自己弄瞎的这种说法我有所疑问，盲人更专注于音乐我还是相信的。譬如，盲人阿炳能创作出传世名曲《二泉映月》。几年前，我在康保见到一位盲人青年徐志杰，他从小就没见过一丝光明。二十六岁那

年他成为有名的推拿师，笛子、葫芦丝演奏获过省级金奖。他说，他的空间维度是由声音构成的，音乐是他的精神寄托，是万千斑斓。所以，我认为，师旷的音乐成就具有很高的可信度。

中国之所以被称为"礼仪之邦"，是因为古有"礼乐之邦"的缘故。礼乐起始于夏商，成熟于周。春秋时期的孔子、孟子二位圣贤，承前启后，集其精华，创建了以礼乐仁义为核心的儒学体系，并影响至今。

音乐可以走进人的心灵，古人其实比现代人更看重这一教化作用而加以用之。现代音乐基本是为了消遣和娱乐，其严肃性和治理功能荡失无几。而古之音乐有"阳春白雪"和"下里巴人"之分。"阳春白雪"可谓"大音希声"，但师旷演奏的东西比其更高一等。他是君王的御用乐师，他不是用来教化普通人的，而是用来感化、悟化君王的，因此，他的故事堪为传奇。古人有"师旷之聪，离娄之明"之说，便是说师旷是"至聪之人"。

师旷是春秋时期晋国的大夫，是晋悼公、晋平公两位君主的乐臣，因是盲人，故自称"瞑臣"。他还是个杰出的政治活动家和博古通今的学者，时人称其"多闻"。他虽为乐官，但不同于一般的乐工。他提倡把音乐与道德和教化融合并用，使君王的政治主张得以宣扬，使天下归化。他的思想对晋平公的执政理念产生过重大的影响，算得上是历史上有名的谏臣。

一次，晋平公感慨师旷双目失明，饱受昏暗之苦。师旷则言，天下有五种情形比盲人更昏暗：一是君王不知臣子行贿，不知百姓受冤无处伸；二是君王用人不当；三是君王不辨贤愚；四是君王穷兵黩武；五是君王不知民计安生。他告诫君王要"惟仁义为奉""君必惠民"。

师旷不仅琴艺超凡，而且特别注重音乐的思想内涵，抵制颓废没落的腐败之音。用现代话讲，就是音乐在他的心目中是用来传播正能量和主旋律的。

有一年，晋平公举行新王宫落成典礼，卫灵公前来祝贺。宴会上，各路来宾助兴演出，热闹非凡。卫灵公命随从乐师师涓演奏古琴。师涓把从濮河边听到的那只忧伤的曲子弹奏了起来，手指起落之间，顿觉细雨霏霏、草凄花败，又像秋风扫过残水，浮起令人心碎的哀痛哭诉一般。师旷用心倾听，神色越来越严肃，只见他猛然站起来，按住了师涓的琴，断然喝道："快住手！"

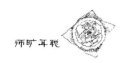

众人不解，晋平公忙责问师旷。师旷说："君主不知，这是商朝乐师师延为暴君商纣王所作的'靡靡之音'，这是亡国之音。"晋平公说："早已改朝换代了，现在听听有什么妨碍呢？"师旷坚持说："佳音美韵可以使我们精神振奋，亡国之音使人堕落，为何我们还要去听呢？"

其后，晋平公命师旷演奏一曲作为回礼。王命难违，师旷只好坐下来，理开了自己的琴。当他用奇妙的指法拨出第一串音乐时，便有十六只玄鹤从南方冉冉飞来，一边伸着长长的脖颈鸣叫，一边排着整齐的队列展翅起舞。当他继续弹奏时，玄鹤的鸣叫声和琴声融为一体，于天际处久久回荡不息。君主和来宾一片惊喜。

晋平公又命师旷弹奏一曲悲怆的曲子。师旷无奈，弹起了《清角》。第一串音乐流出手指，晴朗的天空顿时乌云翻滚。第二串音乐紧随其后，狂风骤雨应声而至。当第三串音乐奏响时，便见狂风呼啸，掀翻了宫殿的屋顶，撕碎了廊檐的帷幔，各种祭祀的铜器纷纷倾倒坠落，一片狼藉，惊得满堂宾客慌忙躲避。师旷听闻乱象，随即停手。顿时，风停雨歇，云开雾去，在场所有人无不目瞪口呆。

一次闲聊，晋平公问师旷，说："我快七十岁了，想要学习，但是恐怕已经晚了。"师旷回答说："晚了？晚了为什么不点上蜡烛呢？"晋平公说："哪有做臣子的和君王开玩笑的呢？"师旷说："我是一个双目失明的人，怎么敢戏弄君主。我曾听说，少年喜欢学习，就像初升的太阳；中年喜欢学习，就像正午的太阳；晚年喜欢学习，就像晚上点上蜡烛一样的明亮。点上蜡烛和在黑暗中走路哪个更好呢？"晋平公听罢，击掌而呼："讲得好啊！"

师旷以正直刚烈闻名朝野，其出格的行径也能被君王宽容，说明晋平公算得上是个善纳忠言的明君了。

一次，晋平公在宫殿与群臣饮宴，酒酣之际，竟自负说道："做国君真是快乐啊，话说出来就没人敢违逆呀。"当时，师旷就坐在晋平公身边，他举起琴就向晋平公砸过去。可惜他是个盲人，把琴扔到了画屏之上。晋平公惊问："你在砸谁？"师旷说："我刚才听见有一个小人在旁边乱说不堪之语，所以我用琴去砸他。"晋平公说："那不是小人，是我。"师旷故作惊讶地说："不对吧，那不是国君应该说的话呀。"左右的人愤其

忤逆，奏请君王杀掉师旷。晋平公说："放了他吧，让这件事作为我的一个教训吧。"

由此看来，师旷算得上是历史上的一等人物了，让其后历史上那些无数的奴才们摇尾乞怜去吧。

就音乐而言，我其实喜欢伤感的，也许在师旷心里便是"靡靡之音"。师旷对音乐过于正统的要求，我倒是不太赞成。究竟历史的真相是什么，早已无从考证。但我相信师旷是被历史塑造出来的礼乐典范，他应该是儒家体系的佐证人物，但他确实是一座巅峰。他与孔子几乎是同时代的人，他们有相同的社会背景，有弃乱求治的政治夙愿。因此，他的音乐理念充满政治诉求，有沦为统治者的工具之嫌。这一点我又觉得礼乐与人的灵魂是有距离的，它走不进心灵最柔软的那寸芳泽吧？那是个沉重的精神枷锁，想来还是不太舒服的。

这又让我想起了同是春秋时代的另外两个人，楚国的俞伯牙和钟子期。一曲《高山流水》，不是严肃的礼乐，却是知音的典范。巍巍乎志在高山，洋洋乎志在流水，这弦音更让人亲切，拨响了灵魂的企盼。也许，这张琴师旷早已弹过。据传，师旷可拟百鸟争鸣、百兽嘶叫的声音，技艺远在伯牙之上。只是这圣人般的人物，总归是脱去了风尘，我们只能远远地向他致敬了。

不过，我还是觉得师旷是个很传奇的历史人物，不仅给我枯燥的阅读里平添了许多情趣，还让我知道了音乐在那么遥远的年代便有那样神奇的传响。

我买过一支箫，今年路过贵州玉屏侗族自治县又买了一支，回来试吹了几下，明显气力不够了，我只好挂在墙上。无奈，时常用眼睛去吹吹吧。

好在从小没有像师旷般为琴伤目，还保留了一双昏花老眼。否则，就剩寂寞的昏暗了。

2019 年 8 月 7 日　牧童速记于涿鹿品隐阁

干了一件大事的小人物

秦统一六国之前，干了一件大事而名垂青史的小人物当属荆轲了。

易水河入得拒马河，那水便浸湿了涿鹿南部山区的边界。深秋时节，赤足蹚水，已有几分寒冽。北方的我，最能体会得出"风萧萧兮易水寒"这句诗歌的分量。我曾几次来到易水河边，在落叶的秋凉里品咂这句歌词的穿透力，在苍山柔水间寻找历史的辙印。

早先，我对荆轲并没有疑问。写就的历史已经有了答案，我们只要去读懂便是了。然而，事实并非如此。历史不仅是过往的印记，而且是供我们思考的素材。史书也有许多的误导，批判性地阅读，我们可以获得更全面的认识，也可以提升我们的思辨能力。读史，就是为了明白过去，预判未来。

有人说，荆轲最少有三条理由不去刺秦王。

首先，荆轲不是燕国人，他是卫人，祖先是齐人。司马迁认为，荆轲也没有什么特别的理由来到燕国。作为一名侠士，到此只是为增添一些游历而已；其次，太子丹对荆轲没有什么情分，有的只是利用和被利用的关系；第三，刺秦是可以预料的结果，必然是无功而返，可能还要搭上性命。那为什么荆轲最终还是要去呢？我认为，这就是小人物想干一件大事的缘故，刺秦不可谓不大，荆轲权衡再三，便认定，这是他此生唯一能出名的机会了。

侠士靠的是勇气，不是周全；靠的是行动，不是运筹。刺客，必须杀人，要想在江湖上扬名立万，必须杀名人。

为什么说春秋多义士，并影响到了战国末期呢？

因为那时的士大夫们普遍接受并推崇贵族"忠敬勇死"的人生观，由此造就了他们的荣誉感和自尊心，形成了独特的人格。他们追求的不是俗世的亲情与人性，而是名誉、耻辱、忠诚、义气，这是当时的社会大背景。在这种贵族式荣辱观的驱动下，士人们才死得那么决绝，那么毫无顾忌，那么惊世骇俗。今天看来，士子们有的很单纯，甚至幼稚可怜，这便是时代的缘故。人性离不开时代的塑造。后世人的良心常被前世人的道德拷问，特别是在生死问题上，后人要比前人犹豫得多。

试想，如果荆轲刺秦成功，嬴政在未完成统一大业时便会死去，历史肯定会是一个不同的走向。荆轲反倒不会这样有名了，或者历史还会出现责怪的声音。因为那时嬴政只是秦王，而不是秦始皇。他有一支战无不胜的"虎狼之师"，而不是苛政，也不会在他手里修筑万里长城，积下民怨，也不会焚书坑儒。即便还有太史公这样直言秉书的史官，还写《刺客列传》，荆轲那一段记述也不会那样渲染铺张了。

是不是可以这样认为，虽然荆轲并没有完成太子丹的重托，燕国也因此更快地被灭掉了，这是一次失败的行动，但荆轲还是获得了如此高的历史地位，而且成为燕赵大地悲壮之士的代表人物。就是因为嬴政成了秦始皇，后世人把对暴政的怒火找了一个发泄的出口，把秦始皇当成了执政者的反面教材。荆轲是个教训，如此便成就了小人物的美名。荆轲知道这次行动的轰动效应，但不知轰动了两千多年，还要轰动下去。

春秋战国时期的人物都很有个性，特别是贵族和士子那一层面的人很受后人的崇拜。因为那个时代的大多数人都比较单纯率真，没有那么狡诈世故。也就是说，人们内心还延传着夏商周的美德，人际关系大多不是靠社会治理，而是靠"信义"维系，所以侠义精神大行其道。今天，对待荆轲也就不能用现代人的价值观和义利观去衡量。在荆轲眼里，不论成功与否都是"成功"。

但还是有人说，荆轲比不了聂政。聂政是春秋战国时期五大刺客之一。为报知遇之恩，受严仲子委托，去刺杀政敌韩国相国侠累。他只身潜入韩地，伺机杀死了侠累。在受伤咽气之前，为防暴露身份，自抠眼目毁容，以此保护委托者。从职业道德精神上评判刺客，聂政当属极品。其实，那个时期的刺客还有许多，只是他们的事迹不够突出罢了。

我对荆轲感兴趣的是易水河畔的诀别方式，不是"图穷匕首见"，也不是太子丹如何设局让荆轲卖命。这个故事感染后人的地方是大义赴死的悲壮，那种场景式的诗意，最有画面感、现场感以及穿越时空的精神共振。我是一个有悲凉底色的懦弱的语言巨人，我没有值得骄傲的资本，所以尽可能不去做冒险的尝试，有时竟患得患失，堕于俗流。当然，我也有英雄情结。"英雄"是一个让人后悔的行动者，唯死去得不后悔。自是活着的人会被某一个豪迈的片段所吸引，做一场心灵的体验。

李白在《侠客行》诗中言道："十步杀一人，千里不留行。事了拂衣去，深藏身与名。"是啊，有多少人在心中还原过这个历史场景，送别英雄荆轲？

那从一开始就是个完全的悲剧，每一个情节都是要把荆轲向死亡推送。如同古希腊悲剧之父埃斯库罗斯的作品一样，普罗米修斯要为人类自由而献身，荆轲要为抗击暴秦走向不归路。易水河畔，太行深处，北国深秋，易水寒冽，西风萧瑟。所有送别的人都身穿白衣，头戴白帽，气氛异常凄冷。这就是一场生死赌博，送行就是诀别。荆轲随行携带的东西主要有三件：秦叛将樊於期的头颅、督亢的地图和一把淬了剧毒的匕首。这些东西足可以令普通的灵魂震颤。太史公堪称中国的悲剧之父啊！

这时，易水河边，树叶早已枯黄凋落，太行山石冷峻苍凉。高爽的蓝天几乎全部被乌云遮去，任由漫漫西风吹袭岸边送别的一行人。荆轲，一个清瘦结实的汉子，浓眉下的一双眼睛坚毅冷酷，他一直注视着山坳处的那条小道。

"荆卿，不要等你的朋友了，就让秦舞阳陪你去吧。出发吧！"这个虔恭地递上一爵酒的人就是锦衣洁面的燕太子丹。荆轲接过酒爵，望了太子丹一眼，仰首一饮而尽。好友高渐离开始迎风击筑，声音极其悲凉。岸边一片静穆，渐渐听得到有人低声的哭泣。荆轲慢慢地举起酒爵，放声唱道："风萧萧兮易水寒，壮士一去兮不复还！"太子丹听闻此声更是泪流满面，悲泣难抑。高渐离只管挥竹击弦，音调从低沉的徵声忽而转向高亢的羽声，荆轲又激奋地大声唱道："探虎穴兮入蛟宫，仰天嘘气兮成白虹！"这一

句震荡山林的呼啸令大家神情为之一震，只见荆轲浓眉高扬，血脉偾张，他把酒爵狠狠地往地上一摔，对秦舞阳只说了一个字："走！"便跃上马车，挥鞭而去，决绝不曾回首一顾。

高渐离敲断了几根丝弦，便敲着筑上的木板，看着荆轲消失在秋尘里。那声音更为沉闷苦涩，与那秋风交缠成诀悼之曲，令人心碎。

后来，荆轲刺秦失败被杀。高渐离亦曾以演奏击筑接近秦王，在双目失明的情况下，用灌铅之筑砸向秦王。秦王无恙，高渐离遭诛。据说，荆轲当年在易水河畔是等一个叫盖聂的刺客，盖聂是与荆轲相当的一位英雄。只因太子丹催促过急，而未能携此同行。或者是盖聂自知成功无望，必死无疑，便玩了一次消失。

"曲终人不见，江上数峰青。"岁月过往，几千载如昨日。易水依然东流去，早不闻击筑声声悲。荆轲的壮举已与秦王的残暴叠加为青史的砺石，只任由传说磨成锋刃，挑开极权的血腥，刺穿道德的虚伪，刻琢出小人物的墓志铭。

2019 年 8 月 14 日　牧童速记于涿鹿品隐阁

圣人求学

　　圣人之所以成为圣人，是因为他总觉得自己有许多方面需要学习提高；庸人之所以成为庸人，便是相反行之，总认为自己的学识已足够多了，便把自己供奉起来，享受自大的香火。我是介于圣人与庸人之间的仓皇之人。我没有圣人的坚毅，没有庸人的自信，我充其量就是个"碌人"。碌到已近花甲，还忙得不知所措，还试图挽住失去的青春。

　　看来，有空读史，就是闲暇之人了。这几日读通史，我知道了孔子的一些事迹。我便想，愚弄人多可恶，被愚弄多可怜，不醒悟多可悲。

　　宋人朱熹曾仰天大喊："天不生仲尼，万古如长夜。"孔子在宋朝被紫阳先生推崇到了巅峰。当然，一种思想被供奉几千年也够沉闷的了。我们姑且不论儒家思想的历史局限和功过。就孔子不耻下问，应该算得上后世的楷模吧？

　　孔子在世时并不是圣人，不过是一个落魄的老头。刚过而立之年的孔子，人们还称他为孔丘，只是一个好学有为的青年罢了。那时，老子在洛阳是管理皇家图书的官员，知识渊博，学问很深，声名日响。

　　一日，孔子对弟子南宫敬叔说："我打算去洛阳向老子求教，你愿意与我一同去吗？"南宫敬叔欣然同意。于是他们二人驾了一辆破旧的马车上路了。曲阜到洛阳有上千里的路程，即便各诸侯国通往周王室有国道相

连，但破车老路也够行道艰辛的了。但孔子为了求学问道，风餐露宿，忍饥挨饿，竟无半句怨言。

历史上传说，孔子曾四次向老子求学，也有说七次。最令后人津津乐道的就是公元前523年春夏之交的这一次。如果孔子真的是去了洛阳，那么任何细节都是想象的。可以是春夏之交，也可以是夏秋之交，因为雨季行道过于不便，我们假设是春夏之交最好。孔子年轻气盛，志高骛远，当是一派春和景明的气象。可以理解一个学生急于求学问道的心情；可以想见黄河岸边夕阳里那匹老马扬尘疾行的逆影；可以想见青年人夜幕下仰望星空的痴念；也可以想见一个装满理想的年轻人对未来是多么憧憬。

老子见到孔丘来向自己求学，自然是十分高兴。他也非常喜欢这个鲁国的年轻人，赏识他谦虚的态度和渊博的学问，这让他们谈得非常投机。这种亦师亦友的情谊成为千古美谈。

周王室藏书的地方，即国家图书馆，也在"三朝五门"的皇家高墙之内，其规模之宏大，藏书之丰富，非诸侯国可比。孔丘跟随老子参观了这些典藏，看到了《伊尹》《太公》《辛甲》《史籀》《管子》等珍贵书籍。二人边走边聊，来到了一处老子休息读书的地方。打开落地窗门，可见院内春草繁茂，绿树欣荣，令人心旷神怡。二人蒲席坐定，有人送来粥茶，味道极苦，但可清心明腑。这时有音乐随风飘来，可辨得出是青铜编钟的美妙声音，还有鼓、竽、琴瑟的伴奏。孔丘悉心听之，神驰不已。这正是周室正典礼乐，它拨动了孔丘的理想之弦，引起了他强烈的共鸣。孔丘听得如痴如醉，不禁对老子说："美好的音乐真是能教化人的精神啊！当今，正典礼乐唯周室可以听得到，其他诸侯国礼崩乐坏，人心不古，实在堪忧啊！"老子只管冥思，目视窗外高天的流云沉吟不语，半晌才说："早闻先生倡导以礼治国，讲求仁义行天下。而老朽以为，人应遵循天道，国应无为而治。"孔子闻此，赶紧站立，躬身施礼说："愿听老师指教。"

老子说："天地没人推动自己却能运行，太阳和月亮没人点燃却能自己发光，天上的星宿没人去管理却能自己排列有序，飞禽走兽没人去喂养却能自己生存。这就是自然的作为，哪里用得着人去费心劳神呢？万物之所以生、所以死、所以荣、所以辱，都是顺应自然之理而趋，顺应自然之道而行。"孔子听罢点头应诺，非他赞同老子的观点，而是觉得话锋新锐，

广开思路，给他以启示。

老子送别孔子于黄河岸边，但见河水滔滔，苍茫无际，一片恢宏高远的景象。孔子心中甚是感慨，忙施礼致谢，诚恳地说："这几日实在是劳烦先生赐教，非常感谢。在此别离之际，愿得先生赠语。"

老子一手捋着花髯，一手指着黄河说："你为什么不学一下水的大德呢？"孔子说："逝者如斯夫，水有何大德？"老子慨然地说："上善若水，水善利万物而不争！"

他接着说："江海之所以能集汇百溪，就是因为它谦下，有包容之德。普天之下，再也没有比水更柔软的东西了，而那些貌似坚硬的东西却不能战胜它。为什么呢？这就是柔的德行。水以至柔入于无间，无处不至，无隙不满，由此便可知道不需要强力语言教化和无所作为的益处。水柔和顺，则天下没有人与之相争，这就是德行的感召。道与水一样，无处不在，避高趋下，但却不曾有过逆返，这是顺应地势的缘故；广阔清净的地方，看似空荡荡的，却容易成为深渊，这是水隐忍含蓄的缘故。有损害但却不会枯竭，施以仁德却不求回报，这是善于讲究仁义；圆的东西一定能够旋转，长的东西一定能够折断，堵塞的河流一定会停止运动，决口了的水一定会流泻出来，这是善于遵守规律；洗涤众多污浊的东西使万物上下相抑，平定统一，这是善于治理事物；承载的东西让它浮起来，就能看清它的面目本相，攻克便能战无不胜，这是善于利用自己的优势；流水不分昼夜，前仆后继，这是善于利用时间。因此，圣明的人依照事物的变化而相应地改变；贤明的人随着时间的改变而采取相应的行动；智慧的人无所作为却能使社会得到治理；通达的人顺应天时而得到很好的生存。"

孔子说："先生的一番话是出自肺腑而能进入我的心脾，我这次求教真是受益匪浅，终生难忘啊！"

回到鲁国，孔子众弟子都上前询问："先生这次专程拜访，见到老子本人了吗？"孔子说："见到了。鸟，我知道它可以在天上飞；鱼，我知道它可以在水里游；野兽，我知道它可以在大地上奔跑。那些奔跑的我们可以用网去捕捉它，那些游水的我们可以用钩子去钓它，那些飞翔的我们可以用箭去射猎它。至于龙，我就不知道怎样去对付了。原来龙能乘着风云而上到九天啊！我所见到的老子，难道不是像龙一样吗？他的学识渊博

而深不可测，志趣高邈而难以知晓，像蛇一样能够随时屈伸，像龙一样能够应时变化。老子，真是我的老师啊！"众弟子闻此，无不齐声和颂，老子之名愈发深入人心。

如此说来，圣人也是人，只是圣人爱学习而已。孔子有了这次求学之行，更丰富了他的精神阅历，坚定了他的理想信念，同时也丰富了他所倡导的"仁"的内涵。樊迟问他什么是仁？他说："爱人。"这个"爱人"是为了"复礼"，是与等级制度紧密结合，体现"天地君亲师"的顺序。在社会治理上要体现"德治"，所以被历代统治者所推崇，对社会文明进步有过积极的意义。当然不能讳言，历史上的德治也曾变成人治，人治又变成"存天理，灭人欲"的专制统治，制约了人性的张扬，使社会活力受到压制，这是孔子始料未及的。

德国哲学家雅斯贝斯在 1949 年出版的《历史的起源与目标》一书中，正式提出了"人类文明的轴心时代"这一命题。大意是：公元前 800 年至公元前 200 年之间，尤其是公元前 600 年到公元前 300 年间，是人类文明的轴心时代。"轴心时代"发生的地区大概是在北纬 30 度上下，就是北纬 25 度至 35 度区间。在轴心时代里，各个文明都出现了伟大的精神导师——古希腊的苏格拉底、柏拉图、亚里士多德，以色列犹太教的先知们，古印度的释迦牟尼，中国的孔子、老子等，他们提出的思想原则塑造了不同的文化传统，也一直影响着后世人类社会的演进。

老子《道德经》体现了朴素的辩证法，在老子思想的影响下，更催生了中国的本土宗教——道教。至于儒家的祖师孔子，他倡导万事万物的运行要有序有理，而非后来那些腐儒之见。除此还有法家、兵家、墨家、纵横家等无不在这一时期创立，出现了诸子百家自由争鸣的历史盛况，构建出中国文化思想的基本框架。

孔子谦虚问道，是圣贤精神的合耀之光，是中国文化的大事件。后人为此做了许多揣度和解读，但他们的思想并没有因此相互融合。而是各自取道标新，形成一极。应该说，是孔子做了一定程度的借鉴，也正是有了这次耳提面命，孔丘获得了一个参照物，更坚定了他探索的方向。

他们之所以被后世尊奉为圣人，是因为他们用毕生的努力在为人类社会创建理想的模型。他们不被当世认可，也是因为他们理念超前，所以他

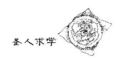

们的思想具有永恒的生命力。

　　这就是圣人的天道。

2019 年 8 月 27 日　牧童速记于品隐阁

阿 房 宫

　　历史给人留下了许多想象的空间，或者是隐藏于一篇赋文里，或者是雕琢于一句诗歌中。既有惊雷的响亮，也有滴血的鲜丽，更有夕雾昏牍的沉闷。后人总是在假设，如若不是那样，会是怎样？就如今天，我们并不知明天的结局，我们只觉得今天的正确。

　　我想，我若曾活在大秦帝国时期，不是建造阿房宫的工匠，就是"虎狼之师"的战员，我的血汗或被繁重的劳役榨干，或染红碧草的茎叶。

　　我去过几次西安，参观过兵马俑，遥望过骊山。我没有见到阿房宫的一砖一瓦。杜牧没见到，司马迁也没见到，因为相传早被项羽一把大火化为灰烬。化为灰烬的也不是建成的阿房宫，而是整个规划中的附属建筑。因为这个规划太宏大了，秦朝的国力和短暂的政权无法如期完成，嬴政、胡亥只能抱憾终身了。

　　如此说来，历史上的阿房宫只是杜牧的一个文学成就而已，《阿房宫赋》也仅仅是唐人的一纸檄文。它批判了暴政的无情和荒唐，是讨伐秦始皇的一个历史债点，这处建筑已被贴上了罪恶的标签。

　　中国古代，从孔子、孟子到其后很多儒家思想的倡导者或践行者，都是过于相信了帝王对社会治理的作用，夸大了他们的道德存在，甘为顺臣奴仆。嬴政也是被那个时代神化了的人物。他认为自己功盖三皇五帝，所

以始称"皇帝",自称"朕"。其下任何人都没有资格对他的历史功过做出评价,所以他死后一直没有谥号。他活着时曾说,谥号是"子议父,臣议君也",可见他的霸气。

让我们从人的现实的境遇去想象,大泽乡的陈胜吴广在泥泞的道路上行走是多么绝望。一个能令人民绝望的皇权,便是在龙椅之下点燃了一把火。秦始皇从急政到苛政,再到暴政,他只管满足个人的政治野心和建立在强权之上的抱负,换得一个被历史责难的下场是必然的结果。他把"千古一帝"的丰功伟绩蹂躏成历史的罪证,也令人沉思。更主要的是儒家思想乘势而上,暴政作为镜子,仁政奉为圭臬,法治昙花一现,中国历史由此进入了一个长期的精神牢笼之中。这并非民族之幸,却也是这片土地的宿命。法治伴随着秦的灭亡,始终成了一个难以觉醒的长梦。

据说,秦始皇在咸阳已有"六国宫",是采集征灭的诸侯国宫殿的式样建的离宫群。应该讲,风格较为杂芜,缺乏整体规划,已无法满足始皇大帝不断膨胀的奢欲了。但这些建筑也给了秦人很好的启示,无论从工程学、建筑学,还是美学,大秦帝国已是集大成者。《三辅旧事》中说,当时的咸阳是:"离宫别馆,弥山跨谷,辇道相属,木衣绨绣,土被朱紫,宫人不移,乐不改悬,穷年忘归,犹不能遍。"它北依毕原,南临渭水,宫殿群横贯全城,一片汪泽,气势极其宏伟。

如此,秦始皇并不满足,在他即位的第三十五年,一日以"咸阳人多,先王宫小"为由,要再建一处宫殿。大臣问造在哪里?他说:"阿房。"即"近旁"之意。于是在上林苑新建了一个"复压三百余里,隔离天日"的宏大的宫殿群。

秦的建筑有多美?我不知道。"秦汉建筑"是一个整体的专业表述,反正已开始了砖瓦木结构。"秦砖汉瓦"是建筑学的里程碑,也是一种概括。秦与汉彼此承接,形成了共同的风格,因此学界往往相提并论。

历史的宏大走向更多是体现着帝王的意志。但我以为,历史的细节是由人民完成的。英雄也是过往的拉纤者,他们的号角早已被惊涛掩饰。唯历史的细节兀露于江河之上,在时空中不老。比如建筑,即便只剩一砖一瓦、一石一木,都是劳动者双手刻琢的印迹,那曾经的辉煌都是人民的杰作。无论长城,无论驰道,无论灵渠,无论阿房宫,建筑本身没有罪,包括古

罗马斗兽场、埃及金字塔、印度泰姬陵。它引发我们思考的是，如何看待社会前行的经验与教训，如何让这颗星球能获得更加文明的洗礼与照耀，让人类的世界更具光彩。

我们无须站在历史的审判台上看待历史的陈迹。我们为何不去放下成见，换一个切入口，走进那片宫殿，去历史的海市蜃楼中栖息疲惫的精神？

当然，只有到杜牧先生那里买一张门票了。

还是选一个初秋的时节吧，我喜欢秋天。那毕原的林木开始染上黄色，那高天的流云也疏朗悠闲了许多。我是个跨时空的行者，那宫殿的侍卫、宫女、佣奴，即便是被奉为天神的始皇大帝也看不见我的真身。我随意穿梭，如关中之秋风，旋行于高堂伟廊之下、奇花异木之间，沉醉于兰香芷气里。

也许，杜牧先生是带着唐的幻意在游戏文字。秦时的建筑并没有他描述的那么繁复奢靡，因为时代所限，那种宏伟的气势往往需要高台来举托。阿房宫建起的部分宫殿，也并没有"复压三百余里"之广大，但已足够震撼。杜牧说"五步一楼，十步一阁；廊腰缦回，檐牙高啄；各抱地势，钩心斗角"，其实这已经有了唐时的影子。秦时应该更具春秋古意，线条简洁粗犷，讲究气势，忽略细节，处处体现着秦人的勇猛霸气、王者之风。

瞧，前殿檐上那一排高举于风云夕照间的巨型瓦当，个个刻饰着"千秋万岁"的秦篆字样，那撼人心魄的威严，竟如此令人不敢仰视。

这里楼林丛立，高台叠萌，一个人就是一个小小的蚁点，行来走去，唯有夕照里自个儿的长影陪伴。风中偶有音乐传来，有一二声钟磬的点缀，大多是谀谄的丝竹，柔婉似水，泪渍闪闪。可见远处，有众多彩衣宫女攒拥着一位贵气的妇人向宫丛深处走去。她们低眉含颌，凌波碎步，裙带舞风，珮瑶叮当。这些六国的宫妃，辞别故土，成了秦的宫人。

鹰在天上盘旋，发出凄厉的鸣叫。几株老树，虬枝峥嵘，低唱着晚歌。是啊，秦人夺得了天下，六国将士的鲜血已换成了那条从宫墙里流出的梳妆河里的胭脂水，依然那样猩红。

杜牧感叹道："嗟乎！一人之心，千万人之心也。秦爱纷奢，人亦念其家。奈何取之尽锱铢，用之如泥沙？使负栋之柱，多于南亩之农夫；架梁之椽，多于机上之工女；钉头磷磷，多于在庾之粟粒；瓦缝参差，多于周身之帛缕……"

　　唉，真是文人多悲意啊。六国灭，文人悲。秦灭，文人亦悲。却忘了江山更替，自有轮转之术，非个人意志所为。强秦，不过是历史车辙里的一个辙印而已。而阿房宫犹似一座建筑的丰碑，令后人心往神驰。

　　秦始皇怀揣着一个万代千秋的大梦在沙丘病亡。泰山封禅，天地也没有保佑了他江山永固。政治家就是为梦想而活着的人，阿房宫是他破碎的泡影之一。只是做这种梦的人一直不绝于后，汉的未央宫、唐的大明宫、明清的故宫，它们最终都成了历史烟尘中积淀下的一层土垢，埋葬了建造者的理想。这里既是他们的宫殿，也是他们的坟茔。如今，其上一片荒芜，秋草凄黄，任由过往者指点评说。

　　我努力走出那篇骈文的幻境，无意沧桑自己的心智，于案牍处苟且。我更感兴趣阿房宫建筑与美学的解读。它在这片土地上存在过，并将越来越具有诗意的存在，与后世言和。

　　有一天，政治会成为传说。

　　　　　　　　　　2019 年 9 月 6 日　　牧童速记于涿鹿品隐阁

指鹿为马的赵高

读史就是读人，每一个历史事件其实就是在讲述人的故事。也可以这样说，人本身就是一道风景，读书就是旅游。天高水长，地远林深，人最是万象殊异之灵物。当然，人有外貌上的差别，形成了审美学的情感波澜。但人最深邃的景观是人的精神与思想外放的能量。对于政治家或阴谋家而言，这种能量不可低估，甚至极其可怕。最有悖常理的是可以指鹿为马，可以轻易地毁掉貌似固若金汤的江山社稷。

读秦史，有一个不可忽视的人物就是赵高。有人说他是阉官，也有人说根本就是讹传，他有儿有女。我没有历史学的新发现，也没有必要为他正名。我只觉得历史阉割过许多大奸之人，他就是其中之一。强秦的历史并不长，暴秦的历史更短暂，但他们在历史长河中掀起的波涛却极其的狂骤，给人类留下了痛苦的记忆。

秦汉作为一个关联度极高的历史年代，孕育了众多的历史人物，他们十分鲜明的人格魅力和历史成就，描绘出了中华民族的精神脸谱。特别是一部《史记》，将他们永久地载入了史册，其中有帝王，有英雄，有忠臣，有奸佞。这些信史的拥趸很多，包括我。

说实话，我不愿意出生于秦的年代，主要是害怕成为被黄土掩埋的"腐儒"，或是苛政下的流民。那个时代的确是一幅波澜壮阔的历史画卷，但那是"英雄"的时代，一个舞文弄墨者是那个时代的弃儿，甚或被视为渣滓。读书人是最苦的人，因为读书不仅无用，还会遭殃。相信会有许多高士如庄子一样活着，荷着一锄一罐，依着一篱一树，远遁深山僻水，逃离乱世纷争。我不知道我的祖先有没有将鹿看成马的人，如有，我羞于为他的后人。我们可以不做官，我们可以不富贵，但我们要做人。草民有什么不好？朝露夕辉，春润秋枯，一场野火，来年更丰茂。无名未必无为，存灭由天，去留无声，就个体而言，无名恰是大自在。

我知道，我总是带着避世的目光去浏览历史，我总爱躺在春日的草地上做个秋的大梦。我不具有阴谋的快感和牺牲的壮烈感，所以我不愿做骊山脚下的将军俑或跪射俑，我愿做秦的一块砖，或汉的一片瓦。

秦，我不喜欢赵高。我也不想因为他亲手毁掉了暴秦，就给他分割些好感。没有赵高，秦也得灭亡。历史绝不能靠奸人挥洒丑恶来拯救。

嬴政的天下是凭借杀戮获取的，强秦土地上的刀剑比树林还密。他们要在短期内统一文字，统一度量衡，统一人的思想，即"车同轨，书同文，行同伦"，急政就会转为暴政，就不会去怀柔六国，包容文化差异，"焚书坑儒"是最直接的施政手段，也是立竿见影的办法。不敢想象那时读书人的境遇是多么悲惨。但也有一个怙恶不悛的人，他借篷使风，权势熏天，将皇帝玩于股掌之间。这个人就是赵高。

赵高原是赵国的贵族，由于懂得狱法，受到秦始皇重用，还担任了中车府令，监管符玺大权。后又被任命为胡亥的老师，教授法律。公元前210年，秦始皇第五次巡游时病死沙丘。赵高怂恿胡亥，勾结李斯，篡改了遗诏，并迫使太子扶苏自杀，胡亥登基称帝。二世执政后残暴统治更甚于其父，为巩固帝位，不仅诛杀了股肱之臣蒙恬、冯去疾，而且无情地杀害了他众多的兄弟姐妹。他后来竟以"杀人众者为忠臣"，使各级官吏成了刽子手。最后，连同一阵营的丞相李斯也被腰斩于市。然而，这一切的幕后黑手就是赵高，是他精心策划了这一系列阴谋。终于，一个宦官，也有人说不是阉人，当上了丞相。在强大的秦帝国的朝堂上，导演了一场"指鹿为马"的荒唐的政治闹剧。

秦朝议政的大殿应该是天下最高的房子，从蜀山伐回的大树支撑着屋顶，上面雕满花纹，并饰以耀眼的金红之色，那种威严与高贵象征着秦镇

服四海的强大。

八月的咸阳，暑热无风，朝堂之上一片沉闷。宝座上的秦二世面色虚肿，神情恍惚。丞相赵高正在面向站班的文武大臣说："如今四海归一，天下太平。但依然有人心存复古，抵触号令，藐视权威，不识时务，致使律法不能全面施行。我思之久矣，以为主要桎梏在我朝内部。"随后他面色一转，眼神更为诡异，说："昨日有人送我一马。其身披花纹，头生两角，我观之确是良驹宝骥一匹，莫不是天降瑞物于我朝？"说罢他一挥手，便见一头肥硕的麋鹿牵了上来，那牲灵两眼怯怯地望着众人，浑身紧张有些发抖。二世听得此言，睁大了双眼，惊愕地说："爱卿，何以为马？是鹿呀。"赵高仍然一脸严肃地说："皇上，您再仔细地看看，是一匹马呀。只是这马非同您所见的平常之马，乃为西域之奇种，得昆仑神草滋养，能驾云飞天，追风逐日，跨山越河如履平地呀。""果真如此吗？"二世挪了挪身子，仍有些疑惑。赵高揖首说："皇上近来操劳国事，过于耗费身心，故才如此多疑。"他转身对堂下百官说："诸位大人说说，这是鹿，还是马？"看此阵势，人们心中已明白八九，大多都说是马，是马。也有不识时务者，低声说："是鹿嘛，明明是鹿嘛，哄三岁小孩呀？"也有人低声不语，装聋作哑，只管捻着胡须。

赵高用鹰隼一般的眼神看着大家，记着每一个人的表态。此刻，有人知道，假话可苟全，真话要命呀！

果然，事后那几个说了真话的便被秘密处死，那些假言奉迎的被提拔重用。由此，赵高只手遮天的篡政弄权之术达到了巅峰。

如此荒唐的政治也让人有些瞑目，也难怪秦朝没熬到三世就灭亡了。这样昏聩的帝王就是亡国之君，辜负了他爹打下的这片江山。后来胡亥被赵高杀了，赵高被子婴杀了，刘邦入关，子婴投降，秦朝灭亡。

鹿非鹿，并不是"白马非马"的概念。"白马非马"是形而上学的诡辩论，是个哲学命题，而"指鹿为马"是一个令人窒息的选择题，足可见政治的险恶。

赵高被排在中国历史"十大奸相"之首，除了时序的原因，主要是他的手段堪为"经典"。时势造英雄，时势也造大奸之人，这就是历史的双面性。赵高非常聪明，胡亥也未必愚蠢。他们都在相互利用，但他们在国

家生死存亡之际，依然考虑的是个人的私利，所以，德不配位就是灾难。

鹿是很温顺的动物，谁知早早地便与奸佞之人挂上了钩，真是无辜。且被政治阉割成一匹马达两千多年，颇让人感到朝堂的犷悍与血腥。

2019 年 9 月 10 日　牧童速记于涿鹿品隐阁

虞　美　人

虞美人，不是一朵花，也不是词牌名。

霸王别姬是最具戏剧性的故事，但它不是戏剧。为什么要用一个女人的柔弱来衬托男人的暴烈，这未必是历史的本意，却是人性的企图。虞姬不是一个女人的真实姓名，"姬"是古代对妇女的美称。我们权且认为她就是一位美人吧。

翻开汉的历史，在走进它的门槛时，人们都要稍作停顿，在回望里，叹惋一位英雄，唏嘘一位美人。没有这位乌江自刎的英雄，强大的秦军不可能有巨鹿惨败，暴秦也不会那么快地就灭亡。没有虞姬，人们也无法知道项羽柔情似水的一面。如此戏剧性的故事，让后人几乎无暇去判断项羽究竟是好人还是坏人，甚至人们不愿面对他一夜之间坑杀了秦军二十万降士，以及战争致无数百姓遭殃的残酷，而只是唤起了人们对英雄末路的同情。人们过多地在一个悲剧的点上纠结，似乎带有人性对自负的反省成分，但更多的是欣赏，并赋予它悲剧的壮美感，对失败者的另类释意。

现实就是那样无情，也没有那么浪漫。冷兵器战争的惨烈，到处都是一片尸骸、一片鲜血、一片呻吟，再有便是夕照的荒原、摇曳的枯草、冷月下狼的嚎叫。恐惧、绝望都是人的本性，再伟大的英雄也会有求生的欲望，也会有一缕悲苦攫掠心头，也会有一丝柔软牵连魂魄。

我还是认为，在四面楚歌的绝境里，项羽和他心爱的女人很难有心思唱歌跳舞一番。饮酒有可能，一来是壮胆，二来是麻醉，三来嘛，解渴，心烦意乱，必是口干舌燥。如若是我这种心态的人，坐在帐中，恐怕愁得早已茶饭不思了。当然，我等碌碌之辈也不会置身于如此波澜壮阔的历史宏图中。

可项羽毕竟是大英雄，杀了那么多的人，早已不具常人的恻隐之心了。虞姬虽是女人，无奈常年四处征战，看惯了厮杀，闻久了血腥，悟透了生死就在那么一转瞬，睡去便一切都解脱。在柔软的外表下定然包裹了一颗冷却的心。诀别之际，给主人再唱一首歌、跳一支舞也未必不可能。世人有两种说法：一说这是爱情。虞姬深深地爱着这个英雄，这个充满阳刚之气的威武的男人，他能举起千斤大鼎，必是雄性激素旺盛的男人，对女人更是慷慨奉献之人。如若得了帝位，这个女人有可能主持后宫。二说虞姬就是一个被掳来的随军女侍，因为人长得漂亮，便被霸王唤来侍奉左右。试想，哪个女人愿过这种生活？战争就是杀戮啊。这是一种绝对的无奈，上了贼船，便下不去，唯死是一种出路。历史上有过多少无辜的女人被绑上了战车，自母系氏族社会结束后，女人就成了权力争夺的一部分，成了这些权势威赫男人的牺牲品，有的甚至还被贬责为祸水。

据说虞姬是江苏沭阳人，出生时五凤鸣于宅，异香闻于庭。得益于良好的家庭教育，她自小便知书达理，能歌善舞，是美人中的才女，才女中的娇婵。历史上找不到更详细地讲述她身世的记载。按照一般推理，西楚霸王这样的男人身边还缺女人吗？能一直陪他到死、殉情于他的人能是嫫母或东施吗？

当然不会，事实也不可能。虞姬就是一个美人，一个不可方物的美人，一个让英雄拜服的美人。

楚汉争霸是历史一个重要的节点，其结果知史人皆知。项羽、刘邦都是秦末农民起义的首领，项羽自立为西楚霸王，分封王侯，刘邦为汉王。刘邦不甘心一侯之地，志在天下，便在张良、萧何、韩信等人帮助下，经过四年血战，将霸王项羽围于垓下，等待最后的胜利。

项羽勇武过人，但心机不足，遇到刘邦，便是天敌。鸿门宴一念之差，鸿沟协议的不可靠，致使他多次犯下战略性错误而奠定败局。刘邦为了夺

得天下，无所不用其极。在荥阳、广武僵持战中，项羽以烹煮其父为要挟，得到的回答是："我们曾为兄弟，我父便是你父，如果你愿这么做，别忘了分给我一碗羹。"项羽气得是七窍生烟，别无他法。打天下和坐天下是有区别的，文能治国，武能安邦。这"武"字里的最高境界是诡诈之术，项羽总归成不了帝王之尊。时势造英雄，以暴制暴，项羽灭秦时得天时、地利、人和，在刘邦一伙面前，他不仅失去这些资源，还凸显出他一介武夫的薄陋。刘邦背信弃义，韩信十面埋伏，迫使他让出天下，还得搭上性命，项羽在垓下肠子都悔青了。

这时，楚军的大帐里灯昏气黯，项羽坐在虎皮椅子上只管攥着拳头，剑眉紧皱，一筹莫展。将士、参谋立于帐外静声无言。

须臾，带着血腥的夜风吹进大帐，虞姬素雅的白衣在风中飘动了起来，一股香气袭进项羽的鼻息。他把愤愤又含着惜怜的眼神投在了美人身上，重重地叹息了一声，说："爱姬，我对不起你了。让你受此惊吓，无奈，这就是战争。你赶快做一下准备，天亮我们就突围。只要我还活着，就一定要夺回我们的荣誉，诛杀刘邦那个小人。"

"大王，我们虽然垓下被围，损兵折将，但你依然是我心中顶天立地的大英雄。贱妾能与你相守相爱，虽死无憾。我自与大王相随之日，便将生死置之度外，大王不要为我担忧。"说着虞姬便递来一爵美酒，跪在项羽膝前说："大王，再敬你一爵酒吧。此次突围，祸福难料，我生死都是大王的人，不愿落入贼人之手，辱大王之誉。请大王饮下这酒，便是与我一世同心，永不分离！"

项羽看着泪眼蒙眬的爱姬，一阵心酸窜上眉眼，只是男儿有泪不轻弹，他强咽下悲意，接过酒，仰首喝了下去。随即起身于帐中，抽出宝剑，便舞了起来，嘴里还吟唱着："力拔山兮气盖世，时不利兮骓不逝，骓不逝兮可奈何，虞兮虞兮奈若何！"

那歌意是说：我的力大可拔山啊，气概可盖世，可时运不济时，宝马也难奔驰；宝马不奔驰有什么办法？虞姬呀虞姬，我该如何来保护你呢？

当唱到"虞兮虞兮奈若何"时，虞姬分明看到英雄眼角含满了泪水。虞姬和乌骓是项羽最心爱的宝物，如今被困垓下，人不能舒展笑颜，马不能飞驰亮蹄，怎不令英雄心碎？

虞姬此刻却异常坚强，并没有泪流满面，那美丽的容颜十分镇定，她接过项羽手中的宝剑也随之缓缓舞了起来。那护卫的士兵和帐外的将军们都偷偷地向帐里张望，他们心中无限地凄惶。只听虞姬唱道："汉兵已略地，四方楚歌声；大王意气尽，贱妾何聊生！"

那声音如此悲凉又决绝，大家不忍再觑，都低下了头，有的流下了眼泪，有的已泣不成声。

突然，正在旋舞的虞姬对项羽喊了一句："大王，来世再见吧！"只见一道亮光在那雪白的颈项上一掠，鲜红的血便飞溅了出来，如那雪地梅花盛开在洁白的衣衫之上。虞姬慢慢地停了下来，宝剑脱手而下，美人骤然倒地。

"爱姬，爱姬！"项羽大叫着扑了过去，跪伏于鲜血之中，虞姬慢慢地闭上了眼睛。"爱姬，爱姬啊！"项羽抚着美人，悲痛欲绝。

这时，天将放亮，外面楚歌又起："九月秋凉兮，四野飞霜。日月征战兮，终归刘邦……"

项羽草草地掩埋了虞姬，带领八百壮士杀出重围，来到了乌江之边。乌江的亭长早在那里驾船等候，他说："大王渡江吧，对岸还属楚地，你可以东山再起啊。"项羽闻此，知西楚并没有失陷，但心中的内疚和忏悔嚼噬着他那颗英雄之心，他仰天长叹道："我到了今天这个地步，有何面目再对江东父老啊！"说完，便拔剑自刎。

乌骓马看见主人倒地气绝，便长嘶数声，投江殉主。

自此，刘邦清除了称帝的障碍，实现了宏大的政治抱负，开创了大汉四百年辉煌的基业。

一个英雄，一个美人，以这种壮烈的方式结束了鲜丽的生命，成就了爱情的永恒。易安居士站立于乌江之岸，感念此情此景，千年之后依然赋诗赞道："生当作人杰，死亦为鬼雄。至今思项羽，不肯过江东。"

2019 年 9 月 29 日　牧童速记于品隐阁

封狼居胥

应该说，读史最提气的是汉武帝时期，那些文字充满了血性阳刚，能读出民族大义和气节。虽说"汉承秦制"，但汉就是汉。秦有秦的功绩，汉有汉的伟业，两汉四百年，征服匈奴、开拓疆域，为不世之功。汉武帝主动出击、荡平边患，要比秦始皇筑起高墙更有效。

作为男人，我愿活在那个时代，在大漠征战里挥洒青春。我也不惧一腔柔情独对冷月，在羌笛声中，淌尽最后一滴热血。然而，想象总归不是现实，古代战争似乎如同传说，冷兵器的战事更将成为历史。我们做此回望，是要记住过去，承继民族的血性。天下虽安，忘战必危。

读汉史，特别是前汉，代表那个时代的血性男儿至少有三个人，他们是李广、卫青、霍去病。其中，最厥功至伟的是霍去病。"封狼居胥"这个成语讲的就是他的故事。封，就是祭天；狼居胥，是山名。就是说，霍去病深入漠北，寻歼匈奴主力，在这里取得大捷。故此，在狼居胥山举行祭天大礼。这是彰显军人最高军功的仪式，也是最高的政治荣誉，非一般人可为。据说，历史上能与此荣誉比肩的是"勒石燕然"，指的是东汉将军窦宪大破匈奴，班固亲笔题刻《封燕然山铭》。

霍去病最早披挂上阵、建功立业的时候才十八岁，真是英雄出少年啊！一方面是他心存高远的志向，另一方面是得益于其舅舅卫青大将军的提携

扶持。南北朝诗人曹景宗有诗赞道："去时儿女悲，归来笳鼓竞。借问行路人，何如霍去病？"

十八岁少年美颜，英姿勃发，长矛在手，威震四方！不是所有的男儿都是霍去病，但那时的男儿以保家卫国为己任，以建立功勋为目标。他们响应国家召唤，辞别父母兄弟，跨上战马，来到边关，奋力拼杀，不畏生死，那是最高的人生荣耀。

霍去病年轻气盛，勇猛无敌，堪为典范。但他为人处世高调张扬，不计后果；带兵打仗也极为彪悍，锐气难当。爱护士兵方面他不如卫青、李广，然而他的果断刚毅，他的严苛无情，却令人生畏。带出的亲兵往往都是亡命之徒，所以他的队伍是所向披靡、每战必胜的。

一次，霍去病得胜归来，汉武帝准备了豪华的府邸让他参观，谁知他说："匈奴未灭，无以家为也！"这句话感动了汉武帝，也成了后世男儿的励志之语。霍去病与舅舅卫青关系很好，在军事上也得到了他的真传，但霍去病更敢于冒险，以勇悍著称，竟敢于带一支奇兵千里突袭，且屡立战功。为此，汉武帝特制了一个封号给他，称为"骠骑将军"。对此，河西之战，骄狂的匈奴也低下了头颅，哀唱道："亡我祁连山，使我六畜不蕃息；失我焉支山，使我妇女无颜色。"

元狩四年（前119年），为了彻底消灭匈奴主力，汉武帝决定开展一次规模最大的远征，史称"漠北大战"。他命令卫青、霍去病各领五千骑兵，并有数十万辅助步兵和后勤做支援，分两路出击匈奴。

卫青一生享有不败的美誉，他使用战术，一击便取得成功，斩杀匈奴两万多人。不过与外甥霍去病相比就逊色多了。

霍去病率领五万骑兵从右北平出击，北进两千多里，越过离侯山，渡过弓闾河，与匈奴左贤王部接战，歼敌七万多人，俘虏王侯三人，将军、相国等八十三人。霍去病乘胜追杀到狼居胥山，并在此举行祭天封礼，在姑衍山举行祭地禅礼，兵锋剑指瀚海。经此一战，彻底击溃了匈奴的有生力量，自此"匈奴远遁，而漠南无王庭"。这就是历史上有名的"封狼居胥"。

然而，天妒英才，霍去病二十四岁那年因病去世。悲哀！少年英雄并没有因为名字有"去病"二字便不得病，竟是早早便抛下了功名而去。

汉武帝对霍去病的死非常悲伤，他调来铁甲军列成长阵，沿长安一直

排到茂陵霍去病墓地。还下令将霍去病的坟墓修成祁连山的模样，以彰显他战胜匈奴的奇功。霍去病谥号为景桓。

霍去病是一位军事天才，他就是为征战沙场而生。他是一位运用突袭战术作战的高手，是对汉军战术观念的革新家。他可谓非常灵活地运用了迂回纵深、穿插包围的作战策略，抓住了匈奴的弱点，从匈奴认为的不可能中找到突破口，最终形成合围攻势。致使草原虽广，匈奴却无处可逃，最后遭到毁灭性打击。

封狼居胥之后，他也表现出了对战争的反省、对生活的热爱。据说他留有一首诗，是这样写的："四夷既获诸夏康兮。国家安宁乐未央兮。载戢干戈弓矢藏兮。麒麟来臻凤凰翔兮。与天相保永无疆兮。亲亲百年各延长兮。"这首诗祈望和平，充满家国情怀，竟是出自武将之手，令人感叹。

如今，英雄已去，只剩大风悲歌，咏唱过往。

人们记着那段辉煌的历史，但很少有人知道霍去病的墓陵尚在，在关中平原那几堆已辨不出原貌的封土之下，有一个年轻的生命长眠于此。大漠的冷风会从终南山折回，抚过那片衰草发出哀鸣。那夕阳煅烧的红云莫不是犹如一张巨大的帷幕，正渐渐地落下，盖在了这片荒冢之上？

在这里，人们不知要去哪堆土前祭拜英灵。唯有众多的石雕没有被毁掉，而且得到了妥善的保护，这很让人欣慰。据说，有一尊"马踏匈奴"的石雕保存得最好，它站立于这里二千多年，只为印证一个传奇。当代的艺术家们说，霍去病墓陵的这组雕像是现存时代最早、保存最为完整的成组石雕。它依石拟形，古拙浑厚，手法简练，尤为神似。远望如山石，近看神形全。这正是两汉时期的艺术特色和那个时代粗犷勇猛的精神崇拜。

如有机会，我一定要去陕西兴平拜谒霍陵，我要亲手抚摸一下"马踏匈奴"的石雕，我要为它写一首赞歌。

2019 年 10 月 1 日　牧童速记于国庆日

缇萦救父

这阵子读史，有些沉陷进去的感觉，总是有一两个历史人物在我脑海里闪现。他们跟着我的阅读进度，不断更替地出来与我对话。有些原本就有印象，有些是从未知晓的。越读，越觉得知之甚少；越读，越觉得历史厚重。我庆幸自己拥有了这套书，让我的生命在夕阳里又看到了纵深处的风光。

是啊，很高兴因为读史，我又认识了许多古人。他们都曾在这个世间活过，都曾在属于他们的那段时光里被同一个太阳照耀。他们有过自己的喜怒哀乐，有过与我们一样不可预知的未来。有一点他们不会知道，因为他们的精神光亮唤醒了我对生命意义的无尽追寻。甚至令我如此向往他们创造的某一时刻的历史记忆，而成为他们的知音。

其实，读到两汉的时候，我已经放慢了脚步，增加了回望的频率。西汉应该算得上彪炳人性的年代，仅次于春秋的大度。

我从历史的对岸走过，落了一身风尘，在我还没来得及拂拭的时候，有一个小女孩走进我的视线，她叫缇萦，是汉代名医淳于意的女儿。在古代孝经里有一个"上书救父"的故事，讲的就是她。

缇萦的父亲淳于意是临淄当地有名的医生，之前还当过太仓令。由于不谙官道，没多久便辞官从医了。他勤奋专研，医术益精，治好了许多疑

难杂症，由此也给他惹来了祸端。一天，有个商人的妻子久病不愈，请他前去诊治，不料吃了他的药剂竟一命呜呼。商人大怒，随即便把他告到了官府，说淳于意是庸医，害死了他夫人。经过审理，按律当判肉刑。但由于他担任过县令，必须奏报朝廷才能最终定案。也是当地官员存有一分私情，知道当今皇上正在推行善政，有可能寻得一线生机。因此，淳于意要被押至国都长安受审。

汉承秦制，当时的刑法与秦一样严苛，其中一项"连坐法"已被汉文帝废除。然而，还有许多肉刑仍在施行，人民苦不堪言。比如"墨刑""劓刑""刖刑"，这些刑罚不仅使人留下印记，终身受辱，而且大多致残，丧失劳动能力。既毁了家庭，也增加了社会负担。汉文帝早就有意改革这些弊政。

话说淳于意就要被押送启程，这是与亲人最断肠伤别的时候，他看着膝下跪着的五个女儿，心中无尽悲凉，叹息道："可惜我没有儿子啊，否则遭此危难，竟无人可助呀！"听到父亲的哀怨，女儿们更是凄伤难抑，哭声一片。这时只有小女儿缇萦是气愤多于悲伤，她攥紧拳头，暗暗发誓："女儿怎么了？怎么就不能给父亲提供些帮助？"她擦去了眼泪，收拾行装，要随父一同进京。不管家人如何阻拦，她去意坚决。到了长安后，缇萦举目无亲，求助无门。在家时，她听父亲说过当今的圣上可是个好皇帝，他废除重刑，怜恤百姓。事已至此，她斗胆写了份奏书呈上，这是最后的一线希望了。缇萦一再给自己壮着胆子，孤身来到宫门前，长跪于那里，请求护卫帮助转递。

也该是父亲有救，让女儿遇到了开明的国君。按照一般的常理，一个平民百姓，更别说一个刚到及笄的女孩子，是没有资格，也没有机会能直达天聪的。然而，由于汉文帝刘恒广开言路，诚心倾听各方的建议，他甚至可以"止辇受言"，常常被建言者阻于行道之上。"言不可用者，置之；可用，采之；未尝不称善。"所以，一个十五岁小女子的奏书很快便送到了文帝手中。

文帝很是好奇，也感慨这女子的孝行，这正是"以孝治天下"的楷模。特别是缇萦对父亲的怜悯，对肉刑的大胆批判和建议，正中圣意。奏书上说："妾父为吏，齐中尝称其廉平。今坐法当刑，妾伤夫死者不可复生，刑者

不可复属。虽欲改过自新，其道莫由，终不可得。妾愿没入为官婢，以赎
父刑罪，使得改过自新也。"

于是，文帝便召集大臣们来商议此事。文帝说："一个人犯了罪，应
该受罚，但也应该给他一个重新做人的机会。受了肉刑之后，犯人要么终
身留有印记，要么四肢不全，失去劳动能力。这种刑罚过于残酷，不利于
教化劝善，不利于施行德政。应该找一种不伤害肢体、有机会重新做人的
刑罚来替代。"大臣们几经商议，一致赞同用打板子的方式来取代肉刑。
但是，打板子也有弊病，由于板数过多，许多犯人还是当场杖毙。后来，
经过不断实践，找到了最佳的行刑数量，如此一直延续到后世。

随之，文帝还废除了"诽谤妖言罪"。当时，不论是大臣还是百姓，
都不能随便议论皇帝，更不能怨恨朝廷。否则，就是犯了"民诅上罪"，
因为天地和"天子"有关系。文帝说："这些刑罚使大臣不敢说真话，人
民噤若寒蝉，朕无法知晓自己的过失，听不到民间疾苦。这对国家治理非
常不利，也无法招纳良才。"

就这样，因为缇萦上书救父的孝行，促使汉文帝进行了司法改革，废
除了自夏商以来不断施行的一系列酷刑，减轻了人民的负重，推进了社会
进步。

据史载，自汉文帝废除肉刑之后，很少再有皇帝愿冒天下之大不韪而
恢复旧制。汉文帝因为采取了一系列休养生息的政策，以德治天下，并虚
心纳谏，以民为本，重农降赋，践行勤俭节约，因此国富民安成为现实。
其后的汉景帝刘启继续奉行"与民休息"的政策，使国家日益兴旺，呈现
出一派太平富强的气象，史称"文景之治"，为"汉武盛世"奠定了坚实
的基础。文帝由此获得了后世极高的评价，说他"功莫大于高皇帝，德莫
盛于孝文帝"，并将其与刘邦并列尊为太祖、太宗。

有人说，一个汉朝的小女子，能青史留名，实现自己的抱负，不光是
有胆有识，运气好，主要是她遇到了一位好皇帝。如若不是刘恒，历史将
是另一种模样。这就是平民的政治机缘。

缇萦，两千多年后还能被今人津津乐道，正是汉文帝对老子《道德经》
那句话做了最好的诠释。那句话说："善者吾善之，不善者吾亦善之，德善。"
还有那句："圣人无常心，以百姓心为心。"李白有诗赞道："淳于免诏狱，

汉主为缇萦。津妾一棹歌，脱父于严刑。十子若不肖，不如一女英。"

这可算得上是一位帝王与一位平民的故事，很朴实，没有被渲染成传奇。因为大德大贤之人走出的是扎扎实实的辙印，而所谓的传奇不过是其上刮过的一阵风。

我将继续阅读下去，只是越往后觉得越苦涩：人为什么越来越自私，还越来越难捉摸呢？

2019 年 10 月 4 日　牧童速记

苏武牧羊

很小的时候，从父亲的讲述中，我便知道有个古人叫苏武。

每当父亲拉起他心爱的二胡，总要用《苏武牧羊》的曲子做结束。听这首曲子成了我的期待，也由此那种忧伤便早早埋进我的记忆里。直到我长大后，也有一段时间学着父亲拉响了这个曲子，并用心地品味着它的弦外之音。我渐渐地觉得，那弓风弦音会将我带进一片遥远的蛮荒之地，一群羊，一位老者，一根长长的牧羊鞭，像草滩上孤零零的一支旌旄，祈告着风中的苍天。

这次读史，我认为编者有些疏忽了，在"汉武雄风"这一章节里，只用了一张古旧的《苏李泣别图》和其下的几行小字，就将这样一位我自小便崇拜的历史人物给敷衍了过去，让我心里很不是滋味。所以，我还要为他码一篇文字。

在大汉的权臣里，苏武只是一个小人物。而在我心中，他却是个大英雄，甚至超越了那些帝王。

"气节"二字，不同时代有不同的注释，但在民族大义面前，却是惊人的一致。当今，回望历史，我们要学会实事求是地看待不同时期的人和事，不应人云亦云。"气节"是与民族大义紧密相连的人格体现，更是生死关头的坚守与抉择。而往往最有气节的历史人物总是与忠君的情结不能割舍，

这让我们评价英雄时有些尴尬。忠君是不是报国？报国是不是民族大义？我们的"气节"一词是基于什么原则确定的称谓？是用什么标准做出的划分？

我们这片土地在悠长的岁月里培育出无数苦难的土壤，是凄美的浪漫，是用鲜血和生命堆塑出的一块道德高地。我们将"气节"高举于头顶，成为士子的信仰。而士子与君子一脉相承，君子又有君王之子的潜台词。君王自认为代行天职，服务臣民，而实际能做到敬天爱民的帝王并不多。但因为他们掌控着天下资源，所以，士子与君子为报效国家臣服于其下并不耻辱，这就是中国历史的实况。

以批判的态度读史，是瞻望未来的一道目光；以借鉴的态度读史，是有良心的阅读。我不是历史学家，我仅是对历史的好奇，更愿站在历史的长河里接受传统的洗濯，在对现实的反省中完成对先贤的致敬。

我打开播放器，闭上眼睛，重新沉浸在那个音乐中。

听着听着，便有几位古人和一堆熟语飘然而至。有屈原、陶潜、岳飞、文天祥，还有明朝的方孝孺、清朝的谭嗣同，当然也有苏武。他们以行动甚或是生命践行着他们的价值观，诠释着什么是"气节"。

"朝闻道，夕死可矣"，揭示的是气节的本真；"鞠躬尽瘁，死而后已"，拓展的是气节的深广；"英雄生死路，却是壮游时"，咏唱的是气节的豁达；还有"士可杀而不可辱""三军可夺帅也，匹夫不可夺志也"；还有"渴不饮盗泉水，热不息恶木荫""宁可枝头抱香死，何曾吹落北风中"等等，都是对"气节"的朗朗直表，如是铮铮铁骨，矗立天地，架起了民族的脊梁。它不仅是道德号召，也是士子们处世立命的准则。

苏武是以"节"为鞭的第一人，也是持"节"而行的第一人。这个"节"不是简单的一根竹竿或一根木棍，而是肩负着国家使命的象征。孟子那句"富贵不能淫，贫贱不能移，威武不能屈"，歌赞的正是苏武这般的大丈夫。

音乐是有想象羽翼的飞鸟，那弦上的走弓便是振羽的气流，我的情绪为之起伏。我作鸟瞰，便是无际的草原，那份孤寂，不堪言状；我作栖落，便是低伏的衰草，那份苦寒，谁人知晓？十九年，苏武在这般境遇下，依然持节而立，始终遥望南方，耽思报国，这是怎样的一份赤诚？

汉节，也叫旌节，是汉朝皇帝特使的权杖，一般为七八尺长的竹竿，

顶端拴着一根皮带，上挂一簇洁白的牦牛尾，通体应该还有其他规定的装饰，是一件十分庄重又醒目的物件，持节者必是此行的最高首长。"失节"原指丢失节杖的意思。如今，"外交使节"一词也是由此承袭而来。当年苏武便是以中郎将的身份，举着这样一个外交使臣的象征物走进匈奴的。

原本是为送还一些相互扣押的人质，还有一些大汉皇帝示好匈奴单于的礼品。孰料，匈奴发生了内乱，行动失败，苏武的副使张胜受其牵连。苏武恐遭审讯，有辱国格，便寻机自杀，然两次未遂。单于敬重其壮节不屈，便派人劝降苏武。不管如何威逼利诱，苏武坚决不降，甚至在冰天雪地里不给食物和水，苏武靠吃羊毛就着冰雪，濒临死亡依然不从。无奈，单于只能将苏武流放到遥远的北海一带去牧羊。一场本来很轻松的外交活动，因故生变，将苏武的命运推向了悲苦的深渊。

我又得去搜刮有限的记忆，来编织一个个历史场景。这几乎成了我的讲述习惯。

北海水边的一介孤影，只恨没有羽翼，何尝不生幻念，唯有天上的大雁知其心迹。单于说："只要你的羊群生出羔羊，你就可以回返故国。"然而，那是一群公羊，在生命的尽头处，等待它们的只有烈焰烹煮。单于编了一个神话，耗尽了苏武的青春。

位于东西伯利亚南部的北海，即今天的贝加尔湖，冬季十分寒冷。狂雪覆盖的冰面融入于苍茫的云端，风吹落了落叶松的松针和桦树的叶子。一群老羊蜷缩在低矮的草檐下，如同僵硬的雕塑。苏武那件君王赐予的红袍早已缀满了羊皮，亦如僧人的百衲衣。只是前襟有拳头大一片没有掩盖，那是袒露的一颗心，如一朵雪地红梅。苏武老了，银白的胡须在颔下飘动，倔强的皱纹宣示着沧桑。只有一双眼睛依旧熠然明烁，眼神还是那般深情，那般坚毅，并没有被寒冷冻结了希望。没有死去便不能死了，手中的节杖虽已磨失掉了尾毛和装饰，光滑得如同一枚冰锥，但那依然是出使的信物，是未交结的使命啊。十九年，北海的水没变，汉使的心没变。苏武遥望南方，拄着那根节杖说："苍天啊，你可知我心所想吗？我不愿客死他乡啊，哪怕我只剩一把朽骨，也要埋进故土啊！"言罢，苏武老泪横流，他低沉地哼唱起乌孙公主的《悲愁歌》来："吾家嫁我兮天一方，远托异国兮乌孙王……居常土思兮心内伤，愿为黄鹄兮归故乡。"

当年在建章宫太液池边伴驾，第一次听李延年演唱这首歌时，就曾伤感万分。如今自己身处异乡，归家无望，更深切感受到了这首歌词所咏叹的悲愁之苦是何等凄绝。

如此忠君报国的大汉臣子，单于自是十分敬重和喜爱，因此派降将李陵前去劝降，就有了《苏李泣别图》所描绘的历史场景。

结果可想而知，苏武回敬李陵道："我武氏父子没有立功树德，所有一切皆为陛下所赐。位列将，爵通侯，兄弟三人都是皇上的亲近之人，我们愿意为朝廷牺牲一切。现在是报效国家的时候了，即便是遭受斧钺和汤镬的极刑，我也心甘情愿。"苏武又说："我已经是死过的人了，不要相逼了，否则，我愿再次死在你的面前。"李陵见状，慨然长叹："苏武其乃义士也！我李陵与卫律罪孽深重，无以复加。"于是眼泪直流，浸湿了衣襟。无奈，只得拱手相揖，告别苏武而去。

后来李陵又到北海，对苏武说皇上死了。苏武听到这一消息便向南方放声大哭，吐血几次，每天早晚哭吊达数月之久。

汉昭帝即位，汉匈达成和解。单于仍隐瞒实情，不愿放归苏武。一日，汉使臣见到单于告诉他："天子在上林苑射猎，射得一只大雁，脚上系着帛书，上面说苏武等人还活着，在北海牧羊。"单于佯装不知，悄悄令人将苏武寻回。临别之时，李陵设宴向苏武祝贺，他说："今天你回归大汉，将会成为匈奴和大汉历史上的知名人物。而我全家被杀戮，成了当世的奇耻大辱，我还顾忌什么呢？"说着与苏武举杯对饮，泪流满面，又悲泣地说："算了吧，我已成异国之人，这一别就是永别了。"说罢，李陵起舞，唱道："径万里兮度沙幕，为君将兮奋匈奴。路穷绝兮矢刃摧，士众灭兮名已聩。老母已死，虽欲报恩将安归！"他最悲切的那句是：老母亲都被皇上杀了，哪里还有我的家呀？

苏武听到这里也是悲痛难抑，泪洒长襟。

汉昭帝始元六年（前81年）春，长安乍暖还寒，绿芽初萌，苏武回来了。长安街万人空巷，人们夹道欢迎英雄的归来。苏武依旧身着百衲衣，手持节杖。他须发皆白，满面沧桑，但神采坚毅，十九年苦难的洗礼仍不改汉使的凛然风骨，众人见之，无不感慨落泪。

细读东汉班固的《苏武传》，能更多地了解苏武其后的一些事情。或

者是天子如何厚待于他，或者是失子之痛，总的是悲喜交加，成为一世传奇。作为中国历史上坚贞不屈、最重气节的代表人物，苏武之名将永垂青史。

《苏武牧羊》这首曲子我将继续听下去，无论是二胡还是洞箫，或者是我行进在旷野上自个儿哼唱，都是一种精神自励，一种图景的无数次描绘：孤零零的老人、荒原的羊群、南回的大雁、雪地的节杖……

气节，一个民族屹立不倒的脊骨；于人，是铿锵的魂魄！

2019 年 11 月 21 日　牧童速记于初冬时节

史家之绝唱

司马迁这个名字最早是从毛泽东《为人民服务》那篇文章中得知的。毛泽东说:"人总是要死的,但死的意义有不同。中国古时候有个文学家叫做司马迁的说过:'人固有一死,或重于泰山,或轻于鸿毛。'"当时我很小,既不知泰山,也不知鸿毛,但我知道了,人总是要死的。

长大后,我接触了一些历史知识,才知晓司马迁是两千多年前的汉朝人,他写了一部书叫《史记》。令男人耻辱的是,他受到了宫刑,致使男人不再有做男人的本钱。后来,我也渐渐明白了,什么是男人。"本钱"固然是性别的特征,但一个男人不应该仅仅像男人就算男人,那是动物的属性。而男人更应该先像人,然后再分男女。男女并没有天然的尊卑,如若在母系氏族社会,男人不过是一介劳力而已。司马迁虽然身有残损,但忍辱苟活,不屈不挠,完成了一部震烁千古的历史巨著,他才是一个真正的男人,一个顶天立地的人。而历史上那么多雄心勃勃的男人,不过是人类长河里的浮沫、激素灰烬上的烟尘。

司马迁从传说的黄帝写起,将三千年历史尽收囊中。之后,史家对这些历史事件的认定无出其右。无怪乎鲁迅先生将一部《史记》称誉为"史家之绝唱,无韵之离骚"。

司马迁不仅是历史学家,也是文学家,他的《报任安书》是一篇感人

的至情散文。他用千回百转之笔控诉了封建专制的残酷无情，表述了自己的光明磊落之志、愤激不平之气和曲肠婉怨之情。其议论、抒情、叙事于一体，文情并茂，辞气沉雄，慷慨激怀。他说："若九牛亡一毛，与蝼蚁何以异！"抒发了轻蔑生死的豁达与无奈。他说："是以肠一日而九回，居则忽忽若有所亡，出则不知其所往。每念斯耻，汗未尝不发背沾衣也！"这是对自己的不幸悲切痛绝，如泣如诉。他说："所以隐忍苟活，幽于粪土之中而不辞者，恨私心有所不尽，鄙陋没世，而文采不表于后也。"则是他为了完成宏图大志，甘愿承受任何精神折磨，勇敢地活下去的誓言。这篇极具语言特色的千古奇文表述了司马迁喷薄张扬的愤激之情，表现出他峻洁的人品和伟大的牺牲精神。可谓字字血泪，声声衷肠，气贯长虹，催人泪下。故有前人评价说："感慨啸歌有燕赵烈士之风，忧愁幽思则又直与《离骚》对垒。"

司马迁出身于史官之家，自周朝开始，他的先祖即任周王室太史。父亲司马谈任汉武帝时期的太史令长达三十年之久，临终前嘱咐儿子司马迁："我死之后，你一定要做太史，不要忘了我的遗愿。"从此，司马迁为了编写《太史公书》，即后来的《史记》，走上了一条忠诚于史实而不谀君王的艰险之途，也为他惨遭宫刑、险些丧命埋下了伏笔。

古代文人的骨气从司马迁这里得到了最好的印证。我赞成这样一种说法：有知识、有思想的人才有灵魂，有灵魂才有骨气。这样就不难理解司马迁了。文人的傲慢与倔强，是因为他们培育出了自己的意志、有责任的自觉、有道义的取舍。

司马迁能为中国历史留下这样伟大的史学成就，为这个民族咏唱出一部真实可信的史诗，这是文人的骄傲，也是文人精神与文人骨气的标杆，具有非同寻常的意义。我们这些懦弱的弄墨者除了汗颜，便是自卑。我们大多写一堆无用的东西、一种落叶前的孤怜、一种流水里的呻吟。

从司马迁身上让我感到了说真话的悲哀，而恰是这种悲哀让文人多了份悲情甚或是壮烈，于是其笔下的文章便起了波澜，便有了《报任安书》以及后世无数的悲愤之章。文人好似孤胆英雄，提笔如刀，开辟了另一个战场，同样硝烟弥漫、血肉横飞；同样砚边饮恨、笔下断魂；同样荒冢枯草、残阳西风……

我敬仰司马迁，也同情司马迁的遭遇，我在寒冬的斗室里为两千多年前的文学导师掬了一把泪水。其实，李陵和司马迁并没有什么交情，司马迁勇敢地站出来为李陵说了一句公道话，是文人秉直进言的品性使然，却惹怒了志在一统天下的汉武帝。

司马迁任太史令以来，所记文字力求真实，绝不做"为尊者讳"的事情。刘彻是志高气扬的一位帝王，他意欲违背史训，试图掩过饰非，由此与司马迁结下了梁子。

一日，刘彻闲来无事，便来太史令处翻看史稿，看着看着，忽然大怒道："你怎么把高祖刘邦写成了一个流氓？倒把项羽写成了英雄？"司马迁说："高祖性格本来如此，这是无可争议的事实。更何况以平民身份夺得天下，不是更证明了他的伟大吗？项羽在抗击暴秦的战争中屡建奇功，应该得到正确的评价啊。"他说得有理有据，刘彻无言以对。于是继续往下看，到了汉景帝刘启的记载时，他又皱起了眉头，只见上面写着："及三子更死，故孝景得立。"原来景帝刘启不是文帝刘恒的长子，本来轮不到他做皇帝，只因其上三位哥哥莫名而亡，他才捡了个大便宜。因刘彻登基时也多受争议，他也不是景帝的长子，当时窦太后欲立他的叔叔梁王。所以，他希望司马迁将他父亲和自己登上帝位写成是历史的必然选择，不愿给后人留下话柄。

然而，让太史令改写历史是史学大忌。春秋战国时期，齐国权臣崔杼杀死国君齐庄公，于是齐国太史写道："崔杼弑庄公。"崔杼很气恼，令太史改写，遭到拒绝，于是一怒之下杀了齐太史。然后令他弟弟来写，结果还是"崔杼弑庄公"，崔杼又杀之。最后命齐太史的小弟做太史，小弟奋笔疾书五个字，依然是"崔杼弑庄公"。崔杼无奈，只得作罢。这段历史的真相由此被记录下来，崔杼也因此臭名昭著。

刘彻虽然暗示司马迁修改这段历史记载，但司马迁并没有照办，依然坚守一个史学家的良知。故而，汉武帝便以司马迁上书为李陵辩护这个由头，治了他的罪。从死刑待斩到宫刑受辱，司马迁为此遭受了奇耻大辱。面对专制独断的帝王和酷刑，一般人都含冤而死。但司马迁就是一个超人，一个刚毅隐忍的伟大的文学先行者，一个后世文人精神的典范。他不仅没有死，而且含愤忍辱，完成了父亲的遗愿。直到现在，人们翻开《史记》

中的《孝景本纪》第一段，依然写着："及三子更死，故孝景得立。"司马迁只字未改。

一部伟大的传世经典，首先要有一个伟大的人格来支撑文字的灵魂。他可能饱受炼狱之苦，但他从黑暗处找到了一线光亮，用生命踏出了一条通道，这些人不愧为人类精神的先驱。《报任安书》有道是："盖文王拘而演《周易》；仲尼厄而作《春秋》；屈原放逐，乃赋《离骚》；左丘失明，厥有《国语》；孙子膑脚，兵法修列；不韦迁蜀，世传《吕览》；韩非囚秦，《说难》《孤愤》；《诗》三百篇，大底圣贤发愤之所为作也。"然而，太史公之《史记》，"上计轩辕，下至于兹，为十表、本纪十二、书八章、世家三十、列传七十，凡百三十篇。亦欲以究天人之际，通古今之变，成一家之言"。他用生命撰写成这部史书，用纪传体对通史做了开创性的尝试，取得了巨大的成功。

《史记》完成数年后，司马迁离世，巨星悄然陨落，唯一部《史记》永久地光耀着历史的天空。

司马迁有一个孤独而丰满的灵魂，我不敢做假设去穿越它的浩瀚，因为我没有那样强大的人格力量，我更没有用"骨气"做的舟楫可渡。外面下了第一场雪，人们便窝在了家里，他们说路面结冰了，很滑，有危险，怕摔倒。这就是现代有些人，自己娇宠自己，世上只有一个中心，就是"我"。一场雪就能把他"宅"在家中，何况大的世事变故？人生路上，明坎暗沟多了去啦，避而不出，隐而不发，生命就这样被琐虑纠结，不经意走到了尽头。

我们真的无法理解司马迁那个时代，文人们是秉持怎样的一支明烛，在文明初始的懵懂里前行的。

知道了人固有一死，我们就应该更好地活着；知道了泰山与鸿毛孰重孰轻，我们就应该让生命充满意义。我们未必能做出青史留名的大事来，但我们做几件感动自我的小事还是有可能的吧？

司马迁，让我读出了沉重，也读出了感动。

2019 年 11 月 23 日　牧童速记于品隐阁

温 柔 乡

历史是由人来写就的，说到男人就离不开女人。可一说女人，有人就怕与"色"字沾上边，如此就不是正人君子了。所以，许多历史里，我们看不到帝王的风流史。除非出了一名绝世的美人，她的风头盖过了君王，后世的历史绕不开她这道坎。由此，后人也就知道这个皇帝是如何地贪色，如何地误国，以致如何命丧"温柔乡"。

这让读史的男人们很尴尬，赵飞燕的故事正触中了男人的痛点。色是性的外化，是道德的界碑，是倾向于贬义的表述。酒是穿肠毒药，色是刮骨钢刀。你是刀枪不入，还是刀刀见血？你引以为豪的一世清誉，是自律与道德约束的结果吗？还是你没有遇见赵飞燕？还是你遇见了赵飞燕，可惜你不是汉成帝刘骜？

汉成帝时代距太祖刘邦建立西汉王朝已经过去一百多年，这期间经历了"文景之治""汉武盛世"以及"昭宣中兴"，夯实了近两百年的帝国根基，刘骜几乎不担心会崩塌。即使武帝刘彻如此穷兵黩武、好大喜功，宋人司马光说他"有亡秦之失，而免亡秦之祸"，大汉也依然稳如磐石。所以刘骜只是无忧无虑地做皇帝，而不是殚精竭虑地做皇帝。因为他执政二十六年，并没有干出一件青史留名的事，只弄出个"王凤专权，五侯当朝"的局面，甚至在一些地方出现了"人至相食"的悲惨景象。刘骜一手

将西汉王朝推向了毁灭，但他却风流快活了一世。他曾心满意足地感叹道："我当终老是乡，不愿效武帝求白云乡了。"意即，我有女人的温柔之乡，何求虚无的神仙之地？

当我们把帝王看成是一个人的时候，我们便能理解他的行径。理解归理解，但我们不原谅他的过失，因为他的过失，就是人民的灾难。

一个女人能美到什么程度，作为平民的我真是没有体会。我以为，女人的美取决于男人的心理认知，这叫"情人眼里出西施"。赵飞燕姊妹俩的美貌似乎超出了这一常理，这种诱惑具有鬼狐之魅，如此不可抗拒，可见成帝情欲之炽，也可见这份姣美旷世奇绝。帝王本是猎色之人，自然被一箭射中。当赵飞燕又把妹妹赵合德推拥在他的面前时，更令其如痴如醉。这时，站在成帝身后的宫廷教习官，有"披香博士"之誉的淖方成亲眼看见了这一景象，悄悄地叹息道："这是祸水，将要灭汉矣。"

然而，历史有时也很有趣，它并非只是一味地板着面孔斥责女人，似乎它并不看重一个朝代的更替。特别是刘骜，虽奏响了西汉的丧钟，好在还有东汉的续曲，也就没有承担了灭汉的罪名，所以赵飞燕俨然成了一道风景。1909 年，在甘肃出土了南宋平阳木刻年画《四美图》，将赵飞燕与王昭君、班姬、绿珠并列为古代四大美人。也许，她的悲惨结局还是引起了后人的同情。

赵飞燕是平民出身，而且还是弃儿。她凭借美色和智慧成了皇后，这份不简单的努力本是一个很好的励志典范，可为什么成了反面教材呢？究其原因，就是没有人给她写出一曲《长恨歌》来，还有便是历史对女人的偏见。

刘骜对赵飞燕的痴迷或者说专注，不是爱情吗？君王就不应该有爱情吗？这就涉及一个价值取向的问题了。说到政治，刘骜不是一个好皇帝，在本朝他就被取消了庙号，汉朝的皇族子孙并不尊重他；说到爱情，他表现得太夸张了，他当然比不了唐明皇李隆基那般高雅含蓄、那般儒风洒脱。他为了个人的色欲，不顾身份、不顾形象，没有赵飞燕姊妹俩，他对别人也一样地疯狂，再加之他失德误政，没有干出可圈可点的事迹来，就算有点儿爱情，也让他给污损了。

读这段历史，多少有些读传奇故事的感觉。赵飞燕既是个害人精，又

是个受害者，通过这个矛盾体，便读出了历史的苦味来。

在秋尽冬来、充满寒意的书斋里，我努力用一行行文字编织人物的形象，从那一杯热茶升腾的雾气中，寻找婀娜的身影。赵飞燕是个尤物，与汉风的粗犷明直相比，更显得娇小玲珑。如不是有缘与汉成帝能在阳阿公主家相遇，这朵历史的奇葩将萎蔫于无声。赵飞燕被历史肢解，有人说她是舞蹈家，有人说她是毒妇。在什么语境下，她就出演什么角色。历史就是一枚棱镜、一束白光，可折射出七色虹霓。

汉成帝时期没有发生过战争，算得上是和平年代吧？逆着先祖的血脉回溯，我或是一个读书人，或是一个农夫，当然我愿为太液池的一枝莲，有幸能看到赵飞燕的舞姿，也好于今日对她品评。无奈，我就是一介平民。我躬耕南山下，春种秋收，偶尔横笛牛背，忍贫读书。那枝莲知道，那日它正盛开，恰与飞燕对视，好不互为惊艳。

赵合德柔若无骨，靠的是一片"温柔乡"迷倒刘骜。而赵飞燕"身轻如燕，能做掌上舞"，亦令刘骜流连忘返。为此，他特意为飞燕在皇宫太液池上打造了一艘沙棠木做的豪华大船，取名"合宫舟"。那日，云白风清，叶欢花笑。赵飞燕身穿云英紫裙，碧琼轻绡，于舟上载歌载舞，表演最得意的《归风送远曲》。突然，荷叶倾伏，百花摇曳，一阵劲风吹来，托住了起舞的飞燕。只见她裙袖飘飘，衣袂荡荡，仿佛要随风而去。成帝急命吹笙侍官上前握住飞燕的双足，飞燕的身体在风中摆动不止、轻摇曼舞。从此之后，赵飞燕"身轻如燕"的佳话便传于后世。而所谓的"掌上舞"，后人不可模拟，遂成附会之说。

我倒觉得，上天对帝王最残酷的处罚莫过于让他节欲。俗话说："蛾眉皓齿，伐性之斧。"这把斧子要了无数帝王的命。可他们不知止，因为他们权力无限，欲望便无限。天子是上天才能管得住的孩子，他的娘也束手无策。色欲是渴望也死人、饱胀亦亡人的"温柔乡"，这是天道的公平。

高大威武的汉成帝因为多年沉溺于酒色，已经变得干瘦羸弱。为了继续他淫欲无度的生活，他不惜服用刚烈的丹药。绥和二年（前7年），在未央宫白虎殿，他暴毙于赵合德怀中。皇太后王政君和大司马王莽惊闻汉成帝猝死，便质问皇帝的起居发病情况，群臣义愤而声讨赵氏祸水。赵合德自知难逃一劫，服毒自尽。赵飞燕因帮助过哀帝刘欣即位，刘欣感恩之，

仍尊她为皇太后。不久哀帝驾崩，大司马王莽以赵飞燕谋害皇子罪，逼其自杀。

为了争宠，赵氏姊妹的确做了许多伤天害理的事，陷害许皇后被废、班婕妤辞隐、众多宫女丧命、数个皇帝骨血夭折。两个美貌的女子掩藏着两颗蛇蝎般的心肠，富贵、地位让人丧失人性，历史令人喟叹。

赵氏姊妹不过是浅薄的女子而已，只会卖弄色相，祸害后宫，没有吕后的心机、没有政治抱负。历史还算是宽容，对她的美貌才情放了一条生路。她二人的结局也是红颜的宿命，有令人惋伤的地方。

好个秋凉的阅读，太液池那枝莲早已干枯。历史走进这套书，压进一层层化石里，翻动得很是沉重。

窗外落叶纷飞，一片秋黄。

2019 年 10 月 25 日　牧童速记于涿鹿品隐阁

仁者大医

其实，这是我增补的一篇随记，因为阅读汉史时我欠医圣一段文字。几轮暑去秋来，风吹去了焦虑，终于可以静下心来翻开《伤寒杂病论》，细细地研读一番了。读不懂不要紧，拣能读懂的去看。博大精深的中华医学贯穿了一个"仁"字，大医仁术，医者仁心，这是照耀几千年的道德光芒，至今依然温暖着我们。

张仲景先生，中国通史慷慨地给了他数千字的讲述，一个历史上最伟大的临床医学家的形象跃然纸上。的确，他的医学成就一直影响着我们的生活，他的崇高思想同样是济世救民的良方。在日新月异的现代医学面前，依然有着极强的生命力。

东汉末年，张仲景举孝廉，官至长沙太守。他虔诚执着，心思缜密，怀揣鸿鹄之志。虽生于没落之家，成于多事之秋，乃"勤求古训，博采众方"，遂完成千古名著《伤寒杂病论》，成为祖国医学的瑰宝。

南阳有座张仲景先生的医圣祠，那是研学岐黄之术弟子们的向往之地。我虽是门外汉，也对医圣崇敬有加，常怀叩谒之念。每每读出医圣祠那副"阴阳有三辨病还须辨证，医相无二活国在于活人"的对联，便一次次走进《伤寒杂病论》充满辨证思维的医学穹隆之下，被璀璨的星光辉映。这种将治国与治人联系在一起的超拔理念，体现了医之大者的精神高程。

这里芳草茵茵，翠柏葱茏，更有高阁飞檐，白墙净空。庭院里矗立着岐伯以来十大名医的塑像，或长须拂胸，或肩背药锄，或沉静凝思，或慈眉善目，或睿智刚毅，或坚韧恬淡。他们神情各异，栩栩如生，感人至深。站在先贤面前，让我们来了一次大跨度的历史穿越，深刻领悟了中华大医们"进则救世，退则救民；不能为良相，亦当为良医"的不凡胸襟。更有一幅组画，再现了医圣张仲景当年下荆襄、登桐柏、赴京洛、涉三湘治病救人的光辉事迹。东临春台亭，西登秋风阁，更是令人百感交集。

想当年，身为太守的张仲景，面对瘟疫横行，生民沦丧，却又回天无力，他是何等揪心啊！封建时代，官民等级森严，张仲景无法到百姓家去行医，不能接触病人，就无法施治，也无法验证自己的理论。于是张仲景想了一个办法，决定每月的初一和十五两天衙门大开，不办公务，让有病的百姓进来。他素颜简装，端坐大堂之上，逐个问诊把脉，实施义诊，一文不收，有时还得出钱周济，甚至贴出告示，广为宣传。这是历史上第一个把公堂变成医堂，为穷苦百姓切脉抚腕的好官。可想而知，他为此承担了多大的压力。后来，人们为纪念医圣，把坐诊的医生通称为"坐堂医生"，更多的药铺也以"堂"字来命名。张仲景是当时主流社会的异类，在《伤寒杂病论》序言中，能听得到他愤世嫉俗的悲叹。虽《伤寒杂病论》被后世奉为经典，但当时的他极可能名声不彰，因此正史中没有他的地位。

后人考证，张仲景撰写《伤寒杂病论》的时候，参照了《汤液经法》等之前的经方典籍，也在阴阳学说的背景下移植和整理了诸多方证辨证诊治的方法，系统地概括了"辨证施治"的理论。该书被奉为"方书之祖"，张仲景也被誉为"经方大师"。《伤寒杂病论》为划时代的临床医学名著，共十六卷。经后人整理，成为《伤寒论》和《金匮要略》两本书。

《伤寒杂病论》著述风格朴实简练，毫无浮辞空论，对后世中医著作影响甚大，也为后人树立了淳朴无华、勤恳踏实的学风。据传，他诊病或学习时，如遇到一丝一毫的疑问，即"考校以求验"，一定要弄清楚原委。《伤寒杂病论》被后世推崇到至高的地位，成为后世中医人必读的重要医籍。清代医家张志聪说过："不明四书者不可以为儒，不明本论（《伤寒杂病论》）者不可以为医。"

张仲景为官济世，为医救民，在百姓心中享有崇高的地位，后世传扬

了他许多故事，有的挺有趣，有的则令人感叹。

说吃饺子时，应该想起张仲景的。那年，他从长沙太守位置退休时，正赶在冬天，白河边上有许多无家可归的人，因为寒冷，耳朵都冻烂了，十分痛苦。回家后他始终牵挂着那些病人，为此迅即研究出一个可以御寒的食疗方子。随后便叫徒弟在东关搭了一个棚子，支上大锅，为病人舍药治病。那天正是冬至，舍放的就是新研制的药"祛寒娇耳汤"。其实就是把羊肉和一些药物放在锅里煮，捞出切碎，用面皮包上，像耳朵的样子。每人一碗，"娇耳"吃了浑身发暖，两耳生热，冻伤也就好了。饺子像耳朵的样子，便是由此而来的。

张仲景一生行医，但医者不能自救。这一年，他病了，病得很重。他知道时日不多了，有长沙来看他的朋友说，长沙有一个风水极好的地方，可安放先生百年之身。南阳人不干了，双方争执起来。张仲景说："长沙和南阳我都不想离开。我死之后，你们抬着我从南阳往长沙走，棺绳在什么地方断了，就把我葬在那里好了。"

按他所嘱，如他所料，在舍放"祛寒娇耳汤"的地方，棺绳突然断了，人们便就地打墓、下棺、堆坟。还在坟前修了一座庙，就是后来的医圣祠。

我不是医者，谨以一篇短文纪念前贤。我无法走进《伤寒杂病论》之医学的博奥之中，至于何为"中医治本，西医治标"，我更是罔知所答。相信医学是跟随着社会步伐而前行的，是实证科学。对于《伤寒杂病论》我不敢过多妄言，因为我没有这个底气。

仁者大医，张仲景是一座永远值得后人仰望的高峰！

2023 年 8 月 8 日　立秋日记于涿鹿品隐阁

汉灵帝与夜舒荷

我读到汉灵帝的时候，知道了一种叫"夜舒荷"的荷，它很矫情，在月光下才能完全舒展开叶子，这有一种别样的诗意。

当然，汉灵帝不是个好皇帝，他步了汉成帝的后尘，是一个荒淫无度的反面教材。他算得上是王朝兴衰的验证者，也是东汉的掘墓人。我看过的两汉史，究竟多少是正史，多少是伪史，还有多少是野史？这就无从考证了。我倒觉得，一些帝王一旦失去了历史地位，他极有可能被夸大或歪曲，有些细节完全是小说的情节，有附会的成分。

我读史有很大的娱乐成分，以散文式的讲述来消遣我的苦闷，我尊重历史的基本定位，没有屈服于我的情绪。我简单的判断就是好或者坏。

读史让我想到了这样一个问题，为什么汉灵帝刘宏与汉成帝刘骜的"剧本"十分雷同？这不是抄袭吗？他不知道西汉因为刘骜沉溺于"温柔乡"而成了东汉吗？

夜舒荷就是一株水生植物。我从此也有了一个念想，某一个夜晚，我一定要看着它舒展开叶子，在粼粼波光里起舞。可今日，在秋凉的书斋里，案头上只摆放了一枚莲蓬，它浓缩了一个夏天的记忆，抚过史书那一行行字垄，催促我的笔端在深秋里行走下去。它提醒我：嘿，你可不能只沉迷于一枝荷啊。

　　的确，这个叫刘宏的皇帝真是臭名昭著，作践了这枝荷的清誉。

　　据传，有一年盛夏，洛阳牡丹热得花叶打蔫儿，一片萎败。灵帝无法在宫殿就寝，便命人沿着殿堂挖凿沟渠，引来清水，并注入一个大塘，形成环流，起名"裸游馆"。在塘中种植了一种名贵的荷花，其高一丈有余，荷叶夜舒昼卷，一茎有四莲丛生，取名"夜舒荷"。因为这种荷只有在月亮升起后才将叶子舒展开，故又名"望舒荷"。灵帝命年轻的宫女浓妆艳抹，除去衣饰与其一同裸浴。当时西域进献了一种茵墀香，宫女们以其香沐浴，并将漂着脂粉的水倒入塘中，世人称"流香渠"。灵帝还命宫女执篙划船，他或在船上，或在水中，穿梭上下与裸女们寻欢作乐。乐师们则藏于屏幕后吹拉弹唱，有时灵帝也一同合唱那首《招商七言》，十分地沉醉。他几乎日夜与宫女们在这里饮酒畅欢，甚至举杯叹息道："假如能一万年如此该有多好，那才是天上的神仙啊！"灵帝常常喝得不省人事，竟无昼夜之分。为了把自己弄醒，他命宦官们定时学鸡叫，还在裸游馆北侧修建了一座鸡鸣堂，里面放养着许多雄鸡，搞得整个宫殿鸡鸣狗叫，没有肃宁。

　　一个帝王耽于淫乐，必然是政治腐败之人。他在位二十一年，做了若干的糊涂事，加速了东汉的灭亡，也把自己钉上了耻辱柱。

　　桓帝、灵帝期间，宦官专权，发生了两次迫害太学儒生的"党锢之祸"。官僚、儒生反对宦官专权的斗争均以失败而告终，这些被称为"党人"的有识之士和知识分子，数千人受到逮捕、拷杀、流放。此外，"借机报私怨和地方官滥捕牵连者甚多，以至死、徙、废、禁者又有六七百人"。经此重创，天下儒生所剩无几，之后宦官的权力更是达到了顶峰。

　　临朝听政的窦太后"欲振兴刘氏天下，挽大厦于将倾"，她试图铲除宦官集团，让士大夫重新掌权。在一次重要的除奸行动中，不料走漏了风声。宦官曹节欺蒙灵帝，劫持窦太后，抢到皇帝的印玺，在承明门围杀辅政大臣窦武、窦绍，并大肆屠杀其家族成员。窦太后也被迁到南宫云台禁锢起来。宦官主谋的这场宫廷政变大获全胜，汉灵帝被卖了还在替人数钱。他大赦天下，封赏亲信宦官，史称"十常侍之乱"。灵帝对他们百依百顺，非常依赖，甚至在大臣们面前讲："张常侍乃我公，赵常侍乃我母。"令大臣们啼笑皆非，苦叹不已。

　　汉朝选拔官员的方式主要是征辟，也就是每年地方政府向朝廷推荐贤良之才。此前卖官鬻爵的歪风已经滋生，到了灵帝一朝，干脆公开设定买卖制度，甚至灵帝亲自买卖官爵，还在西园开设"西邸"机构，标价出售。当年，桓帝时期只是把一些低级官职秘密买卖，而现在已是"自关内侯、虎贲、羽林"等均可买卖。自此，那些原本可以通过征辟踏入仕途的读书人却因为没钱而得不到官职，入仕之途被堵截。由此，也更加激化了社会各层级之间的矛盾。

刘宏本是"溥天之下莫非王土，率土之滨莫非王臣"的天子，但他却有个癖好，爱藏私房钱。为此，他让人在西园建造万金堂，将国库中的金银绸缎、收敛的宝物统统藏于其中。后来他觉得宫中也不稳妥，干脆将自己巨额的私房钱分别寄存在他最宠信的宦官张让、赵忠家里，就是他所讲的"其公、其母"的地方。曾有中常侍吕强上书规劝说："全天下的财富皆归陛下您所有，这难道还有公私之分吗？"可视钱如命的灵帝根本听不进去，还是那般横征暴敛、东藏西放。

中平三年（186 年），灵帝听信张让怂恿，下诏铸制新货币四出文钱。汉朝一直流通五铢钱，四出文钱比五铢钱小，但可"充五铢钱用"，这样一来刘宏又搜刮了一笔财富。在如此昏聩、荒淫的帝王的带动下，加上宦官弄权、文武贪财，东汉之末，天下是一片腐败没落的侈靡之风。

中平六年（189 年）盛春之际，三十二岁的汉灵帝刘宏驾崩于嘉德殿，葬于文陵，谥号孝灵皇帝。"灵"在谥法中解释为"乱而不损曰灵"，这足以说明其后对他的评价是多么中肯又耐人寻味。

纵观通史，自秦以来，帝制王朝的寿命最多也就是几百年左右，这是一个魔咒。史学家讲出了许多理由，相士们说这叫气数已尽。建立一个新王朝，其实是换汤不换药，只是变了国姓和年号而已。

天开始冷了，一切生在北方的蓬盛之绿都将告别生机。荷，还将被冰雪封冻，凝塑于大寒，展示脱俗的凄美，与残阳对吟，挽住最后的诗意。我没有见到过夜舒荷，便没有月光下的艳遇，自是也没有它的莲蓬。

权且以案头这只枯蓬为伴吧，将阅读进行下去。

2019 年 9 月 15 日　牧童速记于品隐阁

白帝城托孤

读到三国的时候，我觉得这段历史更像小说。无疑，罗贯中的《三国演义》影响了编者，也影响了读者。人们更相信小说，或者说，人们更愿意让历史像小说那样，因为那样，读来才有嚼头、有趣味。所以说，《史记》是最有文学成就的史书，而《三国演义》是最有史学价值的文学。好似真相不那么重要了，我要的是感受。我是用游离于真相与想象之间的一个读法看通史，始终在寻找机会抒扬我的感受，放置我的乱念。

三国时代的英雄人物也大多是枭雄，他们都试图打着一个旗号，以行谋权之实。从结局来看，他们与前面的帝制皇权并没有什么区别。三国的历史，除了被罗贯中先生演绎了一番外，还被其后近两千年的中国文化洗礼了一番，让我们的认知在道义的裹挟下，最终归顺于皇权至上的老路。汉朝到了献帝刘协的后期已经名存实亡，刘备以皇叔自居，但并没有做出几件对汉朝复兴有益的事情，反倒是增添了乱象，促进了东汉的灭亡。罗贯中抑曹扬刘，将历史文学化，并不能改变刘备众弟兄夺地争权的本质。客观上，汉末的腐朽为人们提供了机会，英雄从某种意义上讲，是有野心的机会主义者罢了。两千多年的封建专制，以其改朝换代为传延生息的自我革命，从秦始皇到清朝最后一个帝位的崩塌，这期间并没有出现一种有可能改变这种形制的社会治理模式，当然也看不到民主与自由的萌芽。

三国纷争，天下很乱，相对来说思想却是自由了许多，但思想的载体文学却没有适宜的土壤。我不向往出生于这个年代，驮着几捆竹简，过着颠沛流离的生活。

三国这段历史演述太富有戏剧性了，那些妇孺皆知的人物、那些烂熟于心的故事读来很熟稔。所以，我思索再三，竟不知写什么为好。

据说，陈寿所著的《三国志》一书，关于蜀国的记述最少，因为蜀国没设专门的史官，缺乏翔实的历史资料，所以一些事件真相只能由罗贯中来演绎。陈寿对曹魏的事情多有回护，评价上也有顾虑，因为有些事情他有所经历，或者在定位上存有偏识，因而比不了千年之后罗贯中的文字那般自由洒脱了。刘备兴兵伐吴、败于夷陵、死于白帝城这段历史似乎没有争议，人们对白帝城托孤却有多种猜想，甚至怀疑托孤的本意是试探孔明，如不遂意，还可能动用刀斧手。

白帝城这个名字听起来挺有仙逸感的，加上"托孤"二字，就更有悬疑味道了，我自小就很神往。十五年前，与一友人从宜昌逆水而上，去了趟白帝城。实际上就是游船在北岸停泊了一阵，顺崖道攀缘而上，进白帝庙，看了一眼庙里的塑像，其他的便没有什么记忆了。那时，三峡大坝还没有封闸蓄水，三峡沿途的景观倒是十分壮丽雄奇。尤其夜间我在船尾看明月，那峡江的夜景让我发尽了幽思怀古之情。三国时代太久远了，白帝城的建筑遗存也仅是后人托寄情怀之物。青山也会苍老的，只是那月亮没有变，照透了古今一片情思。

如今读通史，我又神游了一趟白帝城，感受自是不同的。三国的历史充满了英雄与传奇的色彩，因为一部小说，这段历史一直紧跟着岁月的步伐没有远去。那些经典的人物，如关羽、张飞、赵云、吕布等形象一直充斥着各种屏幕，塑造着我们的历史观和价值观。这些人物也许才是我们心中的英雄。他们是不是被友情绑架，或者为他人做了嫁衣裳，这都无关要紧了。

审视这段历史，刘备为关羽报仇，兴兵伐吴，意气用事，不计后果，是符合道义的。如果刘备过于权衡得失，瞻前顾后，那么贯穿于整部小说的一个"义"字就黯然失色了。三国没有赢家。陆逊的这把大火给刘备的"桃园结拜"涂抹了浓烈的悲剧意味，也为整个三国时代苍雄壮阔的底色

打上了封印。夷陵之败标志着刘备时代的结束，白帝城托孤是后刘备时代的开启。也许，历史注定要给诸葛亮一个单独登场的机会，以维持"鼎足"尚未耗尽的气数。

为何在白帝城托孤？人们又编撰了许多说法，不外乎讲了刘备有许多顾虑。我认为顾虑肯定有，但主要是刘备病体沉重不堪，已经不能行动了，这是主因。托孤就是说后事了，难道还需要更超然的理由吗？

这场面着实是太压抑了。床榻上是气息奄奄的蜀君，榻前是伤戚难掩的儿子和近臣们。潮湿的江风挟着山林的泥草味，一阵阵地吹进昏暗的堂室，拂弄着几根烛火在晃动。刘备的脸色在烛光下尤显焦黄，须发尤显稀疏。他每每想起儿子刘禅懦弱无能，后继乏人，便悲叹不已。更想到自己意气用事，不听阻劝，致使火烧连营、元气大伤，给蜀国造成了前所未有的危机。蜀都隐于川西大山一隅，进取中原，山高水远，恢复汉室的宏图大志，前景是无比渺茫啊。又何曾想自己征战劳乏，羞愤交加，竟一病不愈，看来将不久于人世，寻二弟三弟去矣。要赶快安排后事，以防不测啊。

由于事情紧急，诸葛亮、刘禅和其他近臣们星夜兼程，来到了白帝城。他们围在刘备病榻前聆听嘱托。

刘备对诸葛亮说："你的才能远超曹丕十倍，必能安邦定国，成就大业。我儿刘禅性懦才疏，可辅，便辅助之；如其不可辅，你便取代。到时自己定夺吧。"听罢此言，诸葛亮痛哭流泪，诚惶诚恐地说："陛下尽可放心，我一定竭尽全力，效忠贞之节，以死相报！"刘备又对刘禅说："我死之后，你要把丞相看作父亲一样，共同把蜀地治理好，不可辜负我。"刘备又留下遗书，叮嘱刘禅为政不可懈怠，凡事不可胡为，要近君子、远小人、观时事、听善言。刘禅愚顽痴钝，但见父王病危，心中亦是恐慌，只管泪流满面，喏喏称是。刘备是有大智慧的人，之所以这般说，也是无奈地一赌。时下，除孔明外，已无可托之人。他原本就掌握着蜀中实权，如有心篡位，易如反掌。与其担忧，不如挑明，用"信义"二字将了孔明一军，使其自断他念，确保刘氏蜀天无虞。

章武三年（223年）四月，刘备死于白帝城永安宫。白帝庙所塑之群像，便重现了刘备托孤的历史场景，充满悲肃之气，令人追思叹惋。

不出刘备所料，刘禅确实庸碌无能，执政期间无有建树，后人有一句"扶

不起的阿斗"，说的就是他。蜀汉灭亡后，刘禅及一些大臣被迁往洛阳居住，受封安乐公。

一日，司马昭设宴款待刘禅，席间演奏蜀中乐曲，并以歌舞助兴，旧臣们想起亡国之痛，个个掩面羞愧，甚或有人低头流泪。司马昭见状，便问刘禅："安乐公可思蜀否？"刘禅答道："此间如此快乐，何言思蜀哉？"旧臣郤正闻此言，趁一间隙，悄声说："陛下，如若再有人问及此事，你要说：'先人坟茔，远在蜀地，我没有一天不想念啊！'这样陛下就能回蜀地了。"刘禅点头牢记。酒至半酣，果然司马昭问出同样一个问题，刘禅把郤正所教之话说了一遍。司马昭听了，即回道："咦，这话怎么像是郤正说的呢？"刘禅大感惊奇道："你怎么知道的呀？"司马昭及左右大臣哈哈大笑。司马昭见刘禅如此忠直老实，从此也不再对他有所提防。

罗贯中说："天下大势，分久必合，合久必分。"三国归晋是大势所趋，亦非刘禅无能。其实，蜀汉真正的当家人是诸葛亮，"政事无巨细，咸决于亮"。刘禅自己也说："政由葛氏，祭则寡人。"然而，诸葛亮是旷世奇才，六出祁山、七擒孟获、收二川、排八阵、取西蜀、定南蛮，为酬三顾之恩，"鞠躬尽瘁，死而后已"。而魏、吴两国也非等闲之邦，然鼎足之势又当如何？还不是被司马氏推倒重建，西晋成了一统之主？刘禅是大智若愚，还是真愚，后世未必识得真相。刘后主放权于诸葛亮，知人善用，并非昏聩；被司马氏所掳，剑在颈项，装愚作痴，并非不智。识时务者为俊杰也，刘禅如何没有得了刘备的真传？想当年，刘皇叔与曹阿瞒煮酒论英雄，不也是大惊失箸，借以脱身？三顾茅庐得卧龙后，还不是用人不疑，听命调遣？

诸葛亮在隆中能拿出三分天下的高论，但他预测不出三国归晋的结果。就如嬴政所期望的一样，他为秦的始皇帝，以后必将延绵无尽，百世而不绝。

历史就是这样无情，又颇具戏剧性。一个个粉墨登场，道尽了图谋，也就落幕了。

白帝城真正的主人是被挤出舞台的人，他的黯然淡出是历史的一种选择。这里原名叫子阳城，为西汉末年割据蜀地的公孙述所建。公孙述自号白帝，故此城又称"白帝城"。当地人为纪念公孙述，便在山上建庙立像，供奉香火。明嘉靖二十年（1541年），改祀刘备、诸葛亮，名"正义祠"。日久时荒，公孙述被遗忘，"白帝城托孤"成了被人怀想的历史节点，刘

备获得了正统的祭祀。

怕世人工于心计，便有了"老不读三国"的告诫，实际上人老了，心计是无用的。还是沏碗粗茶吧，窗外融雪正寒。听听古琴，看看三国，在文牍的孤行里找一些暖意也好。当然，如若此时有远友莅临陋室，再煮壶老酒，论论天下英雄，定然不会有惊恐失箸之态吧？

2019 年 12 月 10 日　牧童速记于大雪节后之品隐阁

文姬求赦

　　蔡琰，字文姬，别字昭姬，陈留圉人。"博学有才辩，又妙于音律"。然为通史"边缘"人物，仅得百字小叙。

　　之所以我要在此书写一笔，是因为我对文人的专情。文人留有文字，让后人看到了他思想的痕迹，如若因此为民族文化的丰厚添了一砖一瓦，那更令我对他崇敬有加。"读史随记"我是有所选择的，只为那些我敬仰的人、那些触动我心弦的事，不虑偏失。

　　三国时期，许多文人都参与了政治活动，曹操本人就是"建安文学"的代表人物之一。那个时代，由于豪强割据、纷争动荡，无法对文人实施严格的管控，因而文人参与政治的机会就增多了，许多事件都有文人的影子。所以，那个时期的文学作品主要指诗歌和赋文，大都积极通脱，质朴刚健，少有无病呻吟之气，体现了"世积乱离，风衰俗怨"的时代特征，确立了独特的美学风范，也是文人们实现政治抱负、践行理想的文学彰显。蔡文姬就是因为诗歌成就突出而传名于后的文人之一。由于她是一位命运多舛的女人，因此便多了一些凄艳的传说。

　　读史，让我认识了许多历史人物，特别是女性的事迹，多是令人唏嘘的。进入封建社会后，女性的从属地位就一直没有改变，她们活得更不易。三国时期，社会还算宽容，女子可以读书，妇女可以改嫁。蔡文姬能够成

为文学家，可以有三次婚姻，便说明了这一点。当然，其父蔡邕，人称"蔡中郎"，是正统的官宦之家，居上层社会，自是一切际遇不可与平民同日而语。三国时，妇女地位尚可，但命运不济，兵荒马乱，时常发生人之相食的悲剧，牺牲的总是儿童和妇女。所以，认识历史，最好不要以偏概全。正所谓：仁者见仁，智者见智，各抒己见，不相上下是也。

我从历史的对岸走过，看到了曹操的另一面，一个英雄的柔情。他不仅是一位叱咤风云的英雄，也是一位书生意气的文人。也许是历史过多的损毁，我们跟随了认知惯性，只看到了一个"挟天子以令诸侯"的政治家，却淡化了他惜才、爱才、护才的一片真诚。走进蔡文姬的故事，我们便能看到曹操重情重义的一面。

如果不是曹操用重金把蔡文姬从匈奴赎回来，那么在历史的对岸，我们决然看不到她的影迹。我们很想了解那个时代普通文人的生活方式、那种世俗的烟尘，也唯有文字能窥见一斑吧？但时间早已将空间扭曲，我们还原的依然是我们再塑的臆想，这是一种无奈。

我不向往出生于那样的年代，我的祖先会因此蛰伏于某处山林，远离尘嚣，过着近乎原始的生活。他们无须识得更多的汉字，更无缘看到汉末的诗章。草履麻衣、茅屋陶罐，能对话的只有苍山老牛。活下去是最高的追求，莫说山民，即使是蔡中郎之女，在战乱中也被匈奴掳去。因为文姬是中原美色，又知书达理，在匈奴十二年，她还生了两个孩子。这一切仅是一种生命的积淀，一个文人必遭的心灵残虐。是曹丞相念及与其父蔡邕的旧情，喜爱她的才华，才有了"文姬归汉"这一历史事件。

然而，谁能体悟出"回归故土"和"母子分离"的煎熬，那一身才华、半世悲苦，都融进了《胡笳十八拍》之中。她移情于声、浩然怨思，听起来那般委婉悲伤、撕裂肝肠。那歌词唱道："十六拍兮思茫茫，我与儿兮各一方。日东月西兮徒相望，不得相随兮空断肠。"唐人李颀为此作诗曰："蔡女昔造胡笳声，一弹一十有八拍。胡人落泪沾边草，汉使断肠对归客。"断肠是苦极之谓啊！

是啊，大漠沙海怎比中原水月的温情，十二年牧鞭胡笳，阴山向背的长滩野风吹老了少女的心。但她始终没有失去对爱的向往，对骨肉的爱、对夫君的爱。这让我们看到了一个女人坦直的情怀、卓越的才气和美丽的

心灵。后人的目光无不停留在她三十五岁杏黄李红的年龄，她依然那般沉静淑和、儒雅脱俗，那般苦乐内敛、风情卓尔，那般诗意激荡、长袖善舞。她识得天命，随遇而安。曹操再次将她下嫁给屯田都尉董祀，她也珍惜姻缘，与夫君相敬相爱，恪守妇道。由此，我们看到的不仅是一位风华灼灼的才人，还是一位笃情专爱的烈女。

天有不测风云。成婚不久，谁料到董祀竟触犯了刑律，被判死罪，入狱待斩。文姬在天寒地冻之际，披发赤足，来到丞相府，为夫君求情。

当时曹操正在宴请公卿名士，他对满堂宾客说："蔡邕的女儿在外面，急着要见我。也好，趁此大家可以见一见我朝这位大才女。"人们早闻蔡邕有女蔡琰，才貌双全。九岁时，父亲夜间弹琴，突然断了一根弦，隔壁蔡琰对父说："是第二根弦断了。"于是蔡邕又故意弄断了一根，女儿说是第四根。为此《三字经》有道是："蔡文姬，能辨琴。谢道韫，能咏吟。"此刻，大家酒意正酣，谈兴正浓，如此自是十分欢喜，期待一睹芳容。

然而，随之踉跄走近的一位妇人让在座的人大失所望。这就是那位名冠汉匈的大才女蔡文姬吗？怎这等打扮？只见她披发赤足，面色苦郁，带着一身寒气，急促促来到曹操的酒案前"扑通"跪下，哀声哭道："丞相，救我夫君，救我蔡琰啊！"

曹操忙命人搀扶，文姬执意不起。曹操只得说："慢慢讲来，何事如此哀戚？"文姬说："丞相有所不知，我夫董祀因失手误杀了屯田农夫，被判死刑，不日将问斩。民女闻知，惊若天雷啊。所以急不择时，搅扰宴堂，冒犯尊颜，还望恕罪。"

曹操听之，摊手说道："既然触犯刑律，我当如何施救，诸位公卿有何良策？"

文姬说："丞相乃大汉重臣，权倾朝野。上承天颜，下达万民，除奸惩恶，恩威四海。谁人不惧？谁人不敬？救一贱吏之命，易如反掌。想我蔡琰，生于官宦之家，却逢乱世。父不保子，君不保民。民女及笄刚过，便被掳为匈奴王妃。好在左贤王对我不薄，生育二子。但民女生为大汉人，死为大汉鬼，怎可苟且于异乡、魂散于他乡？适逢丞相平定匈奴，半壁江山坐实，便不惜重金将我赎回，使我脚踏热土，投身桑梓，更可拜父母坟茔，赎不孝之过。丞相念与我父情重，待我如亲女，我待丞相如父兄。民

女回归不久，便赐婚于我。我得董郎，如枯木逢春，别子之痛，暂得聊慰。亦使我精神重振，用我所学之长，书写汉匈之章，以慰我父之灵，以报丞相之恩。想当年，丞相与我父同榻共卧、同盏共饮、驰想古今、描绘江山，是为子期伯牙之谊，千古知音之范。无奈王允昏浊，不辨忠奸，只因我父一声叹息而含冤入狱，屈死于囹圄。丞相亦鸣不平，却无力搭救。悲矣，孰料我父之悲，又重演于其女之身。父亡，父不可活。夫亡，夫亦不可活。父亡，民女尚可苟存。而夫亡，民女定然随之而去。只可怜民女所遗二子，尚在大漠，得知民女殒命，定然泪淹沙海、望穿秋水。蔡家之苦，苦于海瀛之深矣。丞相啊，各位大人啊，民女今啸闹宴堂，已置生死于度外。恳请丞相开恩、各位大人怜悯，放董祀一条生路吧！"蔡琰一番长诉，令曹操不安，已无心饮宴之事，只见他搓着手说："这，这，这如何是好？"

文姬见事有转机，便起身站立，理了一下前额的长发，泪眼婆娑地对曹操说："丞相大人，我夫董祀只是过失伤命。那田夫违背屯制、行窃欺人，实为怙恶之徒。还望丞相念及董郎恪尽职守、护屯心切，宽宥于他。汉承秦制，苛政到文帝便有改良，去掉酷刑，更使天下称颂。丞相治军严肃，以身作则，曾有"割发代首"的美誉。然丞相治理天下，讲究仁道，何不宽严相济，布施甘霖。今赦释一人，便是救济两命。何不由此让天下人敬仰您的美德、向往您的善政呢？"

文姬言罢，再次下拜，叩头请罪。她讲的一通话条理清晰，情感酸楚哀痛，令在场的所有人动容。谁料曹操却说："你讲的我都听懂了，我也非常同情你。可是降罪的文书已经发出了，怎么办呢？"文姬说："丞相大人，您马厩里的好马成千上万，您的勇士多不胜数，还吝惜一匹快马来拯救一条垂死的生命吗？"曹操听此一说，感动得点头称是，让人拿来衣服和布履，送文姬回家。

文姬哭府，董祀被赦。自此以后，蔡琰看透了世事，留下了两首《悲愤诗》和《胡笳十八拍》，便和董祀驾了一叶小舟，顺水而去，隐于深山。从此红尘再无文姬。

好一句"为天有眼兮，何不见我独漂流"，一切皆为过往，唯文姬这一句苦叹，嚼噬着我的灵魂。我读出了文姬是如何地热爱这个世界，又如何地失望。文人往往是把自己的赤诚之心交付于命运，而命运却给了他一

片彻骨的冰寒。难道只为锤炼那执着的笔尖，为后世留下无限悲情的文字吗？

读三国，读懂曹操最难，不识文姬最亏。

2019 年 12 月 14 日　牧童速记于品隐阁

建安三父子

一

读诗是很令人愉悦的事情，三九寒天也会有暖意荡漾周身，被诗人之情所牵。人类天生浪漫，用语言做了表达、文字做了记录、诗歌做了升华。我拜服其下，甘为俯首。

半年时光，不经意间，我已在历史的书海里徜徉到了曹魏时期。拨开那些战事的纷乱，踏过那些惨烈的血腥，我开始望见一缕袅袅的诗意。这些成长在马鞍之上与刀戈丛中的诗人，他们喉咙里充满了铿锵的气流，他们用文字刻塑了那个时代的心灵密码。凄荒如西风落日，猎猎似沙场战旗。中华文字吟咏到三国时期，依然那般朗朗刚劲，不奴不媚，令人景仰。

将文字作为游戏是我早期的态度，这是对精神的割裂。我对现代诗歌的认知是始于风涛先生的，从他那里我知道了诗化的语言有多么美好，而诗人的心灵又是多么辽阔与通透。散文是心灵的情书，足以承载满满的诗意，做一场场告白；也足以驾驭得了诗意的风帆，去离幻的远海航行。正所谓，诗言志，词言情，文以载道。

此篇"阅读随记"所讲的建安三父子，即曹操、曹丕、曹植，正是"诗言志"的代表人物。"建安风骨"是一个历史定位，也可以说是诗歌的里

程碑。如何在戎马倥偬里经营好自己诗意的心田，曹操要比别人做得更好。我认为"建安风骨"这一称谓是冲曹操来的，那两个儿子虽各有千秋，但还是沾了他的光。

三年前，我便学着写诗了。有一天，我突然觉得，写诗不仅是如何构建语言的华丽技巧，不仅是一个平面的图景赏识，不仅是一门技术，而且是打开了观览另一个世界的窗子，是将记忆碎片的又一次重组，是精神的立体再塑。那是一种自由的飞翔、一种大视角的鸟瞰、一种在穿越中搭织起的高贵穹窿。我渐渐有所领悟，写诗不是为当什么诗人、冠什么头衔，而是要努力走进那个原本就属于自己的精神空间里，从此多了一处独赏的风光和一束自信的阳光。眼下，受各种传媒的冲击，我们稍一懒惰，浪漫就让别人享受了。似乎我们已有了足够的身心愉悦，不再需要更浪漫了。其实非也。我们未必比古人更浪漫，或者说，我们被市场化的娱乐蒙蔽了，反而我们成了不折不扣的生物体。是的，权力与财富、知识与技术拯救不了我们的想象力，唯诗歌与浪漫同在。

二

走进曹操的诗歌，无疑是一次诗意的远行。这种无畏既是对足力的锻炼，也是对浪漫的检验，还是对先贤的致敬。

曹操是历史上独一无二的人，我们不可做类比，更没有"如若"之类的穿越。从他留下的文字里，我们可以窥视到文学是如何超越政治的，也可以看到政治是如何影响文学的。一个伟大的历史人物，他的多重性格会叠加出一个复杂的灵魂，让我们看到一位纵横捭阖的铁腕人物也有人性温婉的一面。这就告诉我们，诗歌是可以揭去面具的，许多人会在诗歌面前袒露出真相。野心有时在浪漫的尽头处无以藏身。

曹操的诗歌朴实无华、不尚雕饰，以情感深挚、气韵沉雄取胜。在情调上，则以慷慨悲凉为特色。这本来是建安文学的共同基调，但在曹操的诗中更为典型。

曹操是一代枭雄，从《短歌行》中最能看到他的霸气，也可以看到他不加掩饰的直快秉性。"对酒当歌，人生几何？譬如朝露，去日苦多。"

他说，人啊，多么不容易，喝着美酒、听着歌舞这样美好的时光能有几次啊？唉，人生苦短，犹如早上的露珠，就那几刻的光鲜。再者说，过去沙场争战，道不尽风尘苦难，而今再不抓住机会享受生活，那就是傻瓜了。这几句看似是浪子行乐的直白，却正是那个时期人们普遍的心态。即便是有远大抱负的政治家，也没有磨掉对生活的向往。追求幸福、享受人生也是他们的权利。这首影响后世甚巨的诗歌并不是消极人生的代言词，而是人性的真情相告，让我们在同一个平行视角上洞观他们隐藏颇深的心机。如此，我们可以仰望高山，但不能企求一马平川。"东临碣石，以观沧海。水何澹澹，山岛竦峙。"

这是曹操一首写景的诗，却也是那般豪放大气，足见其情怀之博广。他说，好啊，为了观瞻沧海，我来到了碣石之上。瞧那大海，如此苍碧淼淼，水波层层推叠，由远而近，惊涛拍岸，好不壮观啊！更有那山石竦立于海中，如中流砥柱，撑峙于天地之间，那般坚实如磐，真是神奇的造化啊。

这首海波涌动、山岛耸峙的观海名句，历来为人们传诵不绝。"水深桥梁绝，中路正徘徊。迷惑失故路，薄暮无宿栖。"

这是出自曹操《苦寒行》的诗句，记述了他某一次征战途中的遭遇。行军走到水边，桥梁早被冲毁。欲过河而无桥，欲回返又迷失来路。此时，天色昏暗，人困马乏，没有休息之地，没有食宿之所，这是何等的悲苦之情啊！

《苦寒行》继续往下讲述："熊罴对我蹲，虎豹夹路啼。溪谷少人民，雪落何霏霏！"

这几乎是一种绝境，如若一个人遇到熊罴，是必死无疑的。他讲述了这样的情景：一只大熊就在对面蹲着，用凶残的目光看着你，还有虎豹豺狼在不远处吼叫，让人毛骨悚然。这里人迹罕至，更无村落，是进无可进、退无可退之地。天上又纷纷扬扬地下起了大雪，这真是苦绝无奈之境啊。曹操用写实的手法将那苦寒的境况栩栩如生地描绘在眼前，让我们看到一个英雄的成长是如此艰难，我们由此方知，是那无数次绝地逢生才成就了他大无畏的性格。

在《蒿里行》中，有四句写得尤其悲凉，看得出曹操对久年争战的厌恶之意。他说："白骨露于野，千里无鸡鸣。生民百遗一，念之断人肠。"

这是借乐府旧题写的时事。他讲述了军阀混战的现实，真实、深刻地提示了人民的苦难。这首诗风格质朴、沉郁悲壮，尤其是"念之断人肠"，体现了一个政治家、军事家具有关切民生、体恤民情的悲悯之心，诗风豪迈又不失婉约。

曹操的浪漫不是风花雪月的闺怨，不是少年轻狂的疏放，当然不会说"衣带渐宽终不悔，为伊消得人憔悴"，也不会说"玉楼金阙慵归去，且插梅花醉洛阳"之类的闲语。他从乌桓得胜而归，本应踌躇满志、一片高歌。可此时的曹操已经五十二岁的年纪了，身体的衰老和壮志未酬让他感慨万千。他咏道："神龟虽寿，犹有竟时。腾蛇乘雾，终为土灰。老骥伏枥，志在千里。烈士暮年，壮心不已。"

但曹操毕竟是曹操，面对衰老，他并没有丧失斗志，反而壮激不已。他说，千年神龟虽然命长，它总会有死去的时候。青龙虽然可以腾云驾雾，也迟早会朽为泥土。这是不可抗拒的规律。然而，一匹曾经征战沙场的老马，就算让它待在马棚里，依然有驰骋千里的想法。一个有雄心的人即使到了老年，依然充满斗志，有为梦想而奋斗不止的决心。曹公用诗歌告诉人们，决定一个人老的，从来不是年纪，而是那颗对梦想失去追求的心灵。

这就是曹公的浪漫，一种诗意的人生。

三

曹丕是站在父亲肩头上风光显世的一个人，文不如曹植，武不如曹彰，却有一副好心机，比父亲还有贼胆，敢废汉称帝。虽如此，在父亲的光环下，历史并没有给他多少荣耀，甚至因杀害功臣、威逼弟弟曹植七步成诗，被后人鄙视。当然，曹丕能忍辱苟活、委曲求全，也有丈夫之仪。就文学而言，曹丕不失为建安文学的代表之一。由于对政治理想的高扬、人生苦短的感慨，三曹父子一脉相承，但人生际遇的迥异又使曹丕不同于父弟，形成了自己独特的风格。有人评论他的诗歌是语言绮丽工练，抒情深婉细腻，读来纤丽清新。抒怀之作又写得极其清隽悲凉，带有拟作性质，借此抒发了战乱中的一种苍凉郁悒的情怀，愈发表现出了文人的气质。

汉献帝最后的年号为"建安"，自此到魏初这一时间段内，作家们逐步摆脱了儒家思想的束缚，注重内心的呐喊和情绪的抒发，加之战乱动荡，文人多是慷慨激昂之辈，因而形成了文学作品内容充实、感情亢奋的特点。这些诗作言之有物，凿凿有声，多用白描，更如纪实，风情苍劲，骨感硬朗，为后世所不及。

《燕歌行》是曹丕的代表作，是中国文学史上第一首完整的七言诗，对后世有很大的影响。不妨解读其中的几句试试。他说："秋风萧瑟天气凉，草木摇落露为霜。群燕辞归雁南翔，念君客游思断肠。"

开头用三句描写秋天的情景，为女主人公的出场营造了一种深秋肃杀的气氛，有视觉的、有听觉的、有感觉的，让一种空旷、寂寞、衰落的感受先入为主，像一台布景，把读者围于其中，除却他念，不做别想，只等着听怨妇的倾诉。这三句与即将出场的女主人公的内心之情是一致的，虽只是写景，没有正面言情，却已是情满于纸了。这种借景抒怀的方式正是袭用了宋玉《九辩》和汉武帝《秋风辞》之法，却又在前人的基础上做了提升，呈现出独特的思想面貌，为思念这个主题做了环境铺垫。由人及物，由景及情，无不清新婉丽又柔怀搓胆。"念君客游思断肠。慊慊思归恋故乡，君何淹留寄他方？"

女主人公一出场，便愁云满面，亦如秋之孤凉，她望着远方说："你已离家这样久了，我思念得柔肠寸断。我也想得出你思念故乡和我的那份伤心失意，可是究竟为什么你久留于外面不回来呢？这种写法既巧妙又具体，还那样含蓄低回、幽积于心、令人伤情。难怪明代胡应麟就此说道："子桓《燕歌》二首，开千古妙境。"他在这首诗的最后说："明月皎皎照我床，星汉西流夜未央。牵牛织女遥相望，尔独何辜限河梁。"

女主人公伤心凄苦地怀思远人，时而临风浩叹，时而抚琴低吟，茕茕徙倚，不知过了多久，月光透过帘栊照在空荡荡的床上，她抬头仰望，银河已西转，夜已经很深了。这时她看着那星儿说："唉，可怜的牛郎织女啊，是什么罪过把你们隔断在银河的两岸呢？"

这种相思深苦无奈，是独悲独愁、无处倾吐？是一种呼吁、一种控诉？还是对离人的叹怨、对社会动荡不安的抗议？这样语涉双关、低回而响亮，十分精彩。是的，作品思想并不复杂，但作为统治者，能关心百姓、同情弱者、

体悟离散之苦，实在是难能可贵。

四

古代诗人大多是为官的或做过官的人。文化人稀缺，所以文化人就会被政治笼络或收买。"三曹"都不是平常市井之人。曹操用毕生精力缔造了曹魏政权，曹丕废汉立帝，唯曹植政治失意，沦为纯粹的文人，但他却在两晋南北朝时期被推尊到文章典范的地位。著名的《七步诗》让我们看到了政治与亲情的不可调和。《七步诗》的背景如此险恶，吟诗人有时也会如临深渊，并不都是浪漫。曹植在诗歌和辞赋方面的成就更为突出，一篇《洛神赋》奠定了他的历史地位。其赋继承了两汉以来抒情小赋的传统，又吸收了楚辞的浪漫主义精神，为辞赋的发展开辟了一个新的境界。描写洛神那段"其形也，翩若惊鸿，婉若游龙。荣曜秋菊，华茂春松。髣髴兮若轻云之蔽月，飘飖兮若流风之回雪……"成了后世摹学的经典范本，甚至连书法家都以书写《洛神赋》的文字为荣。

文学是所有艺术品中保存最久远的东西。它不是物质的留存，而是精神的传延。文字是最早的程序编码，它不受介质的物理局限，它其实就是一种信息流，作家就是编程员。我们惊叹我们的先祖在两千多年前就能将文字演绎得如此神奇，就能在具象与抽象之间找到保存久远的中间体，还能令其随时还原出新鲜度，而且让后世能读出他们心灵的密码。曹子建堪为文字风流的祖师。南朝宋文学家谢灵运评论道："天下才共有一石，子建独得八斗。"王士祯论说汉魏以来两千年间诗家堪称"仙才"者，唯曹植、李白、苏轼三人耳。而曹植更尤胜二人，因为他之前，无来者也。

《七哀诗》是比较有名的一首诗，跟曹丕的《燕歌行》有异曲同工之妙，又有曹丕所不及之处。我们不妨赏读几句，他说："明月照高楼，流光正徘徊。上有愁思妇，悲叹有余哀。"

这首写实的起句一下子渲染出凄清冷寂的气氛，笼罩住全诗。你瞧，明月在高高的阁楼上，清澄的月光如徘徊不止的流水轻轻地晃动着，伫立在楼台上登高望远的思妇在月光下伤叹着无尽的哀愁。曹植首创的"明月""高楼""思妇"一组意象，被后代诗人反复运用以此来表述闺怨。"明

月"在中国诗歌的传统里，成了观照两地相思的一面镜子。他接着说："借问叹者谁？言是宕子妻。君行逾十年，孤妾常独栖。"

请问楼上唉声叹气的是谁？回答说是异地客旅者的妻子。直截了当，明白如叙。用自问自答的形式牵引出愁妇的身世，也牵动了作者的感慨。从明月撩动心事到引述内心苦闷，曹植写得流畅自然，不着痕迹，成为"建安绝唱"。后两句更是直接描述了思妇的哀叹，诉说了无尽的孤独和寂寞。曹植借宕子之妻倾诉了自己政治的失意和打压，曾经向往的理想抱负如怨妇之哀。跳过那几行转承之句，我们再品一下结尾的话，便可窥见曹植"长怀永慕，忧心如酲"的无奈。他说："愿为西南风，长逝入君怀。君怀良不开，贱妾当何依？"

这几句用"比"的手法表述了思妇的心态，思妇不以怨报怨，反而牺牲自我，以示忠贞。"可以的话，我愿化作西南风，在人间消失而投入君的怀抱"。曹植盼望骨肉手足和好，这是说与曹丕、曹叡听的，有一种效力效忠的喻义。然而，现实还是让人失望的，她说："唉，夫君的胸怀早已不向我开放了，我还有什么可依靠的呢？"这两句表述得非常直接，曹丕、曹叡父子一直防备怀疑曹植，弃而不用，曹植"戮力上国，流惠下民，建永世之业，流金石之功"的抱负无法实现，真是"哀怨之情，直透长空"啊！元末明初的刘履评价《七哀诗》道："子建与文帝同母骨肉，今乃浮沉异势，不相亲与，故特以孤妾自喻，而切切哀虑也。"清朝沈德潜说："《七哀诗》，此种大抵思君之辞，绝无华饰，性情结撰，其品最工。"汉学家叶嘉莹说："曹植《七哀诗》中的女子，不是现实中的弃妇，他是用弃妇来作象喻。"

人啊，来这个世界走一遭，这是注定的使命。即使你不依附于现今这条肉体上，不投身于这个家庭里，你也会出现一次，你避免不了这一次精神的经历。读"建安三曹"的诗，让我想到这样一段风马牛不相及的话。但我还是认为，诗人就是踩在"正常与不正常"那个锅沿上的人，掉里面，就是精神病，掉外面，就是庸人。

哈哈，我有些站不稳了。

2020 年 1 月 1 日 牧童元旦速记于品隐阁

惋别嵇康

　　我突然做了一个梦，梦见了嵇康，他竟然是我的熟友。我不知缘故，便任由梦去摆布。

　　读史果真是一次时空逆旅，在许多历史节点处稍作停息，就是一场令人心悸的遭遇。一次次相识相知、一次次重逢惋别，生命不再是那般风轻云淡。历史犹如一碗苦沥心扉的草药，不停地咂啜，便不停地苦啧下去，直到悲泪涌满双目。这不是矫情，这是自虐。

　　我于历史的过往中搜寻自个儿散落的魂魄，始终不能凝聚成一个被注释的形体。我知道我不会是历史涌起的一簇浪花，我只是浪花散去的一堆泡沫而已。但我学会了张望，在短暂的喧嚣里，我甚而会远离那堆泡沫，于孤零处仰望。一个人如能将自己展开为一个世界，那么他定会有无限不可阅尽的风光。自恋是自信的另一种表述，这是一种自我灌注的能量，也是一把双刃剑。嵇康就是被这把剑所伤，但也刻琢出一道风景。

　　我知道时常有七个人在村前河边那片竹林里饮酒发狂，乡民们说那是一群疯癫之人，不去与他们计较。我却觉得他们精神很正常，是世人病了。我很关注他们，因为有嵇康在其中，他是个领袖人物。

　　这片竹林并不十分茂密，疏淡清幽间摇曳着微风，足可遮阳避暑。好在这里灵泉遍布，河流众多，筱竹新篁广植，是处避乱隐居的好地方。他

们七个人相继来到这里，都是一根傲骨、一身清酸之人。他们搭个茅屋土棚、插个竹篱柴扉便是，或荷锄牵牛，去半亩田里耕作；或浇愁佯醉，去朋友家借酒。他们没有华舍丽宅，没有貂衣绸氅，没有精馐佳酿，时常是各自带着酒具食物，相约于这片林子里，席地而坐，倚石傍木，淘尽了自在。起初，一个个还文质彬彬，讲究长幼伦序，相互作揖施礼，风姿虚凛。几碗粗酒下肚之后，便忘乎所以，置礼数于不顾，或吟诗，或歌咏，或长啸，或恸哭，千姿出露，百态毕现。我只能远远窥望他们而不得近前，我自感愚钝无知，走不进他们的世界里。他们每一个人心中都有一个澎湃的小宇宙，他们燃烧着自己的情绪，给生命加注自信。阮籍尝以不涉是非的态度，要么酣醉不醒，要么缄口不言；山涛是求进不得志之人，有一腔怀才不遇的愤懑；向秀与嵇康最是情投意合，即便被逼出仕，也是只做官不做事，消极无为；刘伶是最放荡不羁之人，酒量、酒德、酒风都堪称一绝；王戎年龄最小，也是非常吝啬之人，以精辟的品评与识鉴而著称；阮咸是音乐才华最杰出的天才，唐时竟以他的名字命名了一种弹拨乐器为"阮咸"；嵇康是七人中出身最为显贵之人，他是曹操的曾孙女婿，父亲官至御史，哥哥官至刺史，他本人拜中散大夫。

就是这样一个有背景的人却远离官场，出走山林。原因是在他眼中，司马家族的政治最为黑暗，也最为肮脏。我不懂政治，只是读了几本闲书，识得几个汉字，即便通读了一遍史书，也不识玩弄政治的精要。嵇康未必不懂政治，也许是他善根过深，不愿作恶，所以他宁愿不做中散大夫，也要来到山阳县那棵大树下当个铁匠。就是在那炉火的惚恍里烧红了我的那个梦，嵇康如天神一般的容貌和躯魄让我震惊。我所见与南朝刘义庆《世说新语》所载如此苟同："嵇康身长七尺八寸，风姿特秀。见者叹曰：'萧萧肃肃，爽朗清举。'或云：'肃肃如松下风，高而徐引。'"山涛曰："嵇叔夜之为人也，岩岩如孤松之独立，其醉也，傀俄若玉山之将崩。"他竟如此风神俊采、龙潜毓逸。世人往往说"面如冠玉赛潘安，姿似卧松胜宋玉"，而对嵇康之美颜，只用"玉山倾倒"四个字，胜却了千言万语。嵇康身高的尺码换算成现代人的尺码，是标准的男模身高，他不仅颜值清俊神秀，而且才情并茂，诸艺俱佳。据传，他经常一人在野外饮酒弹琴，很多砍柴的人为了目睹他的尊颜和聆听他的琴声，往往痴迷忘工，"束绳而返"。

我勇敢地走近嵇康，更显出我卑琐单瘦，心智孱弱。是嵇康的琴声暖化了我的自卑，我在他的琴声里竟滋长了一种向往；是炉火把他洁白的脸膛映得通红，呼唤出他的血性。

此前，我不知什么叫作"士子精神"。子贡问孔子什么是士。孔子说："行己有耻，使于四方不辱君命，可谓士矣。"也就是说，严于律己、忠君爱国的人才能称之为士。齐国晏婴、秦国商鞅、赵国蔺相如都是名士，荆轲刺秦也是士子的精神体现。古代士人要修六艺，即礼、乐、射、御、书、数，如此是文武兼备的，其中偏文者谓之"儒"，偏武者谓之"侠"，儒重名誉，侠重义气。魏晋时期，一部分士族之人还在走读书治学的路子，他们的儒学精神也不失豪侠之气，更多地体现了士人的精神内核。应该说，中国士子大多数本身就来自普通平民百姓，他们知晓更体验过下层社会的艰难生活。他们在依附权势的同时，又无法割舍与下层的关系，因此他们是生活在矛盾之中的特殊的一个群体。他们有高度独立的人格和尊严需求，又有强烈的社会责任感和历史使命感。他们的立世之本是才干、学识和本领，普通百姓无法具备，王公贵戚也很稀有，于是他们有某种心理的优越感。因此，也就自塑了他们的精神高度，形成了自赏、自傲的独立于世的人格。孔子又说："士不可以不弘毅，任重而道远。仁以为己任，不亦重乎？死而后已，不亦远乎？"他从责任感和使命感来阐释中国士子的恢宏气势和执着精神，这话讲得十分中肯且深刻。有一种观点讲，战国之后无贵族，隋唐之后无士子。这是一种哀叹。这里讲的是一种精神，一种独立于权势之外的人格。"竹林七贤"在竹林聚首的那段时光是士子精神的一种演绎方式，是士子的标杆。后来他们敌不过权势的诱惑与追杀，曲终人散，唯嵇康用生命做了最后的捍卫。士子精神最终也成了悲凉的怀想。

嵇康继续在树下打铁，打得"叮当"作响，打得火星四溅；继续到山泉边弹琴，弹得泉水呜咽、凤凰来仪。我也继续紧随其后，听他讲述他的故事。他讲给我的话并不多，我听到的大多是他的自言自语。他也任由我跟随其后，为他提壶添薪。

他倡导玄学新风，主张越名教而任自然，审贵贱而通物情；他崇尚老庄之道，讲求养生服食；他傲视权贵，不愿为官。因此他们七个弟兄在价值观上也产生了分歧，直至写出《与山巨源绝交书》。那居高临下、清峻

倨傲的文笔，舒泄了魏晋士子藐视权贵、轻蔑奢华的精神追求，使山涛狼狈千载，永世背负骂名。表面上是他本人不堪出仕，实际上是拒绝与当政者合作。然而，嵇康与山涛虽绝交于江湖，但仍相知于内心。就在嵇康临刑就戮前的那个晚上，山涛带着嵇康的儿子嵇绍与其诀别。月光下，嵇康牵着儿子的手放到山涛的掌上说："有山伯伯在，你此生就不会孤单了。"又对山涛说："我把儿子交付于你，也就可放心地走了。"这是让人动容的历史瞬间，值得临终托孤，是怎样信任的一种至交啊。山涛没有辜负重托，嵇绍长大成人，又被山涛举荐做官，由此也就有了"嵇绍不孤"的成语传世。

这种相识相知于灵魂深处的人，岂止是一纸文书便可绝交？他们在当世的浊流里分裂，却在灵魂深处又重逢。他们执手笑看风云，早已无需多言。是啊，高质量的友谊永远发生在优秀的个体之间，在心灵深处，嵇康与山涛劈面相逢；在生死关头，又揖手断别。

其实，一个在江湖有传说的人不可能隐于一片竹林便可被遗忘。清高是低浊的死敌。嵇康携"执意"以行"隽侠"之游，避不开政治的大网。士不死，何以决绝红尘？

我真不愿意将看到的一幕转述于文字，嵇康竟有苏格拉底式的坦然，赴死如同远行。嵇康本该在大树底下继续打铁为乐，如此他还是没有断了俗念，为朋友吕安、吕巽兄弟间的夺妻案而踏入是非之地。这个案另有许多说辞，在此不作赘述。只是由此嵇康被与他早有嫌隙的钟会趁机诬陷，以不孝之名触怒大将军司马昭，与吕安一同获死罪。

那日，春和景明，并不见阴风怒吼，刑场被三千多名太学生围成个圆桶。人们跪拜于地，请求赦免嵇康，然而无济于事。嵇康凛然高拔，看不到丝毫悲气，他向四周揖手拜谢，如同往常。他仰看日影尚早，行刑还有一段时间，便向兄长嵇喜要来他最心爱的那副桐琴，席地而坐，弹奏了那首即将绝版的《广陵散》。这曲子是嵇康在深山访巡时得一高人传授，也有说是仙人赠予，并告诫他，此曲只可一人弹奏，不可外传。我远远地望着他的身影，听着如此怫郁慷昂、戈矛纵横的琴声，无限悲情倾湿周身，那三千太学生也个个泪流满面。突然，嵇康左臂一挥停在空中，只听琴弦愤然崩断，琴音震震不息。嵇康仰首叹息道："昔袁孝尼尝从吾学《广陵散》，吾每靳固之，《广陵散》于今绝矣！"

我不忍心看到他就戮时的血腥，琴声是最后的惋别。

后世如何高度评价嵇康之死，那都是后世的事了。性格决定命运，嵇康验证了这句话。中国士子继承了贵族精神，又在平民的舞台上传唱着红尘挽歌，那种雄凉与悲楚非后世之后世所能通识得了的。

这世界似乎不缺物质的人，但精神的人、为他人谋思而动的人、有士族血性的人，似乎已是极稀有之物了。

我以梦为马，不负精神苦旅。可惜梦碎当今，有愧嵇康。然而，哪怕梦里做友，也不失韶华当歌啊！

2020 年 2 月 2 日　牧童速记之

驾羊车的司马炎

历史很无情，这是我读史以来最明显的感受。

任凭君王如何掩过饰非，历史都会将他的疵点放大，以为过往的标识。君王是要写入历史的人，无论在位短长，都功过参半。还是百姓好做，把活着的事办妥就行。君王死与活都得远虑，否则，一骂臭千年，万代担罪名。所以，君王行事须格外地小心，稍有放纵，便留下话柄，毁了一世的担当。

我觉得，晋武帝司马炎驾个羊车巡幸后宫，本算不上什么大事。也许他还很委屈，心想：自古帝王出行都是金舆玉辇，八面威风，只是我不那样摆谱，想做个好皇帝，清誉流芳。难道我驾个又小、又矮、又慢的羊拉的车，还会有人嚼舌头？另外，你们这些宫人不要向外传我的坏话，秀女们也要把严口风，我威播四海，恩泽万民，你们不觉得我是个明君吗？明君也有私生活呀，也是个肉体凡胎呀。但不知怎么就走漏了风声，还因为驾车的是羊，衍生出许多令人啼笑皆非的故事来。不要问真实性有多大，司马炎坐了几次羊拉的车，只问有趣吗。有趣，便会被猎奇，便会被口诛笔伐，最终成了帝王的一个污点。

应该说，历史对司马炎的评价还是很中肯的。他打天下、稳时局颇有手段，开国伊始便弄出个"太康之治"来，比前几朝的帝王都有出息。而且说司马炎"宇量弘厚"，能够包容异己，这个最不容易做到。他平定秦凉，击灭东吴，统一全国，由此被尊为世祖，享开国之誉；他实行土地改革，开创了"户调制"，使耕者有其田，这是他治国理政最光彩的一笔。但在权力的分配上他却畏首畏尾，竟沿袭了汉的分封制，过于荫庇族氏宗人，削弱了中央集权的统治能力，为"八王之乱"埋下了隐患。也许是魏晋纷争太久，人心思定；也许是无为而治、休养生息的政策迎合了时局；更也许是"土地改革"改变了生产关系，提升了生产力。所以，司马炎一时不知富日子怎么过了。

政治基础不牢固的政权往往会标榜短暂的繁荣，也会被胜利冲昏头脑。奢欲的泛滥更容易陷入"促进消费"的谬识里而不辨危机。总体上讲，司马炎算个好皇帝，他"仁以厚下，俭以足用"的治国之道是有历史进步作用的。但他后期不思进取，以致开始贪恋财色，还亲自参与到"君臣赛富"的游戏中，这是他的政治败笔。因此他松懈了斗志，带坏了队伍，使"太康之治"很快就失去了昔日的光彩。所以历史老人对他扼腕不停，郁闷地讲出了四个字：前明后暗。

英国思想家阿克顿在《自由与权力》一书中说："权力导致腐败，绝对的权力绝对地导致腐败。"无疑，帝王是绝对权力的拥有者，腐败是他权力附属的待遇。如果帝王是人而不是神，那么他就很难将哪些是腐败，哪些不是腐败的东西分辨出来，并进行严格地剥离。何况帝王的特权没有上限，是天下人围猎的对象。即便有几个贤明的君王能自我设限，但没有制约的自律能坚持多久？

如果说，仅仅是坐着羊拉的车去找自己的女人，充其量是个既风趣又懂风情的人；如果说，私下里推推牌九，下下围棋，带个彩头玩一玩，也算是忙里偷闲的乐观派。可实际上，司马炎的女人多得无聊，私房钱堆得发霉，以至于羊行天命，钱叙人伦，那不奇葩才怪呢！

在司马炎的故事里，我找不到自己的位置。我既不是拉车的羊儿，也不是竹梢的小鸟。宫墙耸立，禁门重重，我做此穿越，还得仰仗文字的力量，去阅读处还原全息的图景。

看，一只肥壮的山羊拉着一辆精巧的小车过来了。庞大的后宫建筑群那个气派，那个楼台交错、曲水回廊。数不清的丽苑香室之间有足够平展的甬道相连。小车不紧不慢地行在其上，全凭羊把握方向。那洁白的羊脖

子上拴着粉红的花环，弯曲的羊角上套着发光的银饰，身上撒满香水，一路飘散，花草倾醉。有两个年轻的宫人小心翼翼地跟在后面亦步亦趋，始终保持十步之距。车上倚坐着的肯定是晋武帝司马炎了。他眼神迷思，踌躇满志，一副内敛难收又自如轻放的样子。这就是成功者的精神状态，超好。

近来，后宫选入一万多名秀女，个个花容月貌，水秀冰清，天下的美人几乎尽收囊中了。而且这些秀女都是来自吃朝廷俸禄的官宦之家，没有平民百姓。莫不是皇帝心有戒备？你在我朝为官，你就得出一个人质抵在后宫，被我看着，更不许你与诸王联姻，坐大地方势力。这司马炎表面和善宽容，满肚子可都是帝王的心机。

一万秀女，这是何等地婀娜招风、脂香流溢，是历史上绝无仅有的"花海"。但大多数也就是个摆设，司马炎有空便来这里转转，做个男人的样子，实际一年下来也临幸不了几个。更多的秀女得不到雨露，便枯萎终老。据说司马炎是很喜欢皇后杨艳的，皇后病逝，他才放纵起来。看来这里也没有皇上太中意的女人，他便让羊代行朕意，停在哪个门前，便入哪个温柔乡，颇有听天由命的样子。秀女可要动心思了，有一个聪明的便在屋前放了竹子，还撒了些盐巴，羊看到竹叶便停下来吃，尝到咸味更是狂舔不止，如此秀女便遂了意。这一招很快被其他秀女知道，一时整个后宫到处都撒着竹叶和盐巴，一片齁咸。司马炎装痴作愣，乐在其中。羊儿倒是愿意前往，只是盐巴吃多了，口渴得很，放下皇帝老儿，便急着去找水。文人将这一宫闱秘事编了一个成语叫"羊车望幸"，司马炎因此被列入好色的队伍里。

好色归好色，司马炎在国家财富积累上还是很有一套的，他通过颁发新律、起用能人、土地改革、兴修水利、减负徭役、劝课农桑等一系列行之有效的措施，使国家很快就富裕了起来，有历时十年的经济繁荣时期。好个晋国，到处是民和俗静、家给人足、牛马遍野、余粮委田、民生富庶、四海升平的景象。这时的司马炎一定会觉得这是他确立的"无为而治"的国策起了作用，既然这样，那就任由人们随性而为吧。斗富有利于促进消费，省得库里的粮食发霉，柜里的丝绸长虫。

其实，司马炎的生活还是比较节制的，并没有学商纣王的酒池肉林，也没有效仿秦王大搞土木工程，更不像汉灵帝那般横征暴敛、私藏腰包。有人分析，那一万多名秀女竟是出于政治需要，司马炎并不是花痴。但历史就是不放过他，说他大肆扩充后宫，还怂恿臣子们斗富，张奢不已而丧国志，后继不力而伤国本，使西晋政权只坚持了五十二年便崩塌。我觉得如此说他还是有些不公允的。一个帝王无论怎么做都会留下诟病，帝王就是一个挨骂的角色。

挣钱难，花钱也难，把钱花值了更难，特别是有钱了就使劲地任性。看来世人多是贫穷时节刻苦进取、理想满满，而发财了、富贵了却像泄了气的皮球，只想瘫在那里接受欲望的蹂躏，体验财富带来的快感，拼命地搂钱，无聊地烧钱，明里争风，暗里斗富，比车、比房、比女人，比来比去，比得家风败落、人去财空，比得一堆朽骨进了坟墓。王恺、石崇就是这样一类暴发户的代表。

你斗就斗呗，你是斗得出了名，可气的是，却污了主子的一世清誉。

据说，王恺是司马炎的舅舅，石崇是朝廷官员，都是富可敌国的人。王恺用糖水洗锅，石崇就用蜡烛当柴烧；王恺在家门前的大路两旁，用紫色的丝绢编四十里屏障，石崇就用彩缎铺五十里道路。司马炎把自己的一株两尺高的珊瑚树赐给舅舅王恺，王恺去向石崇显摆，被石崇用铁如意打碎，还说："不要生气，我还你更好的。"命人取来自家的珊瑚树六七株，每株都有三四尺高，王恺被比得无地自容。他们还做了许多无聊的攀比，都是暴发户的行径，令人恶心。不过，石崇到头来被一个叫绿珠的妾室所牵连，五十二岁遇害，全家老小皆被屠戮，富可敌国也没得善终。

杜牧为此写了一首《金谷园》，诗曰："繁华事散逐香尘，流水无情草自春。日暮东风怨啼鸟，落花犹似坠楼人。"金谷园就是石崇的豪华别院，坠楼人就是石崇的妾室绿珠。

总的说，司马炎还是大事做得小了，所以小事就被人说得大了。他与秦皇汉武相比，格局和气魄还是差了许多。无奈，时势造英雄，历史有局限，谁人也得先摆平眼前的事，无法周全后人的评说。这就是我的读史体会。也难怪司马炎运气好，国泰民安，天下富足，对得起老百姓了。

读史，能给我们一个反思的机会，让我们超越时空地回望一番：做一个平民是不是就没有历史责任感了？

今儿立春了，花儿还没开。能在春暖花开的时候继续读着通史里的故事，就是成功。一个人的命运能与整个国家命运如此攸关，就是人生价值

的彰显。哦，我很满足于做个平民。

瞧，那羊拉的车来了，一千八百年都过去了，人们还在指指点点，做个帝王真烦！

2020 年 2 月 5 日 牧童速记

抢手的痴货皇帝

上篇随笔讲了晋武帝司马炎的一些事，说他创建西晋有功，但我也概括了这样一句话，算是读史的感悟，即张奢不已而丧国志，后继不力而伤国本。特别是司马炎选了个痴货儿子当接班人，这是他的硬伤。这种有负天下的私心不是帝王的胸襟，也让我们认清了自私的本质、伟大与渺小的距离。在封建王朝的伦理判定里，血脉比天下重要，甚至说，血脉就是天下。因为没有痴货的大臣，所以可以有痴货的君王，更侥幸地寄希望于痴货的儿子不是痴货。晋武帝分封诸侯，切碎了中央的权威，又把皇位交给了一个痴货儿子。那么毒妇干政，八王嗜血，就有了一个因果关系。所以，西晋王朝成也司马炎，败也司马炎。

司马衷是司马炎的次子，为武元皇后杨艳所生，天生痴呆。贾南风是大臣贾充的女儿，貌丑，性妒。父女联手设计，成了太子妃。所以世人有道，司马炎鬼迷心窍了，先立了个白痴的太子，又找了个黑心的妃子。

司马衷有多痴？据说，司马衷刚继位时，一次，一群太监拥着他在御花园玩耍。正是初夏时节，池塘的草丛间响起了一片蛤蟆的叫声。司马衷呆头呆脑地问身边的人说："这小东西是为官家叫，还是为私家叫呢？"太监面面相觑，不知所问何意。有个机灵的太监一本正经地说："回皇上，在官家地里就为官家叫，在私家地里就为私家叫。"司马衷似懂非懂地点

了点头。

还有一次多地闹饥荒，地方官员上报说灾区饿死了很多人。司马衷不解，问大臣："好端端的人怎么就被饿死了？"大臣回奏："闹灾荒，没粮食吃嘛。"司马衷此时竟转了一个弯，还挺严肃地说："何不食肉糜？"意思是说，没有粮食吃可以吃肉粥嘛，因为司马衷平时极喜欢肉粥。大臣们听了，个个目瞪口呆。

你说气不气？就这样一个痴货还要高坐龙椅，管理天下，那天下不乱才怪呢！

"王侯将相，宁有种乎？"陈胜、吴广在大泽乡起义时的一句诘问，白痴的司马衷竟给出了答案：封建制度就是帝王家族播种的土壤。家天下，延传的就是血脉。如果天下是打天下人的天下，而不是天下人的天下，那么没粮食吃的老百姓就等着吃"肉糜"吧。

"八王之乱"这一部分读得忒费神，"八王之乱"是战事纷夺之乱，不是文字表述之乱。难道我也如此痴愚，分不清蛤蟆为谁而叫？要不我再慢慢地读来、细细地斟酌一番？

"八王之乱"是发生于西晋时期的一场皇族为争夺中央政权而引发的内乱，起因是皇后贾南风干政弄权所致。参与这次动乱的核心人物有汝南王司马亮、楚王司马玮、赵王司马伦、齐王司马冏、长沙王司马乂、成都王司马颖、河间王司马颙、东海王司马越等八位诸侯。《晋书》将八王汇编为一个列传讲述。这是中国历史上最为严重的皇族内乱之一，导致了西晋亡国以及中国近三百年的动荡。前面讲了，埋下祸根的是司马炎，而点起内乱战火的是贾南风，一个丑陋无比又凶狠毒辣的皇后。纵览正史野史对她都没有一句好评。晋武帝时，外戚贾氏和杨氏都居当朝的权力中心地位。武帝死后，惠帝司马衷没有治理朝政的能力，实际是一个活着的牌位，只能任由弄权人操纵。皇权惹得众多野心家们心头痒痒，不能按捺。

先是贾、杨两姓相争，贾南风为阻止辅政大臣杨骏独揽政权，秘密联络汝南王司马亮、楚王司马玮带兵进京，讨伐杨骏，并设计让惠帝下诏诛杀杨骏，后灭其三族。当年六月，贾南风又密诏司马玮杀了汝南王司马亮和大臣卫瓘。第二天又用了张华的计谋，宣诏司马玮伪造手诏之罪，将其处死。至此，朝政大权被贾南风掌控。

史载，贾南风掌权八年，社会还算平稳。但她没有儿子，为了将来能当上太后，又开始策划废储之事。这一次属"八王之乱"的第二阶段，动乱的规模更大，参与的宗室更多，战争更为惨烈。那是元康九年（299 年）到光熙元年（306 年），历时七载有余。

如果按参与"八王之乱"的顺序来讲，司马亮、司马玮已死，第三位登场的该是赵王司马伦，当时是太子太傅，并掌握皇室禁军。他表面讨好贾南风，却城府暗掖，寻机谋动。他与孙秀决意除掉贾南风，便商量了一个"一石两鸟"又可称"借刀杀人"之计。

已立的太子司马遹为才人谢玖所生，且与贾南风一向不和。贾南风设计让太子抄一份逼父亲惠帝退位的文章，蒙骗惠帝废掉太子。司马伦、孙秀原本想保太子，又担忧太子品性高纯、不容污垢，将来登位也讨不到什么好处，救太子是自取其祸。于是便劝说贾南风尽早杀了太子，由此太子无辜殒命。至此，司马伦认为时机已经成熟，便伪造惠帝诏书，以杀太子的罪名，发兵收捕贾南风及党羽，张华等人当场被杀。贾南风被逼喝下金屑酒而死。事后，司马伦自立为帝，将惠帝软禁于金墉城。

接着出场的是"三王起义"，是"八王之乱"的第四、第五、第六位人物，即齐王司马囧，联合河间王司马颙、成都王司马颖起兵讨伐司马伦。司马伦战败，被囚禁于金墉城，也被赐金屑酒而死。之后，迎接司马衷复位。司马囧自任大司马一职，主理朝政。司马颙、司马颖也被封以高爵，拥兵自重。司马囧独揽大权后不可一世，俨然自己就是皇帝，没有臣下之礼，而且沉迷女色，荒芜政事，结果又使同姓王们有了讨伐的借口。

司马颙起兵讨伐，长沙王司马乂答应做内应。司马囧待知消息，先与司马乂起战端，司马囧战败被杀，其两千名党羽皆被夷灭三族。自此司马乂又独揽大权。司马乂是"八王之乱"第七位出场的藩王，当然也没什么好下场。他与前来征讨的司马颙、司马颖大战几个月，死伤无数，后被在朝廷任司空的东海王司马越勾结一些禁军将领捕获，交给了司马颙，结果被火烤而死。

至此，八王已有五位丧命，余司马颖、司马颙和司马越。这三位并没有消停下来，继续为争夺权力而战，因为司马衷还活着。

司马颖入洛阳拜丞相，司马颙升太宰，司马越为尚书令。没过多久，

东海王司马越对司马颖的专政又产生不满，就带十万士兵挟持着晋惠帝去邺城攻打司马颖。攻而无果，司马越战败，惠帝被俘，司马颖改年号为"建武"。

这其后还有一阵子乱。司马越兵败，其亲弟司马腾又勾结乌桓、羯朱攻击司马颖，这次司马颖败了，挟惠帝逃至洛阳。洛阳由司马颙部将控制着，其属下张方又挟持惠帝，废了司马颖的皇太弟之位。司马颙自行选置百官，改秦州为定州。

接着司马颙挟持惠帝发诏罢免司马越等人。司马越为此又打出"奉迎大驾，还复旧都"的名义起兵讨之。同时，又派人说服司马颙送帝还都便罢兵。司马颙不听，又战，司马越又败。范阳王司马虓以八百骑兵帮助司马越，又在谯地一战，这下司马颙败了。这时司马颙深感恐慌，认为是张方惹来的祸端，便命亲信郅辅暗杀张方，然后把张方的头颅送给司马越想求和。而后司马颙又后悔，怪罪郅辅杀张方，又杀了郅辅。

司马越趁势利用军中鲜卑将领祁弘攻打司马颙，司马颙终于大败，星夜单骑跑出长安，逃到太白山。

而在河桥的另一路兵马司马颖，则被司马虓派出的鲜卑骑兵攻袭惨败。司马越得胜进入长安，矫诏赐死司马颖。

光熙元年（306年）十一月十八日，惠帝司马衷突然驾崩，有人说被司马越毒死。随后司马炽继位，是为晋怀帝。怀帝下诏司马颙回朝廷任司徒。司马颙不疑，回程途中遇害身亡，"八王之乱"就此终结。至此，东海王司马越成为最终胜利者，官任太傅，辅政新王，执掌朝廷大权。

"八王之乱"以极端的形式向世人昭示：社会风气的畸变造成了社会秩序的崩溃，把所有的人推向了动乱的深渊，给社会造成了深重而长久的灾难。

历史证明，中国古代专制集权的中央运转主要靠两个因素：一是中央集权制度，绑定了君王与臣子、地方的关系；二是既要有一个能维护这个集权运行的统治集团，又要有一个统领天下的皇帝，二者缺一不可。学者何兹全认为，八王之乱，可以这样说，是士族门阀势力的恶性发展，为八王之乱提供了政治基础；是分封食邑制度使宗王有了发展自己经济力量和集聚军事力量的根据地；是宗王出镇使宗王都督掌握了相当的军权，有了

能够发动变乱的军事基础；是晋武帝选嗣不当给叛乱提供了机会。

一个痴者，也是一个受害者，在动乱里颠沛流离、受尽磨难，也怪可怜的。在这场旷世的动乱中，皇帝没有罪，甚至没有错，他可能始终也没弄清他是什么角色，都做了哪些事，甚至可以认为他是皇权的牺牲品。贾皇后、八王以及那些动乱的参与者们却明白他们为了什么。可到头来只有一个胜者，这个胜者为了权力之争，不惜手足相残，不惜生灵涂炭。他是西晋的掘墓者，更是中国历史的罪人。

因为权力，司马衷成了抢手的白痴；因为八王之乱，这个白痴竟被裹挟到历史舞台的中央。不得不说，历史有时也很无奈，在权力的争斗中，被搅成了一团乱麻。

八王之乱是我读史以来最难理清头绪的一个章节，但我还是要读出我的思维图形来。

是啊，我在历史对岸已独行多日，有惊涛骇浪，也有静水荻影。那里面独有的四季少不了金戈铁马声和铺满血色的梦魇。我的短暂因此被拉长，我的轻浮一次次铭上了深刻。我真的有时会被历史事件渲染，以一个角色去呼唤真理。我知道了读史之苦，是时间的不可回溯……

2020 年 2 月 9 日　牧童速记

路过冉闵的坟茔

　　路过冉闵的坟茔，我停下了脚步。在历史的对岸，可见无数的坟头铺展成一幅长卷，在凄凄寒风里，衰草嘤嘤，泣啼着不堪的过往。冉闵，他的坟头尤其荒芜。对于冉闵，史学家们更是毁誉参半、莫衷一是。

　　"十六国"是由内迁少数民族先后建立的政权，主要有前赵、北凉、前燕、前秦、夏等。由于一个朝代的名称被多个皇帝先后使用，朝代前有前、后、南、北、西等，所以衍生出十六国之多，实际当时还有冉魏、翟魏、仇池、谯蜀等二十多个政权。这些称呼中唯一没有"东"字，因为这个字被东晋占了去。

　　西晋是灭亡于十八岁的晋愍帝司马邺手里的，他几经抗争无果，遂向汉昭武帝刘聪投降。刘聪弑兄登基，建立了匈奴人的汉名政权。西晋亡，司马睿在江南堂而皇之地开启了东晋时代。这一时期被学者称为"永嘉之乱"。

　　从公元 316 年西晋灭亡，到公元 439 年北魏统一北方，近一百三十年间，中原政权纷争，战火不断，成为人间炼狱。有一个数据表明，西晋末年，中原人口有两千多万之众，战乱之后，北方人口锐减到不足四百万。这其中有北人南迁的因素，更主要的是死于兵燹为多。《晋书》记载："洛阳倾覆，中州士女避乱江左者十之六七。"又说："永嘉丧乱，中原士族

十不存一。"人口锐减的事实应该是可信的。

"八王之乱"是最丑恶的人性之殇。司马炎的羊车、王恺与石崇的斗富不过是毁灭前那阵疯狂的痉挛而已。那个时期的人，无论为官，或者为民，他们都活在刀刃之下，随时都有失去性命的可能。然而，八王之乱仅仅是拉开了北方喋血的序幕。我没有深厚的历史积蕴来究其原因，也不具有批判的笔力。那个如今回望一下都令人恐惧的时期，我只看到了被血色染红了的江河、涂赤了的天幕、成堆成堆白骨上闪烁的磷火。

在这如此悲怆的时刻，有一个人不甘任人宰割，这个人就是冉闵。

冉闵是冉良之子，河南内黄人。冉良十二岁时被羯族人所俘，成了后赵武帝石虎的养子，冉闵自是养孙无疑，改换石姓，叫石闵。冉家父子曾为石虎卖命，提刀上阵，驰骋沙场，杀过多少性命不得而知。

在这部通史里，对羯人石勒，即后赵的开国皇帝倒是给予了很高的评价，远超冉闵。特别是对他从"奴隶到将军"的奋斗历程称赞有加，对他数十次的战役都有记述，俨然是位开明的国君。

冉闵是痛苦的，他明白，没有实力，一切抗争都是徒劳。于是，公元349年，他借后赵皇帝石虎死后，其子十余人互相残杀之机，杀死后赵新皇石鉴，同时杀死石虎三十八个孙子，尽灭石氏一族。随后自立为帝，国号大魏，史称冉魏。

冉闵以暴制暴，不加甄别地大开杀戒，对这一点，不应无底线地吹捧。然而，我们要承认历史的局限，也不要设计古人。如若那个时期没有冉闵这一行动，中国历史的进程将会被改写，这个观点有可鉴之处。所以说，对历史，还是两分法最有说服力。

冉闵身为君王，仍亲自带兵征讨鲜卑。在一次大战中，冉闵被慕容恪"连环马"相困，冉魏军寡不敌众，冉闵被围困数重。突然，他所乘的朱龙宝马倒地而亡，冉闵落马被擒。在蓟城，燕皇慕容儁高高地坐在大殿的龙椅之上，傲慢地对冉闵说："你不过是羯人的养子，奴仆一般的出身，居然也敢称帝？"

冉闵凛然回斥，燕皇大怒，鞭笞冉闵三百下，押往龙城斩杀。斩罢，尸骨灭迹，热血烟云。

历史是什么？我以为不全然是一个倔强的老头，径直往前走去，有时

更像个初嫁的新娘，任凭被人精心打扮后推上轿子。所以，下了轿的新娘并不是她的真面目。

的确，历史是真实存在过的，它即便离奇，但不荒诞。因为，伟大的历史过往培育了我们对这片土地不可割舍的情怀，是真实的经纬穿织才有了今天的一切。特别是一个民族最黑暗最痛苦的那个时期，正是可歌可泣的黎明的前夜。历史被时空性局限，也决定了它的不可超前和回溯，这也是我们客观地认识和评价历史最起码的常识。

查阅资料得知，冉闵的衣冠冢在河南内黄县，那是他的故乡。不过，不知建于何年的墓碑和甬道两旁的石羊已经毁坏，只余一片残迹。

其实，一个人死后无所谓埋在哪里，或有多么高大的墓碑。在历史的长河里，那些东西都是泥沙。唯此，有一朵野花陪伴足矣。

2020 年 2 月 16 日　寒室望春 寂寞读史 牧童速记之

投鞭断流

十六国的历史人物获得较高评价的当数前秦国君苻坚了。苻坚是氐人，他掌权后竭力消除民族对立，大胆起用王猛佐政辅国。他推行崇儒重道、发展农业、兴办教育、储备人才、与民休养等一系列有效措施，促进了北方各民族的融合。在十六国时代，他是中原最为宽厚仁慈的统治者。

有人甚至将他与秦始皇、汉武帝相提并论，说他的文治武功和历史功绩，堪为一代明君。

读到苻坚的时候，我终于舒了口气。

我不过是一个闲来读史的闲人，但我有一点比较笃定的认知是，任何历史事件都有其必然性。即使偶发事件也可觅到成因，只不过是我们有所忽视或不去用心罢了。

历史是非常丰满又厚沉的一个课堂，我原打算只是随便地去历史对岸走走，对全貌做一略观，写点随记，以充闲暇。然而越读、越写，我越觉得自己无知与肤浅，越觉得因为沉醉于物质的欲海里而近乎窒息。过于现实，会让我们与过去的隔阂越来越远，以至于我们不知道过去曾有的意义和未来蕴含的希望。好在因为读史，让我在不断的回望里获得了一缕自省。

苻坚算得上是一位虔敬仰拜汉文化的氐人，也是这块土地养育的儿女。他试图通过汉文化来统驭这片土地，试图跨过江隔，统一南北，他的仁政

不失为那个时期一道温暖的曙光。然而，历史进程有其自身规律，亦有归途。兵道蕴天道，人之成败者，不过是悖逆天道或顺应天道罢了。

符坚胸怀大志，本想一战定乾坤，便欲集结大军征讨东晋。在此前商议的时候，有一位叫石越的臣属劝阻说："从星象来看，今年不适合南进。何况东晋据守长江天险，司马曜又深受人民拥戴。我们不如暂时固守现状，培养国力，等东晋内部出现松动，再伺机攻伐。"

符坚很不以为然地说："星象之事，不可尽信。现在北方稳定，实力雄厚，兵精粮足，士气旺盛，正是最佳南进时机。至于长江，春秋时吴王夫差和三国的孙皓，他们都据长江天险，最后不也一败涂地？朕有百万大军，浩浩荡荡，千里不见首尾，光是把马鞭投进长江，就足以截断江流，还怕什么天险？"

符坚不听大臣们的劝谏，执意出兵伐晋。

"投鞭断流"是很自负的一个成语，可见符坚当时多么信心满满。何况多年征战，练就强兵劲旅，堪为虎狼之师。即使北方人不习水战，但有舟楫之利，百万雄师何惧东晋八万弱卒？虽说骄兵必败，可历史上有几个谦虚的统帅呢？

历史上倒是有过许多以少胜多的战例。比如巨鹿之战，项羽以六万楚地义军胜四十万强秦的虎狼之师；官渡之战，曹操以两万兵马战胜袁绍十万大军；赤壁之战，孙刘两家仅五万联军却大破曹军八十万之众。更早的还有武王伐纣的牧野之战、吴王攻楚的柏举之战、乐毅击齐的即墨之战等。

为什么能以少胜多？拙叟认为不光是天时、地利，也并非仅仅是人和。这些条件固然重要，但关键的是士卒能否以死效命，将军能否识得战机，又能否抓住制衡整个战争胜败的关键要素为我所用，敢于果断进击退避。运气当然很重要，那是转瞬即逝的机会。有时，运气不济，人算不如天算；有时，运气好了，机会有人相送。

据说当时东晋并没有取胜的把握，以丞相谢安为首的主战派却决意奋起抵御，哪怕玉石俱焚。谢安荐其弟谢石为大都督，其侄谢玄为先锋，聚合北府兵八万沿淮河西上，迎战前秦军主力，大有背水一战、破釜沉舟之势。有一个著名的典故叫"折屐齿"，便可说明当时的总指挥谢安是如

何惴惴不安又故作镇静的。

这一日，东晋军大败苻坚，收复寿阳后，谢石派飞马往建康报捷。当时谢安正跟客人在家下棋，他看完送来的捷报，不露声色，随手放在旁边，继续下棋。客人知道是前线的战报，忍不住问谢安："战况怎样？"谢安慢吞吞地说："孩子们到底是把前秦人打败了。"客人听了，高兴地站了起来，转身跑出门外，急着要告诉家人和朋友去了。谢安送走客人，向内宅走去。这时，他也抑制不住兴奋的心情，跟跟跄跄地跨过门槛，竟把脚上木屐的花齿给碰断了。

这场战役取胜的关键是东晋军统帅谢石不畏强敌、抓住时机、主动出击。还有一点就是对手自恃兵力壮勇，以为能不战而屈人之兵，太过自信了。谁知劝降不成，反为东晋军提供了重要的军事情报，送去了战机。原来，苻坚派来劝降的是原东晋襄阳守将朱序，他虽兵败降前秦，但身在曹营心在汉，借机做了内应。他对谢石说："前秦军虽有百万之众，但还在缓慢集结中，现时兵力很分散，如集中到位，料东晋军难以抵御。建议将军抓住战机，迅速发动进攻。只要击败其前锋部队，挫其锐气，就能击破其百万大军。"谢石原打算不战，待敌疲惫后再伺机反攻，听了朱序的话，认为很有道理，便改变了作战方针，决定转守为攻。旋即，派勇将刘牢率精兵五千奔袭洛涧，就此揭开了淝水大战的序幕。

这一战，出乎前秦军所料，他们仓皇应战，很快就土崩瓦解。在溃退渡河时，一万五千名前秦兵丧生，极大地鼓舞了东晋军的士气。随即，谢石挥军水陆并进，直抵淝水东岸，在八公山扎下大营，与前秦军隔岸对峙。苻坚在寿阳城楼上，一眼望去，但见对岸东晋军布阵整齐，将士精锐，连八公山的草木他也误认为是士兵，颇为惊慌，对部下说："此亦劲敌，何谓弱也？"这就是著名的成语"草木皆兵"的来历。

为了打破僵局，谢石派人见苻坚，告诉他："如前秦军退后亮出一线阵地，容东晋军渡河一决雌雄，便可速战速决。"苻坚认为不过是几千人马，何惧之有？如此又可将计就计一举围歼，便答应了东晋军的条件。结果前秦军一撤，就乱了阵脚。谢玄率八千骑兵精锐，趁势抢渡淝水，向前秦军猛攻。朱序则在前秦军后阵大声叫道："秦兵败矣！秦兵败矣！"前秦兵信以为真，于是转身竞相奔逃。主将苻融见大势不妙，欲前去阻止，不料

战马被乱军冲倒，苻融被杀。结果全军溃逃，如山崩地裂。前秦兵一路败北，哪敢停留，听到刮来的风声和鹤的鸣叫都胆战心惊，以为是东晋军追来。这就是"风声鹤唳"典故之由来。

东晋军乘胜追击，一直到达寿阳附近的青冈。前秦兵人马相踏而死，满山遍野，充塞大河。苻坚本人也中箭负伤，逃回洛阳时仅剩十余万人。

淝水之战后，苻坚统一南北的希望彻底破灭。不仅如此，北方暂时统一的局面也随之解体，再次分裂成更多的地方政权。苻坚本人也在两年后被姚苌俘杀，前秦随之灭亡。此战的胜利者东晋王朝，虽无力恢复全中国的统治权，但却有效地遏制了北方政权的南下侵扰，为江南社会的经济恢复和发展创造了条件。此战也使汉文化借此传承下来。这场令人错愕不已的战争所引发的影响和余波远远超出战争本身。

不少人认为，淝水之战是一场偶然性压倒必然性的战争。然而，淝水之战并不是一个孤立的历史事件，它改变了中国几千年的政治格局，给北魏拓跋氏的崛起提供了历史机遇，也为南北朝对峙、隋唐时代的到来创造了条件。

淝水之战的历史影响是如此巨大，而许多人却热衷于传奇性，忽略了事件的历史意义。千百年来，不仅是"投鞭断流""风声鹤唳""草木皆兵"等成语令人耳熟能详，还有苻坚刚愎自用、谢安纹枰谈兵，都成了史家和文人的谈资。

投鞭不可能断流，这种创意颇有英雄主义的夸张，使血腥的历史不失浪漫。苻坚终究是个悲情人物，是那个悲情的时代为他的命运设定了结局，塑造出踌躇满怀又黯然神伤的两副面孔，无不令人嘘叹。

历史在十六国时期尤为云谲波诡，浊浪悲号，这种融合的代价是十分巨大的。曾经有过多少试图投鞭断流的历史人物，最终都付之笑谈中。

春已到，冰河渐开，落花有情。一切阻隔都将释化，毕竟东流去！

2020 年 2 月 21 日　牧童速记

多少楼台烟雨中

我知道，我的感伤是被诗意滋养出来的。

魏晋南北朝的血腥污损了我的记忆，我竭力想做番逃避，与南朝的人们一样，向往山林的安宁。然而，谁也无法离开这片土地，古人更是被割据所困。君王也不再相信天授大宝，建极绥猷。与百姓一般，抱定青灯，任由江山存亡。

有一日，正值初夏绿浓时节，晚唐诗人杜牧来到江南。他白衣青履、纶巾飞髯，仙雅不输太白，逸秀尤胜摩诘。真是三分黯伤、七分孤芳，灌满十一分诗意。他在春和景明里，望着前朝遗落的古庙苍柏，怀想着曾经的狂热，不禁万千感慨。他捻须远眺，吟咏道："千里莺啼绿映红，水村山郭酒旗风。南朝四百八十寺，多少楼台烟雨中。"

从此，中国文人缥缈的心结被一幅水墨画所定格，它拴持了一千多年的时光，依然牵扯着我的情绪。我无法评说一句诗的能量，但它的穿透力却足以将时间压缩，让我伸手便可抚摸到那个时代，还让我此刻坠落于它的土地上，共沐烟尘。

两千多年前，世界有个文明轴心时代，苏格拉底、释迦牟尼、孔子等几位伟大的思想家，便试图将人的善智启发出来，变成构造世界的材料，使人能依赖于精神的觉醒，去克服宇宙无情的熵增定律。

只是仅一个孔子不够。这片被战火搅乱了的土地，倡导如何建立和遵守秩序的儒家说教，已经无力聚合散乱的精神。而且中原人不再相信桃花源。

此刻的南朝，以江淮、秦岭为界，正在学着忘记过去。一代又一代的新人不再怀旧，结束了东晋的统治，以两条大河为护城河，在建康过起了安逸的日子。

梁武帝萧衍灭齐建梁，立下不世之功，前期声名煊赫，晚年的他身心俱疲，不再频频北顾中原，对帝王的生活也失去了兴趣。他竟如当年迦毗罗卫国净饭王的太子一样，看破了红尘，醉心于吃斋念佛。这出乎世人的预料，也给后世的帝王指了一条出路。

梁武帝笃信佛陀，但作为帝王，他无法理解达摩倡导的精神，也没有心智竭苦之法来修持自我圆通之妙。达摩在北朝修成正果，武帝在南朝自圆其梦。一块南北分裂的土地默默地被一苇作舟所贯穿。

史称，南朝时期，君王多是佞佛之辈。尤其是梁武帝到了崇佛误国的地步，最后自己也被活活地饿死在冷宫中。他本人曾四次舍身到同泰寺当和尚，被人称为"和尚皇帝"。当时在建康城内外就有佛寺五百多所，僧尼十多万之众。

太武灭佛，文成修窟，丛林历经劫难，验证了物极必反的道理。在这块土地上，佛教适应了骤然的狂热与无情，也渐渐地生发出一副东方的面孔，甚至可以走进朝堂，植根于政治。

"南朝四百八十寺，多少楼台烟雨中"，有人说，这不是诗人的溢美之词。

杜牧是尚儒排佛之人，他不赞成君王效仿武帝这样。君王之善是惠及天下的大善，不是伶俜独善。有人说，这首诗在抒情表景中隐含着批判。他入手用了"千里"二字，浓缩了一个意象，描绘出一幅令人着迷的田园图景。他说，江南的景色多美啊，红花在绿树间开放，黄莺在欢乐地唱歌，傍着水岸的村庄、倚在山脚的城郭，还有那招展的酒旗、飘来的酒香。然而，他突然便把目光收回到眼前，因为他听到了经声佛号，看到了缕缕青烟。他说，你瞧，那些烟雨中耸立的楼台有多少是佛家寺院的，这谁能辨得出？如今大唐崇佛更是有过之而无不及，又增建了多少寺院，这谁能数得清？

当年南朝因此国运衰微，大唐要步之后尘吗？杜牧对景生情，婉转地表达了他的倾向，令这首诗有了唯美的隐喻。

当然，这首诗还有另一种解释。也有人说，寺庙就是烟雨中的一片楼台，这首诗就是应景之作。

诗人总归是沉浸红尘的人，他很难装出一副冷漠的面孔，所以用"放得下"去揣摩他的心思，极易落入他设下的文字陷阱。许多史书都是在谈论上层建筑，很少俯视苍生，不解众生的精神之苦。有些史家和诗人的话也不要全信，因为他们也纠结凡尘、暴露出私念。

是啊，读到这段历史，总会有重重寺院和叠叠石窟在眼前浮动，几乎占据了所有名山胜水，它在红尘的迷暗中为芸芸众生点燃了一束烛光。我时常顾盼这束光，去做一些思索，也会偶尔有点儿灵感，给冥冥中传递一些心思。

我始终认为，人的灵魂尽管有心智驾行，可达不可预知之深慧，但也有它的局限性。在有生即有死的铁律面前，灵魂有时显得无知。我们简装行囊，快乐地活着，要比无尽的忏悔好得多。

春光已至，春色略显迟疑。树上的花蕾还没有挤破枝头，诗意尽在明天。望穿窗棂，又不见南雁北归，心内恓惶。读史也权当是践行独善，是一场久违的面壁观心吧。

多少诗意，自在楼台烟雨中。

2020 年 2 月 25 日　牧童速记

砚边窥墨

　　不懂装懂有时也是一件难事，特别是还想在行家面前说行话，一入手便心虚了起来。

　　为了少挨骂，我还是先露露家底。我不懂书法，也不擅侍弄笔墨。寒室挂着的几幅书法作品是一种雅扮，喜欢文意更胜笔意。读史读到东晋，随笔绕不开王羲之。他的气场太大了，他有圣人级的光环，强烈地照耀着后世。这让我高不可攀，又欲罢不能。

　　书家朋友们，你们宽谅点我啊，容我不露声色地走近他的砚边，窃嗅些弥润千年的墨香。

　　你想没想过掉进砚池的感觉？譬如你是一只甲虫，被墨块搅研着不辨方向，被毫毛搓着跌打滚爬，在一片漆黑的世界里，期待着书写的光明？我想，我若是一只甲虫，也是很小很小的那种，书者几乎不会察觉。当我作为墨的一部分，在笔的抑扬顿挫里，成为黑白世界永恒的轨迹时，我的失落竟成就了艺术？

　　王羲之，东晋书法家，又名王右军。史称，他广采众长，备精诸体，冶于一炉，摆脱了汉魏笔风。他师从卫夫人、钟繇，又不拘藩篱，终自成一家。

　　从琅琊临沂迁徙到会稽山阴，又隐居到剡县金庭，王羲之一生舞墨，

尝遍了大江南北松烟的味道。据说，羲之笃信道家，喜食丹丸，是不是还有喝墨的嗜好？不知东晋的松烟墨制作的品质如何，饮之是否醒脑去暑；不知羲之是否更喜爱使用天然墨料，以使作品存世更久。

哦，书者才不在乎一只甲虫泛起的墨泡，他只顾编织天地经纬。我尤其自作多情了。

王羲之胸中有很大的一方砚，不是端砚，不是歙砚，也不是易水砚，是羲之无边的情怀，研磨着岁月的坎坷；是羲之淡泊功利的精神，升华出高贵的灵魂。羲之为书法而生，但不为金钱而活，现在人学不了这一点。功用与功利是两个不同的价值取向，羲之时代留下的书法作品，大多是用于人际沟通的文稿书札，不是供人欣赏而刻意表演的墨技。书法充其量是语言符号的载体，是那个时代一种唯美的工具而已。我们今天奉为圣物的书法遗珍，在那个时代可能就是一片普通的被书写过的绢帛或粗纸，不知有多少被揉成一团，弃之于荒芜。谁能断言，留世的东西就是最好的东西；谁又能断言，更好的东西没有焚灭于流逝的岁月。

汉字成为书艺的主体，要感谢聪明的祖先。是他们用"六书"的原则为我们肇造了文字，特别是"象形、会意"的使用，为文字创建了独特的美学构架，具备了美的造型和意趣，使每一个字本身就是一幅画。或拟形，或指意，或联想，或组构，它们千姿百态，丰盈富奢，蔚为大观。仅文字的美，已是玉盘玑珠、秀水春花、文思连理、和韵天成。书法不是造字，书法是对文字书写法则的一次次告白，是锦上添花；书法又时时在造字，是书家想用自己的笔意给世人一个惊喜。瞧，这个字有了新的面孔。

我以为，书法是中国所有艺术门类中最顾及历史源头者。它恪守一个相对闭合的原则，创新又须守制，瞻前又须顾后；它要求形制的回归，又呼唤意象的开放，这竟然还不矛盾。这可以看作是中国传统文化诉求的一个缩影，正是周易所言"龙德而正中者也，庸言之信，庸行之谨"的一种诠释。

中国书法是黑白世界的边际艺术，是阴阳学的视觉呈现，是辩证思维的图谶。一滴墨，洒落在白绢之上，就是丑陋不堪的污渍；一幅字，跃然于空洁之处，就是墨宝。它无疑是笔与墨的联姻，产下的是血脉的情缘。用法度来限制艺术，有些不符合艺术成长的规律，而书法就是这样一株奇

葩，几千年，在自我约束中，确保了汉字基因的纯正性，且娇妍不凋，愈发怒盛。

"研究"二字是当今社会使用频率很高的一个热词。可我们想过没有？中国古代文人正是在这两个字的陪伴下成长起来的。文人都是墨客，他们一生与砚为伴，研墨的过程便是究竟事理的过程。黄庭坚曾说："往逢醉许在长安，蛮溪大砚磨松烟。"勤者用新墨，懒人用宿墨，诗人竟要研黑一溪清流，书写半壁天幕，这是何等的功夫？而真正的书者，磨刀不误砍柴工，倾心砚池，方能力透纸背、入木三分啊！

是的，挺直的笔尖一到砚池里就软糯如蚕，饱含柔情，一到纸上就张狂似剑，劈刺刚勇。如此说书者大多是砚边羊、是墨奴，却也是丈二宣上的挥剑英雄。我着实无力描述书者的气象，一只小小的甲虫在一滴墨斑上徘徊良久，也无法去体会书者运笔落墨之际，有着怎样的全神贯注？痴迷是不是疯癫的前奏？

东汉蔡伦的纸很脆，东晋孔丹的纸太贵。梁武帝萧衍也未必舍得浪费进贡的麻宣，唐太宗李世民更是一位惜纸的皇帝。这两位大人物都是"二王"的拥趸，是将王羲之推上圣坛的历史人物。可惜王羲之生前窘迫，更不知身后洛阳纸贵。羲之辞官归野后，便隐迹江湖，是终老于山阴？还是苎萝？更有说是郯县金庭？后人众说纷纭，抢得不亦乐乎。其实，哪里并不重要。书者胸中自有天地，何处不可凿石成砚？哪里不可曲水流觞？

"髣髴兮若轻云之蔽月，飘飖兮若流风之回雪。" 还需要绢帛吗？还需要麻宣吗？还需要笔墨吗？不需要了，真的，羲之晚年孤雁远遁，仙逸若风，逍遥于红尘之外。他在群峰架案，以江河为墨，去天地间任意泼洒。是啊，那一池心墨，唯由心笔独运，如太极之化外神功，阴阳转承，走笔运势，全凭心意。于无形中起虹霓，去虚凌处设机枢，那才是书圣的风采啊。

羲之端行中线，寓波澜于和静之中。他一生清醒，从不癫狂。至道行楷，浅涉狂草，融合众家，有法有度。"癫张狂素"的张旭、怀素也没有疯癫，他们将笔墨舞出了超凡脱俗的境界，是世人看疯癫了。

一只小小的甲虫只是窃嗅到了一点儿墨香的味道，没有评判的资本，更没有批判的资格。读史随笔写得我很是惶惶然，尽管力求谦虚，还是露出了齿牙。我不想挖掘壕沟，与谁对垒，更不想争个高低。就着晚霞读史，

是对晨光的留恋，更是不愿面对夕阳落下的沉寂。我讲述的大多是感受，而不是体会，因为许多经历我并没有机会践行。至于书法，我一直认为这是令我仰望的艺术，一种深度的陌生让我愈发好奇。关于"二王"，关于欧阳修、颜真卿、柳公权，关于历史和现今以及周边众多的书界翘楚们，各种评论早已汗牛充栋，我无须在此拾人牙慧了。

书法是不是圈子文化？我觉得是。只是这个圈子持续的年代最久，在核心圈子外还衍生了一个扇面受众，比如我就是趋风附雅的人。

越高雅的艺术越有圈子固化维系。书法沾了汉字的光，所以表面上这个圈子可以涵盖大多数识得汉字的人，其实不然。书法不是大众文化，许多识字的人，甚至是拾拣文化皮毛的人，他们未必明白书法到底是怎么回事。书法的美与艺术的唯美有时大相径庭，比如丑书，我们无法用自然的常数来衡量，因为认识上有差距，就一概说它不是东西。艺术是在批判中前行的，有时否定是肯定的延时器。圈子是艺术的花圃，圈子越大，它的空间就越大，成长就越好。

书法很有趣的现象之一是小圈子人在写，大圈子人在看。俗话说，内行看门道，外行看热闹。书法家讲究的疏密得宜、计白当黑、错落变化、奇正相生等等，在大圈子即"看热闹"的人眼里，就一个"风雅"二字了得。没人去计较那些讲究，也可持久地与其朝夕相处。因为他们更需要的是那些字意传递给他们的文化自信和精神支撑。由此，书法家更应尊重语言成就，也可以说，是语言赋予了文字意义，才使书法家的落墨有了生命。试想，将王羲之的《兰亭序》或张旭的《古诗四帖》剪成字块，一个个单独的而没有关联的文字，你还会在书斋醒目的地方张贴吗？当然，还没有见过谁痴迷其人，而将其字帖作为悬赏之物呢。所以，是文字成就了书者。书者不修文道，而一味捷足先登，那么书者难免始终是匠人。这个圈子可以包容，但在历史文化的圈子里，你将落伍。

在此申明，我没有贬低匠人的意思，艺术本身是要有一股子匠气的，匠心雕琢着艺术的细节，滋养着艺术的母体，"工匠精神"是要大力提倡的。但书者如果失陷于表演，不重文心修为，没有个人意志，只为他人作嫁衣裳，你将永远是个附属在别人灵魂之上的传声筒，因为没有人能听得见你生命的回响。对你而言，社会的接纳便没有那么恳切了。

至于那些让人哭笑不得的歪字，竟高悬于大堂之上，独领着主人的风骚，是因为这些字为名人所书。书法可以为名人招摇，名人也可以随意糟蹋书法。这种艺术的畸变被汉字的厚道所笑纳，这个圈子的光环有时会因此失色。

我有心于砚边窥墨，也深交了几位书画朋友，还有一方叫"荷塘月色"的端砚。尤其是那块豆青色的老砚石，被我清供于架上，还从未品尝过墨香。如今有了现成的墨汁，砚台就是盛墨的工具而已。书法对于我而言，唯情怀所牵，笔墨纸砚渐行渐远。

噢，这阵子因为阅读王羲之，我竟然对书法产生了兴趣。沏一壶老茶，摊开一叠《兰亭序》的折页，听着古筝曲子轻轻地拨弄，我的心神便有了浮游于其上的感觉。那只沾着墨迹的甲虫也飞了起来，它看到了更多的线条在古帛上流动，真是有一种"清风出袖，明月入怀"的感慨。细品这篇序文，如此俯仰天地，感叹生死，道不尽文人的惆怅。书者，成道于苦修，布局于胸臆。久而久之，铁杵成针。谁知那文章竟也如此英华盖世、绝尘于后，方才令世人惊艳。笔墨何不是心墨？那看似在平面驰骋，何不是在空间穿梭？那看似黑白相间，何不是五色斑斓？那看似冷峻严严，何不是柔肠百结？好个一气呵成的《兰亭序》，恰是书者内力的厚积薄发，才能成就书法不可复制的绝品。那本不是为表演的书写是必然的精彩定格。但艺术的巅顶，特别是书法笔墨的偶然惊喜，也恰是天才与天意的拥抱。

美哉，在文字完成了符号使命的同时，又贡献了视觉图腾，怎不令人叹为观止？

无奈，我始终只是一只甲虫的视距，读不出阴阳际会的黑白书理，我知道的都说了，再去搜肠刮肚便会招骂了。至于文字的演进、书法的技艺，查一下资料便可知悉了。

此前，我曾就专业问题，请教过几位书者朋友，他们给了我很好的提示和建议，特别是让我明白了何为字如其人、有时人又不如字的道理。

2020 年 3 月 5 日　牧童速记

右 篇

我将阅读体验告诉你，
至少是一种使命。
因为我与你，
正在被历史观照。

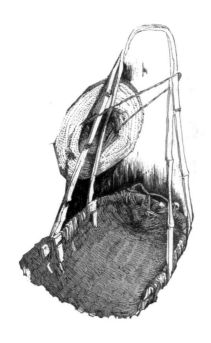

纵　贯

把纵向的历史进程分成左右来看待，并没有严肃的学术意义，只算是为阅读方便而做的技术处理罢了。当然，以隋朝为界做划分，也是有考量的。因为隋朝实行的三省六部制、开启的科举制和开挖的大运河，是三件影响深远的大事件，是中国政治构架的里程碑。"短命而亡，光辉灿烂，泽被后世"，这三句话确切而中肯。

唐、宋、元、明、清是这个构架的受益者，同时，由于固守专制，没能放眼世界，阻延了中国打开国门、走向世界的步伐。但是，在这片东方土地上，能独立生长出极其厚重而灿烂的中华文明，又不得不承认这是一个世界奇迹。

感谢自由的散文，让一个并不通晓历史的人敢提笔行走于过往的长河里，还敢放胆穿越，在那里指手画脚。读史让我明白了，时间只有在生命面前才有意义，而这种意义是建立在更替基础上的黯然消失。这世间的一切，包括我们自己，都将被压缩进历史，成为后人阅读思索的素材。读史会让你没有理由过于伤怀不幸，因为在历史的大的悲怆的事件面前，你依然是喜剧。

人真的不能闲暇无事了，你不再有精神能量的释放，就会被早早地归拢进历史的书页里，而且极有可能是一本被时间蛀蚀掉的书。的确，人活着是要做些事情的，这跟年龄无关。蚂蚁为什么不知道头顶上有雄鹰掠过，因为它们从不阅读天空；蜜蜂之所以不满足当前的甜蜜，是因为它们有使命感。务实是一种普遍倡导的精神，可没有理想的照耀，没有使命的担当，我们一生的务实也就是做了蚁巢里的那些事。

随记写到一半时，我觉得有些累了。是心累了？是身体累了？还是窗外楼下的市井喧闹抢走了我寂寞的定力？我开始踱步起来，显然有些踟蹰。终于有一个声音传进我的耳畔："嗨，坐下来，什么年龄的人了，还那么浮躁？这不是你定的目标吗？难道你要退却吗？"我听从了规劝，还是坐了下来。

居里夫人说："我们应有恒心，尤其要有自信心。我们必须相信，我们的天赋是要来做某种事情的。"如果谈谈读史体会也算"某种事情"的话，那我尽可能让"天赋"在恒心的协助下，使大多数愿意读这本随记的人有所收获。

一日看尽长安花

一

刚入夏，天气便酷热难耐，好在我的书屋还没有被太阳烘透，留了一些凉意，照抚着我读史。古人说的十年寒窗，其实还有十年热暑的煎灼。那时，考个秀才已经够苦了，举人尤难，状元及第就如登天了。我无数次追叹命运，惋惜痛失的时光。但我也有不幸之幸，窃喜少年没受寒窗之苦，倒是随顺了我的天性，恣意放任，四野漫散之末流，竟入了文学的沟渠。

我知道考试是让人头疼的事情，无论古代还是现代，考场就是战场，笔墨就是刀枪，成败就是存亡。科举更是残酷，可不是舞台上的浪漫。一介书生，前文还酸寒落魄，转场上来便金榜题名，无限风光。当然，"黄金屋，颜如玉"是颇具诱惑的，否则怎么嚼得烂、咽得下那堆残本老卷的清苦？

"春风得意马蹄疾，一日看尽长安花。"唐人孟郊一首《登科后》道尽了成功的喜悦。这是他第三次参加考试，才取得功名，那年他已四十有六。年近半百之人，功名来得尤其晚了些。难怪范进五十四岁中举竟一下疯癫了起来，因为他习惯名落孙山，不再相信成功。据说，晚唐诗人曹松古稀之年才考取进士，两年后便离世。还有晚唐诗人韦庄、明代散文家归有光，

都是花甲临身才迟暮上榜，这真是令人嘘叹。

读史读到隋朝，我隐隐地感觉到这莫不是走到了中国文化的分水岭上？更如是历史忽然拉开了另一张帷幕，开启了一种新的进程？隋朝不啻是一个独特的、界桩式的朝代，它虽然非常短暂，却如史书评价的一样悲嗟而焦响："短命而亡，光辉灿烂，泽被后世。"特别是科举制的创立，被认为是隋朝在政治制度方面对后世最大的一个贡献。

隋之前实行的是九品中正制，是曹丕为缓和其政权与世家大族的矛盾而建立的制度。其前是汉武帝的征辟制，就是自上而下征召和破格提拔使用人才。这在当时是具有划时代意义的革新举措。然而，这两种制度在后期都被世家大族把控，成了他们扩充势力、中饱私囊的工具。尤其改变了制度的初衷，产生了严重的弊病，导致了政治腐败和政权的动摇，造成了"上品无寒门，下品无士族"的阶层割裂。

杨坚是一位有政治抱负和远见的帝王，他对前朝的弊政非常清楚，登基后便废除了北周的"六官制度"，建立了"三省六部制"，创新了堪为完善的治理体系，为封建政权找到了行政构架最优化的方案，并被唐、宋、元、明、清各朝沿袭了下来。特别是科举制度的创立给中下层读书人提供了入仕的机会，更是打破了阶层的封隔，使大量人才源源不断地归拢到统治者的掌心。表面上看，科举是一杆公平的大秤，统治集团损失了一些政治利益，但更大的收益是降低了阶级对抗，消除了来自文人的政治隐患。

由此说，科举制触动最深的是平民百姓，无疑每一个人都会审视自己的前途，每一个家庭都会做出历史的抉择。从娃娃抓起，不输在起点上，这不是现代人的专利。科举制的出现激发了人们的欲望，让每一个百姓都有了参与政治的冲动。平等的机会才是社会进步的标志，是圣人和先贤们致力倡导的大同世界。而人生有了为之奋斗的目标，那么这个民族便充满了活力和希望。所以说，科举制有许多值得称道的地方。

我是决然没有自信的一个人，因为我最怕考试。我总是试图对应历史的节点，折磨一下想象中的那个自我。隋朝短暂的三十八年统治，我应该没有走出寒门的机会。以我的心智，也只能排在下层稍靠上一点儿，所以我担心完不成乡试，秀才应该是我最向往的高度。不甘心并不能提升能力，只能将一腔抱负变成酸腐之气，摇头晃脑地吟几句歪诗罢了。

二

在我的历史印象里，隋朝是一个名声非常不好的朝代。隋炀帝是一位荒淫无道的暴君，基本与夏桀、商纣齐名。我不知道为何接受了这般的历史灌输，反正很少有地方能看到赞颂隋朝的文字。对于一个庞大的帝国来说，还未及梳理过往、盘点成绩便灭亡了，这一点真是可悲。而其后的人只管哀其早亡，忙着以史为鉴，任意放大过失，以提醒当政者。久而久之，好大喜功的帝王就不如无所事事的懦主名声好了。即便原本是这个民族的宝贵遗产，也被割裂成两个样板，一个是专制暴政压榨剥削人民的罪证，一个是人民勤劳智慧的成果，比如万里长城，比如京杭大运河，比如皇家宫殿。

我以为，历史认识上的独断也是封建专制的遗毒，一味地颂扬与一味地辱骂是一样的。汲取历史教训，不能通过凌迟历史来掩饰自己的龌龊。以祖师爷的口吻去奚落历史，甚至羞辱古人，更令人不齿。

我们是不是应该重新辨识一下隋朝的历史功绩？是不是应该擦拭掉这块里程碑上的蒙尘？

没有一个超越未来的先人能成就古今的正确；也不会有一个未来人能提前报到，告知你以后的一切。历史拒绝魔幻，它的局限性正是它的真实所在，多么高明的预知预断都有失算的时候。读史正是要练就逆行的功夫，携一颗客观的心回到过去，安慰古人，告诉他们，没有神仙，都是爹娘生的凡胎肉体。

据查，历史上最早留下姓名的状元不是隋朝人，而是唐朝武德五年（622年）的孙伏伽，他不应算作中国第一个状元郎。最后一位状元是清光绪三十年（1904年）的刘春霖，直隶河间人。自隋至清末，在一千三百多年里，有一个不确切的数字表明，考取进士的有十六万人之多，而状元及第的，一说是五百人，一说是一千人。我觉得这只是一个数字，在这篇文章里不具论据的支撑意义，所以我未作深究。但足可说明，有多少学子无奈地挤上了这座独木桥，有多少学子皓首穷经，一生致研，无果而终。真是人海茫茫，机缘苍凉啊！

科举制对国家而言是一个求才的正途，对百姓而言是一个发达的机会。历史上的名人几乎都出自科举。官人与文人一蒂两瓜，如影随形。韩愈、郭子仪、苏东坡、王安石、范仲淹、欧阳修、文天祥、林则徐、纪晓岚、刘墉、李鸿章等等，数不胜数。李时珍三次落榜，蒲松龄考了一辈子没中，他们依然是科举制度锤炼的人物。

科举制大多时期并不是腐朽没落的制度，学子们也不是一堆"之乎者也"的腐儒酸人，其中汇集了大量的人才，也锻造出国之栋梁。

三

抽空不妨去北京国子监看一看，感受一下古代高等学府的氛围。那种肃正与庄严会纠正你的偏见，给原本淳实的心性植上一株兰草。天还是蓝天，地还是黄土，只是这里过往的人有曾经不同于俗尘的活法，他们从腐霉的书卷里咀嚼出世事况味来，便有了天下的担当。

我和那群小学生一样，也在"辟雍"二字的殿堂前怔思良久，虽说这二字是周天子所设大学的称谓，但经乾隆皇帝手书一番，便愈发的贵气渊逸。大殿方方正正，环水而居，四门通达，光明敞亮。几株睡莲卓尔孤洁，清濯不妖，暗吐芬芳。有微风扫过，涟漪交织，互叙款曲，道不尽古往今来的絮语。苍松、老槐垂首于蓝天白云之下，恭诚地守护着这份神圣，一心不二，千年无语。

国子监展室最触动我的是那张状元试卷了，记不清是哪年何人的，只是通篇小楷极其工整清丽，一字不落，一笔不误，一气呵成，犹如神物。在金灿灿射灯的聚照下，墨色犹新，墨香犹郁，文思犹绮，华光犹灼。科举制能将人修炼到这种地步，现代人只有惊叹了。

科举制饱受诟病的是八股文，就形式上讲的确教条古板，无疑影响了案牍创新，限制了思想活力。然而，就殿试的题目而言，又并不都是无用之文，这般僵化的形式里，依然澎湃着莘莘学子的家国情怀和远大志向。

1904 年 7 月 4 日，甲辰科考，这是中国历史上最后一次科举考试，由光绪皇帝主持殿试。先看看礼部主持的会试题目，其中有：

北宋结金以图燕赵，南宋助元以攻蔡论。

日本变法之初，聘用西人而国以日强；埃及用外国人至千余员，遂至失财政裁判之权而国以不振。试详言其得失利弊策。

大学之道，在明明德，在亲民，在止于至善义。

再看看殿试题目，其中有：

世局日变，任事需才，学堂、警察、交涉、工艺诸政，皆非不学之人所能董理。将欲任以繁剧，必先扩其闻见。陶成之责，是在长官。顾各省设馆课吏，多属具文，上以诚求，下以伪应，宜筹良法以振策之。

古之理财，与各国之预算决算有异同否。

这些考题不是空空如也的文字游戏吧！你答几道试试？没有真才实学可进不了那个考场。

这届状元就是前面提到的直隶河间人刘春霖，他算得上是科举制落幕的人物，却也落得个青史留名。他出身贫寒，家中世代为农，八岁入私塾，后进保定莲花书院深造，成绩优秀。摘取他卷子里的几句话看看吧。他答曰：

学堂之设，大旨有三：曰陶铸国民，曰造就人才，曰振兴实业，三者不可偏废……

…………

古之立国，惟恃有二三豪杰；今之立国，则恃有全国之国民。不然，愚民百万谓之无民，以与文明诸大国争衡，虽有英雄，岂能措其手哉？……

刘春霖不仅文笔流畅，字迹漂亮，通篇干净工整，而且立意深远，论证全面，颇有治国安邦之远见。人更是堂堂正正，一表人才，这个状元自是被慈禧太后懿旨钦定了。

四

在古代，功名是人生的政治目标，既惠及自身，又福荫子孙。金榜题名，就是鲤鱼跳过了龙门，哪怕是泥鳅，也披上了金甲。这可是光耀门楣的大事，含糊不得，弄不好还会出人命的。

以貌取人是由来已久的陋习，钟馗的故事就是这样的悲剧。殿试属最高层的面试，状元是公众人物，或许要拜将入相的。没有一副好皮囊，上下无颜面。所以，我们看到的状元郎基本被脸谱化了，其实也反映了一个历史事实：人才，也包括身段、面相和气质。这个条件有些残酷，因为个人争取不来，又不能抱怨父母。所以，科举亦包含着命运的许多因素，愈发让人感到艰难。而即便钟馗已过了这一道道难关，行至金殿之上时，竟还是因其貌丑，不堪受辱，撞柱而亡。以貌取人折煞了人的自尊，出现了以命抗辱的极端案例，也令万世功名难堪。

钟馗的面相惊吓了圣上也罢、主考官也罢，总之是不符合面试标准的。如果说，后来他被道家选中列入了仙班，令鬼神都害怕，那他的形象就不敢恭维了。唐玄宗做了一个梦，从此就给他御赐了一个职业，专司镇邪惩恶、打鬼吃鬼的差事。时间长了，人们竟忘了他是一个举子，就屈死在殿试的御阶前。还有多少这样的冤魂？我没有统计数字。我知道晚唐有一个叫罗隐的诗人，他考了十次都铩羽而归，史称"十上不第"之人。他没有寻短见，吟了一首诗，也灰暗了一千多年。

那日残春犹倦，败絮飘飞，罗隐举杯望空，边饮边叹道："得即高歌失即休，多愁多恨亦悠悠。今朝有酒今朝醉，明日愁来明日愁。"

后人读出了他的失意悲凉，听到了无望坠落于绝望的嘶喊，看到了灰烬上跳跃的最后的那缕火苗。

孟郊比罗隐幸运多了，我倒觉得这两个人都是因为写出了一首好诗而被后人记住。及第与落第的人多了去了，历史哪还顾及安抚他们？一个得意，一个失意，他们跌宕吟殇，并被诗渲染为共鸣。在他们那一小块精神的私田里，我们与其忧愤相遇，一点儿也不意外。

当然，我还是选了那句"一日看尽长安花"做题目，因为情绪会传染。尽管时光流逝，荣辱幻灭，但孟郊的得意已经被定格。长安花街怎及流星

铁蹄？万里山河哪敌文怀锦绣？从此告别寒窗，绮户流年不是梦；如玉娇颜，在水一方手可牵啊！

李白说的"人生得意须尽欢，莫使金樽空对月"，还是要喝酒。孟郊却只顾骑马看花去了。我得喝碗茶，不过我只拣来一根长长的太平猴魁即可，淡味方是至味。

2020 年 5 月 9 日　牧童速记于品隐阁

放逐一叶扁舟

在历史的对岸，我湿着脚又踏进了一条河，那就是大运河。

这些人工水系以前都是一段一程的，自隋炀帝下令把它们连起来，称谓上就加了一个"大"字，从此，功与过就陪伴着他喧嚣于历史千年。以至于一看到运河或一提起运河就想到隋炀帝，如同一看到长城就想起秦始皇一样。

历史上有没有这样一个独驾一叶扁舟，从北到南蹚一遍运河水的人？如果敢从北京故宫西北角楼下那个御用码头上船，最起码是明朱棣之后。如果从洛阳西苑离宫的码头启程，那就可以提前到隋炀帝时代。无论从哪里开始，你都得有充分的心理准备，因为整个行程不会一帆风顺。

毕竟浪漫是思绪的舟楫，行笔又不受时空的限制，我当然愿意享受这种自由，做一位畅快的历史游客，去放逐一叶扁舟。

我很早便留意运河文化了，但没有进行文字的堆码。曾经在五年前专程到通州去看运河，在一片静潴的汪泽里，我没有看到漕运的盛况，也没有孤帆远影的诗境。人们有再造这个文化的意愿和努力，只是没有舞台氛围了。在绍兴，于油菜花黄的时节，我看到了古运河的一抹水色，却几乎看不到历史点缀的斑迹；在扬州，倒有一片苍茫的运河水做证，杳杳天际处，引发了我许多联想；在杭州，水草丰茂之地，运河那条古街不过愈发的淑

静淡和，也不见显长的特征；在乌镇，运河竟被掩藏了起来，透过旅馆的花窗，寻着那高壮郁密的芦草，才看到疏离处驶过一条小船……

古代运河是人工开凿的水道，为南北漕运服务。在现代社会，它的功能基本被取代，哪里去寻得诗人眼中的帆影水色、芦荻丛渊？即便是真的尾随着乾隆爷的舳舻一路南下，也不知何年何日才能走完旅程。我顺流尚可自力，而逆流时如何雇得起纤夫？如若哪刻风大浪急，翻入水中，岂不是半途而废？如喂了鱼鳖，岂不是枉送了小命？

看来，读史是一个人心路的独行，可以给自己设定一条旅游路线，更主要的是去读人，因为只有人，才是风景中的风景。

运河不是杨广的专利，也不是心血来潮便组织人去开挖。中国西高东低，条条溪流归大海，越往东部越不缺水，水害水利交织频发，国家治理从没有中断。中国最早也是世界上开凿最早的运河是南京地区的胥河，为吴王阖闾伐楚所用。随后还有吴王夫差为伐齐开挖的邗沟、魏惠王的鸿沟、名气较大的秦国修建的灵渠。从先秦到南北朝，已开凿出大量的运河。西到关中，南达广东，北抵华北平原，四通八达的水系为隋唐开凿大运河奠定了基础。隋朝是帝王按照他的战略所需，在地方性运河基础上做了一个贯通，形成了一个更远程的水运干线。为此，隋人主要做了疏浚、修整和开挖三项工作。隋的运河由四个段落组成：通济渠、邗沟、永济渠和江南运河。通济渠开挖的投入最多，也是最重要的一段运程。后人评价说，隋炀帝修大运河是罪在当代、功在千秋的大事。隋唐大运河也好，京杭大运河也罢，客观上它把海河、黄河、淮河、长江以及钱塘江五大水系做了贯通，形成了当时的"高速公路"，为东西互连、南北沟通提供了可能，为阻止分裂、维持长期统一局面做了硬件保障。至于主观上隋炀帝是不是为了下扬州而修一条运河，这显然有些牵强了，或者说是为政治批判而罗列的罪名吧？

一个帝王，在哪里不能享乐施淫？花费如此大的国力，开挖几千里的一条长河，也仅仅用了三次，值得吗？隋炀帝如此精明的人不算经济账吗？动用百万劳工，在那个时代是多么巨大的财政投入，几乎倾尽国力了吧？从隋炀帝的疆土意识和征战频率上看，这条运河无疑是为他的战略目标服务的。如果说他真是一个荒淫无道的帝王，他能费心劳神地去做这样一件

青史留名的大事吗？

按说杨广也是文治武功齐全之人，还是个诗风广阔、颇有魏武之风的诗人。他的名篇《饮马长城窟行》其中就有"千乘万旗动，饮马长城窟。秋昏塞外云，雾暗关山月"。他的诗深谙两晋精粹，既有帝王的豪雄之气，又不失诗人的细腻情怀。他统军灭陈，南平林邑，西吞吐谷浑，开科取士，修建大运河，这可圈可点的历史功绩和他开阔苍雄的诗人气质竟全然被脏水淹没，我们究竟应该怎样去面对历史的判断，坚守自己的底线呢？

直至今天，我们看到的历史评价，皆源于一本叫《隋书》的历史典籍。这本书是唐太宗李世民授意臣属魏徵和长孙无忌撰写监修的。李世民向他们阐明了编撰前朝历史的指导思想是："以古为镜，可以知兴替。"汲取历史教训，避免前朝悲剧是修史的目的。"胜者王侯，败者贼。"王侯写贼，当然是强调贼的恶行了，何况是要给君王立面镜子？尽管有一系列客观的史实资料也汇集到了书中，可那些正面的资料谁去采信呢？而普通百姓又有几个认真地看过《隋书》呢？一个亡国之君，经大唐文化几百年的政治围猎、文化渲染，怎能不被越抹越黑呢？

好大喜功是一个贬义词，许多帝王都有这个毛病。不求实际，贪天之功，据己名下，隋炀帝是个气盛至极的狂人，这一点自是多行不倦的。"只有想不到，没有做不到"，如今还有人愚奉这一信条，我对此有相当的怀疑。"想"可以是"做"的前提，但"做"怎么可能是"想"的结果呢？这就是权力能让主观驾驭客观的一个悖论，而往往还有可能出现奇迹。这奇迹的背后就是强权宰割下的自由与生命、权利与幸福，是血与泪载负的一颗野心。杨广没有读懂秦史，这要怨他出生得早，没有看到杜牧的《阿房宫赋》。但他真的就没有"秦人不暇自哀，而后人哀之"那么一点点警觉吗？按理说，执政者应该规划国运，操劳民生，有远见而谋大事者更应该获得褒扬，可为了自己的野心妄念，劳民伤财灭了国，这就悲剧了。

急政导致苛政，苛政导致暴政，杨广走了秦亡的老路。"好大喜功"作为贬义词，又充实了一个注脚。

运河既不是杨广的专利，也不是世间稀物。除中国领先开凿之外，世界随后也出现了亚述人和波斯人的运河。我们耳熟能详的更有基尔运河、苏伊士运河、巴拿马运河，它们的长度虽然无法与中国大运河相比，但它们的作用却是巨大的，足见中国运河的示范意义有多么超前的世界性。可惜隋炀帝与大运河来了个倒挂钩，因为这条运河而毁了他的英名。那时，有一首《挽舟歌》唱道："我兄征辽东，饿死青山下。今我挽龙舟，又困隋堤道。方今天下饥，路粮无些小。前去三千程，此身安可保？"这首民歌听来如泣如诉，可见民怨之炽。隋炀帝在位十四年，三次征伐高丽，六年开挖大运河，动辄就是百万级的队伍上阵，死伤更是无数。隋文帝挣下的那点儿家业和民心，都让他的"宏图大业"给耗尽了。到头来，自个儿也落了个勒颈而亡。他虽得了个全尸，却打碎了万世流芳的美梦。

其实，杨广修的大运河也不全然是今天的京杭大运河，元朝忽必烈下令翻修运河，弃洛阳取直旧道，才有了现今这条线路。隋唐大运河已无原貌存世，京杭大运河的许多河段也已堵塞废弃，不能直航江南了。

这条运河被涂饰了更多的政治色彩，附会了许多批判的理由。总之是，隋亡了，便不由分说了。非白即黑的历史是时间沉淀的结果，历史的灰度总是被人向两边挤压。君王尤以"明""昏"二字定位，没有常人的标准。一个没有来得及书写自己历史的王朝，在战胜方那里就是囚徒的历史，如何能赏他一个好的名头？秦的历史由汉评说，隋的历史由唐评说，结果可想而知。"炀"字是李渊送给杨广的谥号，是既昏又暴的意思，是古代《谥法》里无道无德集大成的一个字，而民间传说更是无节制搜奇杜撰，愈发让贬隋扬唐的图谋深入人心。

唐、宋、元、明、清诸朝，都先后疏浚、改造过运河，难道他们不用劳工去做吗？他们不享舟楫之利吗？皇权不论以什么形式施行，都是套在人民身上的枷锁。

有人说，隋的灭亡并不是这条运河的缘故，我也以为是这样。祸起萧墙，既得利益者看到了更大的利益诱惑，背主求荣就成弃暗投明了。

驾一叶扁舟，"举匏樽以相属"，独行独乐，管他谁凿谁挖，且踏千里碧波，行将诗意人生，岂不快哉？

2020 年 5 月 19 日　牧童速记于品隐阁

大唐气象

我喜欢唐朝，喜欢那个时期人性的抒扬与精神的释放。且不论整个唐朝的起伏，也不挑拣它的灰暗斑点来指责，它毕竟是中国历史上突然便闪烁出耀眼光华的朝代。我不愿错过这样一个让人心仪的体验，去板着面孔严肃地讲述史实，不如自以为，我就是一个秀才或诗人。适逢此刻初夏的爽暖、绿意蓬盛的包围，一个人独步或拉一匹瘦马，穿过长安街市的繁丽，来到河边的柳下，看蓝天翔白云，阡陌绘远山，再诌几句糙诗，做一番自我陶醉不可以吗？

改一个朝代，换一任天子，山河气象便截然不同了。我虽身穿布衣，篝冠麻履，但我神清气爽，步伐轻捷。我虽家境贫寒，囊中也仅有几个开元通宝，但吃碗长安胡麻粥，要几张五色饼，走累了再加一碗蟹黄毕罗是没有问题的。想那隋末苛政苦民，男子参军打仗，大多客死异乡。荒野新坟攒起，百姓面如菜色，那才是人间炼狱啊。好在瓦岗英雄成就了大事，打下了李唐江山。太宗皇帝更是开明纳谏，推行新政，出现了政治清明、经济复苏、文化繁荣的治世局面。我真是生逢其时啊！

我行走在长安城的朱雀大道上，那是世界最宽广的中心大街，连罗马城都逊色几分。我几乎淹失于人海之中，无人辨识得出哪个富贵，哪个寒酸。瞧呐，大道两旁商铺林立，楼檐错落，飞红飘彩，争相竞目。这里也

辨不出南人北人，逛街的、叫价的、付款的、揖别的，男男女女，花花绿绿，无不春风满面，莺歌燕语，一片祥瑞繁盛之景。肥硕的骆驼打着喷响，摇着颈上的铜铃。而那稳坐驼峰雕鞍之上的妇人们自在地微笑着，她们早已熟稔了中土的风情，一派入乡随俗的神态。更有打卦算命的先生们还不时地在妇人面前停下来，试图点化一下命运，然而又失望地挥别。

哦，我忽然听到了乐坊的丝竹之音。在稍僻静一点儿的巷子里，那雅致的楼舍，雕梁饰栋，花荫处有曲径幽栏，脚下清流蜿蜒，水声清越，尤似琵琶弹拨。早有小生在此引客，躬身谦敬，宾至如归。我捏了捏囊中剩下的几个铜板，也不敢近前。那俊朗的小生说："先生请进吧，看看也无妨的。"我怯怯地顺着花荫处的梯道来到二楼，那通亮的楼室也照样悬灯结彩，四周罗帷垂挂，屏风俏立，光影疏散，暗香浮动。真是雅中有素，乐极含郁，颇有唐风的俗媚与贵气。一围栏平台上，两妙龄女子正合奏琵琶，那撕帛断金之声，啄人耳膜。听众不多，三五人一撮，都是风雅之士。他们个个洁帽净靴，面目清朗，或作支颐静思状，或作摇头咏叹状，或作浅尝轻酌状，不无沉醉的情态。风从廊窗间穿过，须臾，那琴女鬓丝微扬，罗袖飘飞，玉指摇碎琴鼓，真是"嘈嘈切切错杂弹，大珠小珠落玉盘"啊！

听罢一曲，我正欲转身下楼，忽闻一男子朗声吟咏起来："疾风知劲草，板荡识诚臣。勇夫安识义，智者必怀仁。"这不正是太宗皇帝《赠萧瑀》一诗吗？"智者必怀仁"是李世民的执政理念，怀仁于天下，万民才可安生，天下才可归心呀。当念到最后一句时，有几个为官模样的男子竟一同咏唱了起来，低沉而有力，我深为感动。

继续行走，我只能远远望着大明宫不能近前。御林军禁卫森严，连鸦雀也不敢在宫顶上久留吧？初夏的阳光已经那般强烈地照耀着皇宫，玄武门之变的箭镞早已洗刷掉李建成的鲜血，成了李世民宫顶上的鸱吻，炫耀着权力的光芒。从贞观到开元，一百一十多年的文化积累，堆砌出盛世的高台，让玄宗李隆基成了大唐文化的巅顶人物。李三郎绝情时可一日诛杀三子，多情时却为一个女人差点儿丧失江山，怪不得白居易写下长诗以警世人。只是那句"天长地久有时尽，此恨绵绵无绝期"，倒成了红尘鸳鸯的典范，反倒给唐的风流妩媚添了婉丽的华彩。历史的取舍在唐朝最具情绪化，《长恨歌》是一首迷魂曲，让专制的帝王荡溢出人性之美，让一束

白绫在粉嫩的雪颈上缠绵千年。

开元盛世，足够的奢华，是顶级的文化盛宴。只是整个社会的靡颓会麻醉人的警觉，不再相信大厦会倾覆，繁华会消退，历史的悲剧会重演。如此，我也得去天山冰洞里修炼几世后，才能重返红尘。我不管以什么面貌现世，几乎辨不出这里是人间还是天堂。大唐的土地开满鲜花，天空布满霓彩，长安已经是世界政治、经济、文化的中心，是全世界人们心中的灯塔。在这里，人们不再为儒家倡导的秩序所禁锢，开放与自由在统治者和人民之间有了默契，人性获得空前的释放，中央帝国的自信达到顶峰。史称，唐朝当时综合国力、疆域面积、军事能力、经济水平、人口数量、国际地位、道路交通以及科技、文学、艺术水平十个方面均为全球第一，是名副其实的超级大国。

显然，一个穷秀才，一个无为的诗人，依然是这个伟大时代的泡沫。那种存在感的自我认知，不过是缘于一种诗意的启示。对浪漫的执着有时也影响了对历史的判断，致使我在时空的穿梭里只沉醉于浮丽的梦幻中。开元的文人们在靡颓的现实与理想的彼岸间纠结着。生于安乐，焉知忧患？

我走到唐诗的丰碑前止住步，我仰望其崇高，更惊叹其灿烂。唐诗是一片酒海，我沉醉于其中，贪噬它每一滴琼浆。"唐后无诗，宋后无词"，这是顶峰处的孤凉，但也足够它独具风光一千年。唐诗是中华文化的一个符号，它为后世存留了一份精神气象，滋养了这片土地的浪漫。几乎每一个读书人都曾与一千多年前的诗人有过神交，都试图与他们成为知己。唐人已为我们超前地阅读了生活，制作了诗意的图景。不夸张地讲，几乎生活中每一种情态和心态都被诗化，都有对应的诗句。这种浪漫感染着无数的后人，使本来平淡而坎坷的人生有了咀嚼的趣味。这是一种无形的力量，让我们不再孤单，且有一种精神的承续，去穿越相呼，踏歌而行。

我有时竟不相信那些诗是古人写的，它如此接近今天的生活。如若不是他们有神一般的先知，那就是我们流连忘返，没有被时间切割和拉离融于血脉的诗缘。因为唐诗，我更愿为唐人，留在那段时光里，被浓缩进诗歌。

我并不刻意想去谒见诗仙李白、诗圣杜甫、诗鬼李贺的。那么，有诗佛之称的王维更是闲云野鹤、不近凡尘之人。其实，读他们的诗比见到他们本人更有诗意。有可能在长安街市擦肩而过，或许根本看不出他们是诗

人。诗人是因为有一颗诗心，而不是风流的外貌。有生命的诗早寄驻于诗人的灵魂里，并携带着他们的精神密码播植于人们心中。它呼唤情怀的高尚，吟咏人类的悲喜，寄情山水的狂放。大千风云，微毫悸动，皆投入胸怀之洪炉百般煅烧，千般碾压，一俟喷发，何逊日月丹霞之艳，星汉列阵之灿？凭你是大儒贤士，一样闻之起舞；任你是稚童幼少，一样朗朗于心。我喜欢唐朝，怎可缺少这般诗的气象？

仰望大雁塔，倾听风铃声，我携着三分自信、七分虔诚，走进太宗的慈恩寺、高宗的西明寺、中宗的大安国寺和荐福寺。在伊水河畔，我来到了卢舍那大佛脚下，那是武则天捐钱凿塑的，而且据说那尊大佛就是武则天的形象。如此，佛教也是唐朝的另一张名片。

大唐威煌，万千气象。不过是人见为我见，寒腹短识而已，怎可逞一时语快，而山包海汇乎？

2020 年 6 月 1 日　牧童速记于品隐阁

"偷渡者" 自述

　　我叫陈祎，就是你们常说的唐僧，出生于隋仁寿二年（602年）的洛州缑氏，今天你们叫偃师。唐贞观初年，我去天竺取了一趟经，历史便记下了我的名字。其实，我被妇孺皆知是缘于明朝科举屡试不第的吴承恩先生借我之名写的那部神魔小说《西游记》。我着实被他浪漫了一回，也被他奚落了一番。吴老先生为了写这部书，竟归隐不仕，耗费了毕生的心血，我很是感激他。我倒是觉得他才是神魔道里的教主，什么西天如来、玉皇大帝，还有孙猴子的师傅菩提老祖都得听他的调遣。我想说：文学比佛学更厉害，吴老先生算得上是超然于儒、释、道的大哲了。

　　近来，牧童先生在读中国通史，他好像对唐朝情有独钟，特别是读到了记述我的那几段文字时，一直踯躅不前，似有心结。我这个旃檀功德佛也当腻了，住在人们心中的那座灵山，板着一副泥塑的面孔，既不得入红尘，又不得住涅槃，很不是滋味。近几日，我观察牧童读史颇有心得，也搅得我心绪不安。原本我想就依着吴老先生笔下的文字，一路向西，万水千山，骑着白龙马，带着三个弟子，闯过一难又一难，始终在西行的路上，既浪漫又传奇。可看样子，牧童是不依不饶，非去史书里翻我的旧账，冲他那股认真劲儿，我也不好端坐莲台，沉迷文学的香火了。

　　说心里话，往事不堪回首啊。人生没有那么多浪漫，何况我是僧人，须清心寡欲，八关斋戒。一日三餐去了五荤三厌，我们也是营养不良的人了，何况过午不食，食不得饱，一生古佛青灯，且得晨昏读卷，行卧诵经，哪有什么天宫的蟠桃会、灵山的仙果宴，再加上初唐硝烟未尽，百业待兴，尤其寺院的僧人们，清苦着呢。好在那时我尚年轻，自小守身笃性，底盘好，心气盛，总是有理想的冲动，所以我便想去做一件大事。当时大唐国境内流通的佛经质量不高，翻译不准，篇幅也残缺。目前的佛经尚不能在众僧的心目中达到至高之境。我听师父讲，天竺国有更好的经书。在师父圆寂的那一个夜晚，他拉着我的手说出了他的遗愿，我看到了他眼神里的期盼，点头接受了他的托付。如此，我又在他的灵塔前发下宏愿，一定要去天竺取回经书，以使天下众生脱苦。

可是出境很难呀，我并不是唐王派出去的使臣，而是一个"偷渡"出境的人。

我原来想得简单了，以为身体健壮，有足够的脚力便能到达天竺，其实不然。西行路上，遭遇兵匪不说，仅那无边无际的沙漠就是一道道天堑，可以说是插翅难飞。吴老先生是江苏淮安一介文人，想来他也没有去过西域诸地，便想象不出大漠的艰难。茫茫沙海，波峰层叠，天地夹着一条线，人就是一粒粟米，任由风推沙裹，黄浪吞吐。哪有什么魔洞妖窟，更少见峭壁幽径。即便渴不死，饿不死，就是那份天地孤绝、遥遥无期，也能把一个人逼疯了。

我知道，牧童先生是去过几趟河西走廊的，盘过天山路，饮过天池水。在阳关墩墩山望着那残存的烽火台发出过苍凉的感叹。我朝诗人岑参吟过这样一句诗："黄沙碛里客行迷，四望云天直下低。"恰似说我的感受一般。

走出瓜州便是另一番天地了。原来结伴而行的商旅们都各自离散，我只能一人在大漠里孤行。尽管大漠荒凉，人迹罕至，但还是大唐的疆域，所以沿途设有守边的关隘。这些守边的将士们深得中土文化熏陶，对佛陀也很虔敬，他们给予了我很多帮助，也引导我少走了许多弯路。从他们那里我愈加感觉到了此行的重要。然而，沙漠、戈壁、蛮旷之野并没有路标，我只能观天象，赌运气，有时还得循着前人的尸骨或半掩半露的遗物辨别方向。所行之艰难，真是一言难尽，哪有吴老先生描述得那般奇异又充满情趣。有时我倒真希望有个妖怪出来，被他挟持一段路程才好。

过了瓜州便是五烽，守关官兵大多把控着水源。这里不用拉网设岗，流沙就是屏障，没水就会丧命，如遇沙暴更是九死一生。我一人一马，孑孑索行，那种空虚、寂寞、无助、恐惧是难以言说的。我看到过海市蜃楼，那些倏然便出现在我眼前的东西，有的像军队，挥刀舞戈，杀气腾腾；有的犹如驼队马帮之形，飘忽无定，像是妖魔鬼怪在作祟。我觉得这是佛陀在考验我，是我心志不笃的表现。这时我便盘坐在沙地上，一遍遍念起了《般若波罗蜜多心经》，以防心志散失。

我非常感谢第一烽守军校尉王祥，他得知我西行的意图后，非但没有刁难我，还安排人给我装满水及食物，亲自送出十余里，并指出了一条捷径。他说："你朝第四烽走去，那里的人心善，都是我的弟兄，守吏叫王伯陇。"我与之洒泪而别，那感觉真是："为言地尽天还尽，行到安西更向西。"

正如王祥所言，王伯陇见我到来很是欢喜，他告诉我："不要再经过第五烽了，那边的人粗蛮不识相，恐生别的企图。从这个方向直走一百里有一条河叫野马泉，你去取水，再走就是莫贺延碛大沙漠了。它长约八百里，古称沙河，那才是上无飞鸟，下无走兽，更无水草之绝地，生死就看你的造化了。"我与王守领揖别，带着他给的水和干粮，走向了更不可预期的前程。

莫贺延碛简直就是我西行的一道鬼门关，当我口渴欲焚、迷离人世时，连后悔的机会都没有了。

想来牧童是去过阳关古董滩的，然而这里比那里可严酷百倍。千里沙漠，人鸟俱绝，连个虫子也没有。白天惊风拥沙，散如时雨；夜晚妖魑举火，灿如繁星。天上不会有云块遮阳的，偶有一丝飘来，也不会久留，长安的四季云霞只能在梦里幻现。从瓜州买的那匹老马，在流沙里步履蹒跚，那眼神也是布满绝望。我抚摸着它，相视无语，默默前行着。

我想是我迷路了，喝尽了所带的水也没见到野马泉。就这样难以置信地走了四夜五天，终于我和那匹老马都跌卧沙地，昏睡了过去。

不知过了多久，我渐渐有了知觉，仿佛看到观世音菩萨正在我眼前摆着柳枝，我感到了一阵阵的清爽，好似还有丝竹的妙音灌进耳畔，莫不是众仙在合唱？这是哪里？难道我到了西天极乐世界？我慢慢睁开眼睛，那些衣袂飘飞、慈眉善目的佛仙们开始一个个离去，露出了碧蓝如海的天幕，我只觉得自己是浮在苍穹里的，无数的星光在我眼前闪动，一颗流星倏然划过，在夜幕里留下了一条耀眼的光线。

哦，我动了动身子，想起来了，这是莫贺延碛沙漠，此刻是深夜。天地如此寂静，身下是软软的沙地，偶有一股微风吹来，柔曼如丝竹轻抚。我活着，老马也活着，它开始在我身边嗅了起来，我闻到了它呼吸的气息。水，我首先想到了水，这是一种极限的渴望，生存的本能比我的理想信念更具有内生动力。我不知怎么就站了起来，拽过马缰，迈开艰难的步子向前走去。我和老马已经被这片沙海抽干了水分，人影幢幢，如同两具千年的干尸在夜幕里摇晃。假如就这样走进尘寰，一定有人会认为我们是来自地狱的鬼魅。

是呀，活着就好，活着就有希望。我不惧生死，自入佛门，苦修正念，知悉了生死无常，通达了出离心，不再为死所执。你们当世人说的"生如远舟，向死而生"颇为具足的豁达，一千多年前的我何尝不是这样？当然，我如此颠倒时序，做一番穿越说教，还不是我没有死在这片沙漠里的缘故？

我知道，这条干涸的沙道掩埋了无数志士的理想。我知道这次西行有多么险恶，但我坚信我能活着回来。非此，谁愿苦行千里，只为做沙海一堆白骨？

也许是大业未竟，命不该绝。也许是老马很远便能嗅得出水的味道，牵着我循此而去。又不知走了多少路程，终于看到了一片水塘，周边长满了水草。我欣喜若狂，拼命地扑向了水边。

我可以继续西行了，又走了两天，终于到了哈密。

行至高昌国，国王麴文泰十分敬佛，给了我很高的礼遇。从这里开始，我沿途尽可以东方僧者的身份讲经论佛，边行边访，直至来到中印度的摩揭陀国。

随着佛教的传播，梵文在我所走过的西亚诸国非常吃香，这也给我提供了学习的机会，当我来到摩揭陀国的那烂陀时，基本能与人做简单的梵语交流了。在印度期间，我一边学习佛教经论，一边巡礼佛教遗迹，先后到达翠禄勒那、袜底补罗、揭若鞠阇等十多个小国。在那烂陀寺前期，备受优遇，还被选为通晓三藏的十德之一。我前后听了戒贤法师讲解的《瑜伽师地论》《顺正理论》《显扬圣教论》《对法论》等梵文经典。贞观十年（636

年），我离开那烂陀寺，先后到钵伐多国、拘萨罗国、安达罗国、达罗毗荼国、狼揭罗国等地访师参学，悉心研习了《正量部根本阿毗达摩论》《摄正法论》等著作，然后又重返那烂陀寺。遵戒贤法师嘱咐，开始为那烂陀寺僧讲解《摄论》和《唯识抉择论》，后还被东印度迦摩缕波国国王鸠摩罗邀请讲经说法，并著《三身论》。

唐贞观十五年（641 年），我有幸见到了戒日王，并得到了优渥的礼遇。戒日王决定以我为论主，在曲女城召开佛学辩论大会，邀请了十八个国王、三千多大小乘佛教学者和外道两千多人参加。我当时真是放开了胆量，任人提问，无一人能予诘难，一时竟名震五印，并被尊为"大乘天""解脱天"。戒日王还盛邀我参加了五年一度的无遮大会。会后，我自觉时辰已到，该回归故土了。

我告别了那烂陀寺，带着六百五十七部佛教原典文籍踏上了归国的征程，又经历了万水千山，终于回到东土大唐。其间，唐王的厚待、译经的艰辛自是不必多言。如果你有时间，可找一本《大唐西域记》翻阅一下，那是我口授的由弟子辩机记录整理的此次西行的所见所闻。

我俗身入尘的那一段时间里总算是干了一件事情。名与利都是身外之物，功与德亦是烟云。人生纵有喜笑，但悲苦也如影随形。

我不知我的这番唠叨能不能被牧童转述于诸君，出家人是切忌空妄的。看来我真的是尘念未断，为一闲人的闲文帮衬。也是的，没有红尘的喧沸，谁还用去修持彼岸的清净？没有欲念，人间何生炊烟？

世间有两个唐僧，陈祎只有一个。我无奈，又窃喜。

2020 年 7 月 3 日　牧童速记于品隐阁

武氏女人

　　武则天是个女人，这在帝王行列里成了唯一，所以，历史不厌其烦地讲述她的故事，而人们更喜欢去野史里猎奇。我觉得有些性事方面的传说纯粹是对女人的污辱，尽管有些私生活比较夸张，也不应该成为历史叙事的主体。历史有时掺揉着男人们肮脏的念头，有些文人也很龌龊，有些文字也很下流。所以，有些历史说辞是从垃圾堆里拣来的，团弄一番后又扔回垃圾堆里，造成了几度污染。

　　女人是水做的，这个比喻是基于女性柔弱的外表所言。因而，女人如果强硬了起来，要么就是煮沸了，要么就是冻结了。在极端条件下，女人可以将水变成利器。任何人，无论什么结局，都与成长过程脱不了干系。某种意义上讲，都是环境的产物，当然天资是准入证。比如武媚娘，尚在襁褓里便让袁天罡大惊道，此女"龙睛凤颈，贵之极也"。武则天借用了李唐天下一段时间，又无奈地送还了原主。这是性别可以一时凌驾于权力之上，但最终又得屈服于权力的游戏规则所致，无情之处在于那时女人归属于男人。武则天冲上了政治的顶峰，她便裸现于世人面前，不再有隐私。一千多年，任由世风吹刷，亦荣亦辱。

　　我们是平凡的人，我们被围禁于平凡的圈子里，我们见过的优秀的女人不过如此。我们不知道世间最优秀的女人是什么样子的，她的气场有多

大，能惊落多少飞雁，吓沉多少游鱼。当然，就更无法知晓一千多年前武媚娘是一个什么格局的美人。一切想象都是基于对女人传统定式的审美塑造，加之不同的口味而已。美，有标准吗？可以度量吗？答案是相对的，一切都是自我取舍的结果。环肥燕瘦，如果受现代审美的局限，也许唐代美人的肥硕程度会让人失望的。武则天传奇的一生定格在伊水河畔卢舍那大佛的形象上，任何人都不应该有亵渎的妄念。武则天能让我们评说的就是一个女人的心，特别是伟大的母爱如何被权力淹杀于欲望里。

我觉得，看待武则天，不能单纯从帝王的角度去解读她，那样我们就无法透观人性的复杂和异化的悲凉。她首先是个女人，她有过母爱，或者始终被母爱煎灼着。仅仅是权力的欲望吗？她难道就没有追求自由的权利？就没有天下的担当？

我们还是持一份同情心走进感业寺吧。

要么陪葬，要么削发为尼，君王的女人不仅是男人的附属物，而且是权力的牺牲品。武媚娘虽然被唐太宗的恻隐之心救了一命，但还是活活被埋在了青灯黄卷里。一个青春勃发的女人被剃去青丝，洗掉铅黛，除去脂粉，只剩晨钟暮鼓，供香熏燎，你觉得她为挣脱拘困而做的努力还能称之为野心吗？

据说，如今的感业寺里尚存有一段石栏和一口汲水的古井，人们凭此可以想象媚娘倚栏眺望流云、俯身汲取井水的情景。她忧伤的眼神和妩媚的身姿是那件青灰的僧衣能掩遮住的吗？如果不是李治再次走进她的生活，她不会有那般坚定的信念。至于第一次落发时她说"发落复生，首级不会"的话，那是后人的演绎，不然也只是自我安慰，我不相信这句话代表着她那一刻的信心和意志。都说女人是水做的，她没有整日以泪洗面，便足够坚强了。因为有了一个结果，人们便可做多种推测，也便成了她走出寺院的理由。比如，她写过这样一首《如意娘》的诗，诗曰："看朱成碧思纷纷，憔悴支离为忆君。不信比来长下泪，开箱验看石榴裙。"有人说，这首诗是写给李治的情诗，它打动了李治，才决定来感业寺上香，才有史书记载的"上（李治）诣寺行香，见之，武氏泣，上亦泣"。至于这诗是不是那时写的，以及是不是真的送到了李治的手上，不过都是后人的揣测而已。这故事并不离奇，只是暗度了一分情劫，更打破了伦理的界限，

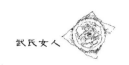

给后世男女之情做了一个歧解。武媚娘是李世民宠幸过的女人，本应恪守妇德，垂范懿表，母仪子孙，李治对她也应以长辈供奉，岂能起非分之想？难道就因为在唐朝吗？在一个尊道礼佛的社会，以九五之尊的身份就可以悖逆天道、践踏人伦吗？

武媚娘已死，那副美丽的躯壳又以法号"明空"冠之。李治迎娶的是洗却了红尘俗念的佛家还俗弟子，以前的一切纠葛都可以放下了。

历史是这般也好，还是另有隐情也罢，武媚娘此时必须克服一个最大的心障，就是屈尊下嫁，与晚辈同枕共眠。相信这一刻的她依然是为了走出宿命，被过上正常女人日子的信念所驱使。不得不说，这是一着险棋，媚娘也是豁出去了，为了追求幸福，放弃了那些僵死的名分以及被道德束缚的恐惧，勇敢地挥刀"自戕"。这其实只是牛刀小试，只是女人本能的手段，还不是母性的蜕变。

我不赞成提着道德的大棒去追杀历史人物，或以所谓人性去度量某个事件。武媚娘成长为武则天，是因为那个历史时期生成了所有的条件，武氏女人乘势而为，成就了她的梦想，这可能是男人世界的一个疏忽，天下便被颠覆一番。可对女人而言，这场胜利来得容易吗？

武昭仪在称帝路上，最难做出抉择的应该还不是先前捂死自己的娇儿，然后嫁祸于王皇后这个事件吧？但这是捅向自己亲骨肉的第一刀，这一刀虽有多个版本，甚至也有为她卸责的说法，但我还是姑且相信是她亲手所为。因为在后面夺权称帝的路上，她对四个儿子相继下手，甚至不惜大开杀戒，这不能不让人脊骨发凉。

这是一位陌生得令人惧怕的母亲，美丽而庄严的外表下掩藏着一颗欲得天下的雄心。不要企望这样的母亲能付出多少母爱，而是尽可能在仰望中远离，因为权力的欲火早已将她烧得通红，飞溅出的任意一点儿火花都可能伤及哪怕是亲生骨肉的生命。虎毒不食子，因为那只是个单纯的生物世界，弱肉强食的丛林法则远比不了朝堂的险恶，比不了政治斗争的残酷。人退化了獠牙，有了一张可以发出笑容的面皮；煅打出刀剑，装上了一颗野心，还将不知止的贪欲称为抱负，它其实就是个恶魔，女人不放过，做了母亲的女人也不放过。

船到江心，怎生得急流勇退？一俟搭上皇权这辆战车，唯有前行尚有

生机，后退则粉身碎骨。武昭仪从"二圣临朝"中尝到了甜头，也知道了其中的三昧。权力就是鸦片，一旦染指，便不可收拾。李治的软弱放大了武氏的权力空间，丰满了她的羽翼，既可畅行朝堂，何不遨游江山？一个女人称帝，这是多么让人痴迷的伟大壮举？且不论为此她清除了多少路障，使用了多少霹雳手段，即便是对自己的儿子，也不顾及母子情分了。

据说长子李弘还是她与李治在感业寺播下的情种，高宗有意把皇位传授于他，武氏却狠心地给他下了毒。眼看年仅二十三岁的明朗青年饮毒而死，武氏只用一把泪水敷衍了世人。

丧子之痛击倒了高宗，他渐渐冷淡了朝政。次子李贤被立为太子，此子一样优秀，显示出了过人的能力。本应为之宽慰的母亲却再一次泛起仇子之意，竟暗下手段，使人诬告太子贪色误政，李贤终被废掉太子身份，贬为庶人，后又被迫迁至巴州，苦郁不堪，自杀身亡。

公元683年，唐高宗病逝，武氏大权在握，先后立两子李显、李旦为皇帝，后又一一废黜，最后以太后名义临朝执政。她终于清除了称帝路上的最大障碍，一任李家传人远离皇权，大宝虚位待入。这时，她已经不是一位母亲，而是一位皇权最有力的争夺者，母爱的所有慈念早已消失殆尽。

他们仇恨母亲吗？未必都这般不孝。也许，李显、李旦为有这样的母亲而骄傲呢，那样威煌高大的则天大帝，那样前无古人、后无来者的一代女皇。她负了李家，并没有负了天下，自武周立朝后，她打击门阀，发展科举，重用能人，轻徭薄赋，稳定边疆，创建了政治较为清明、经济长足发展、人民安居乐业的社会光景，史称"贞观遗风"。

然而，在她年老患病的大周末期，还是被迫退还了李家天下，甘愿走进乾陵陪伴先皇。她甚至不愿评说自己，只交于后世一块巨大的无字碑，任由多事者咀嚼。

斯人已远去，评说亦无字。女人啊，生得好，是模子好；嫁得好，是命运好；干得好，才是人生真好。武则天一生就是在践行这条路子，宁负亲情，不负鸿鹄之志。她流过多少眼泪，有过多少自责，但没有退却。一个女人，一位母亲，一座丰碑。

我很欣赏《大明宫词》里的那段对话，没人相信那是历史的原话，但总觉得它有合理之处，让一个在历史上褒贬不一、功过兼有的女人，给我

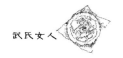

们纠结的历史观一顿棒喝——

　　太平公主："母亲，因为您是个女人，所有人都反对您做皇帝，为此流了很多血。"

　　武则天："可是我已经不是女人了，从政三十六年，为了选择权力，我放弃了做女人的一切属性，我等于没有丈夫。每当我披星戴月批改奏章的时候，你的父皇跟我的姐姐和外甥女在寻欢作乐。我的儿子们害怕我甚至仇恨我，因为我没有太多的时间和他们在一起。我很少体验一个做母亲的幸福，甚至每天早晨别的女人在梳妆打扮的时候，我却苦思冥想着为国事忧心忡忡，我做的哪件事是女人该做的？三十六年了，我牺牲了一切女人的快乐，把我所有的关注都倾注在了朝政之上，这甚至，甚至变成了我唯一的爱情。太平你说，我可以把它托付给一个不称职的人吗？"

　　太平公主："也许把显接回来，您继续垂帘听政就能平息这场纷争。"

　　武则天："你错了！从上官仪开始，宫里面就在不断地流血，到了徐敬业已经演变成了尸骨如山的战争，这都是因为我没有一个合法的名义，如果继续下去，还会有无尽的流血纷争。皇位是什么？只不过是治国者的资格，现在我要用我的能力赋予女人这样的资格。女人不能称帝只不过是一个过时而不合理的传统，我要废除这样的传统。这也许是我一生之中最伟大的政绩。"

　　这段话听起来很过瘾，在这里重温一下，让我的读史感受添了一点儿戏剧化的成分。那些从女人心底发出的苍凉的回响，如铁蹄伴着箭镞的轰鸣，盖过一切脂粉的诱惑。她是历史上唯一能为自己肇造出一个字的女人。"曌"，日月当空，这是何其辉煌的一段历史呀。武氏女人，尽管任由后人去讲述你的故事吧！

　　　　　　　　2020 年 7 月 22 日　伏暑时牧童速记于品隐阁

邂逅太真

　　读史的真正意义是唤起我们的想象，如同人们蜂拥到华清池，只能看到几个台阶和石块一样，什么出水芙蓉、白玉凝脂不过是幻想的一个由头。杨贵妃是唐朝这段历史里最浓烈的女人，她给想象提供了机会。我决意在这个盛夏与其做一次邂逅。

　　能被男人去爱，是女人的成就之一；能有所爱的女人，是男人的成功之一。这话未必有足够的尊重，或者略显轻浮，但亦是读史的心得吧。李隆基和杨贵妃是唐朝浪漫主义的领军人物，从他们身上彰显出盛唐人性的璀璨。他们的故事无不为后人艳羡，被前赴后继的文人们打造成男女情爱的传奇，我仅仅是助推了此类文字的继续泛滥。这个时候，我不愿纠缠在伦理道德的话题上，打着君子腔说话。毕竟这对比翼鸟勇敢地做了一次人性的解放，他们的经历具有不可效仿的唯一性。有人回避也好，有人原谅也罢，后世很宽容地给了他们应有的历史地位，我的笔下也就不过多地为难他们了。好在读史是严肃的事情，随记却给足了我自由。

　　邂逅嘛，总得遇见。选在哪里，这是个难题。

　　走进道观，就不是原来的杨玉环，也不再是太子妃，而叫杨太真。这个洗白历史的手法无疑是从李治那里学来的，既然父亲的女人可以跨越人伦的樊篱，那么儿子的女人怎么就应该止步不前呢？具有鲜卑血统的李隆

基还真是有一股子反叛精神，虽然走的是一条曲线纳妃的路子，居然还是成功了。遗憾的是，历史并没有标注出是哪个道观接纳了她，后世有人在抢注"杨贵妃"这个含金量很高的地标时，弄出了一大堆臆想，我没有兴趣去附会。

玄宗有明显的抑佛倾向，所以入的哪处道观无所谓，反正有皇上关注的地方一定错不了。也就是这个时候，玉环有机会走进平民的视线。开元年间，整个社会十分开放，人们追求空前的人生享受和思想自由，加之天子厌佛，道观便丛生，许多女人都入了"长生之门"，而且女人可以不剃发、穿盛装，也可以进行广泛的社交活动，比如此前的太平公主、同时代的女诗人李季兰、其后的鱼玄机，她们都有这种经历。盛唐的道观不那般恪守清规戒律，信仰也讲究舒适度，因此也惹了一些非议，也成就了一些名人。

我是做一次穿越，还是沿着血脉拾捡一些记忆已经不重要了，重要的是那碎步清虚的太真女冠，何能去得掉一身红尘印迹、俗世粉香？

这是整个长安城最清静的一处道观，古松老柏掩映着大殿高阁，游廊流水盘桓着木亭小桥，秋草黄花点缀着夕阳余晖。只是那一股清风，便吹起了太真的素裙，玉扣绾结的长发向后垂泻，如瀑如云。两个小道姑远远跟在身后，生怕打扰了她的清思，手上那卷《南华真经》竟也在风中摩挲发声。我应该是上完香，信步走出道观的途中，猛然被一位貌似天人的女冠蒙了圈吧？子曰："非礼勿视。"我却还是禁不住看了一眼，瞬时惊出一身热汗。我早已听闻这里有一位叫太真的女冠，背景神秘，修为深厚，住在里面的精思舍馆，很少有人见到。眼前这位天人莫非就是太真？只见她身姿丰腴、衣带轻盈，面似桃花、含羞沾露，目如秋水、霞光隐隐，虽淡妆轻抹，却不失纯真之气；虽来去无声，尤胜雁迹鸿影。

我虚蒬乜斜，装着斯文，岂敢正观？孰料这天人并没有避我而去，却在不远处停下脚步，揖手开言道："善士留步。"闻得此言，我方止步转身，亦揖手还礼。

"我观先生相貌平平，却神清志逸，忧思沉沉，是有同道之缘。不知先生肯赐教否？"

"岂敢，岂敢，我乃一介俗人，愿听法师指教。"

"我们可否到那小亭一叙？"听她相邀，我忙点头应诺。

于是，我们沿着弯弯的碎石道来到了一个六角小亭上，亭间摆有石几、石桌。这里恰可望斜阳穿刺树隙，光芒于水面生辉。小桥倒影如灰鳞泛动，尚有莺雀在唱歌。好惬意的地方啊。

"先生请坐。萍水相逢，无以招待，请见谅。清漪为茶，落叶为果，倒不失为君子之交。"接着她又说道："今晨，我尚记得有一残梦，听人言'有一高士，能未卜先知，可为你释疑，走出精舍所见第一人便是此君'，故而冒昧叨扰。"

"女冠可是太真？""正是。""哎呀，真是三生有幸啊。"我忙起身再次揖拜，"早就听闻尊号，今幸得遇，可谓枯木逢春啊。"

果真天人是太真，美得让人心肺颤抖。这一刻正如庄子跌进梦中，难辨自己与蝴蝶哪个是真我了。

"太真精研道学，堪为一代大师，长安城里无人不晓，然而，太真之貌美只是传闻。昔有罗敷，其美只可意会；昔有虞姬，其美悦取一人；昔有貂蝉，其美沦为离间；昔有飞燕，其美灌满妒火。我观太真，美而不妖，艳而不俗，非诸美可比，且精于音律，能歌善舞，贯通黄老之学，恰是风华正炽、才貌俱佳之妙期，不知为何要遁入空门？"

"先生所言令我万分惶恐，正是这般，我方陷入尴尬之境。红颜命薄是索命的魔咒，一副好皮囊亦可招致祸殃。先生有所不知，家有珠玉，人必窥之；木秀于林，风必摧之；空门虽静，未必安之。"太真说到这里，美睫之上似有泪花涔潸。她接着又说道："女人呐，就是这般挫慌不堪，哪个不是惑惑惶惶？无为未必清净，空门未必真空，红尘之间，哪里有三清虚宇？饮食男女，何处寻长生之门？走进道观，烧一炷清香，诵一篇经文，不过是求得一时心静罢了。"

太真言罢，转身凝睇树枝上一对鸣叫的灰雀，恰有一缕夕光打在她的脸上，映照出美睫之上悬挂的泪花。太真似有难言的苦衷，终是未能溢出关闭的双唇。一阵紧似一阵的清风拂过她的素裙，在夕照里熨烙出一条优美的曲线。"先生，你信因果吗？"她转身又启朱唇。

"我信因果，有时，'因'过于多杂，我们理不出头绪，便认为是出于偶然。'人事可凭，天道不爽'这句话很有道理，我们每做一件事都在种'因'，终将有果报。"

"先生所言极是。我入得空门，便想种善因，但不知我的果报是什么？"

我望着她忧郁悲伤的眼神，一时不知如何回答。我怎敢道破天机，直言真相？又不忍心诓骗于她，便有些纠结。她见我欲言又止，便说道："先生直言无妨。""好的，我试着解一个梦吧，全当叙个坊间闲话。"

"我洗耳恭听。"太真示意我坐下慢慢叙来。

"本朝有一风流天子获一新宠，被封为贵妃，此女天生丽质，艳冠群芳，才情并茂，空前绝后。有诗云：'春宵苦短日高起，从此君王不早朝。''后宫佳丽三千人，三千宠爱在一身。'这二人冲破了命运的阻限，演绎出千古美谈，那真是'长空比翼翔万里，一脉同根并蒂生'。他们携手华堂，共渡莲舟，玉山倾倒，春宵苦短，更有那华清兰浴一池玫瑰漂红艳，出水芙蓉玉笋淋露赛凝脂。为博美人笑，快马送鲜果；为睹婀娜身，霓裳羽衣曲。这天子无贵妃不食，非贵妃不眠，处处相依，时时相伴，人称痴情李三郎。俗人风流，仅贻笑红尘而已；帝王风流，便是欠了天下一场债，可惜还债的人却不是帝王。"我说到这里便停了下来。

稍顿一刻，太真便催促道："先生讲下去，讲下去呀。"

"这般说下去便有些悲凉了，我怕扰了太真的清思。"

"无妨，无妨。我虽未得'三花聚顶'之境，也明识天道，不惧邪浸，何况一梦？"

"是的，人生仅是一梦，梦醒之后，一切皆空。却说这痴情的天子，纵色误国，终埋祸端，渔阳鼙鼓，惊破了他的长生梦；一条白绫，马嵬坡前恩爱绝。只可惜，红颜命苦，贵妃做了替罪羊。"

太真听罢，叹息了一声，说道："如是真爱，死了也值。大火烧过嘉木，终将成灰；嘉木埋于土里，终将成泥。轰轰烈烈倒是一种至上的境界啊！"

我微微点头，片晌无语。看着红云渐暗，天色将晚，我便起身告辞，太真也揖手称谢，口诵："先生慈悲，先生慈悲！"

须臾，一阵风来，两耳呼啸，一个激灵，早忘了这场邂逅是在前世，还是今生。

2020 年 7 月 28 日　暑盛之际牧童速记于品隐阁

郊寒岛瘦

　　唐人对后世影响最广泛深远的应该是唐诗，而且它一直在直接地不间断地影响着我们。也许国人骨子里那份浪漫就濡染着唐诗的成分，正是基于这个原因，我手头阅读的这部通史用去了很大的篇幅，讲述了唐朝几位著名诗人的故事。就整部通史单个人物而言，李白、杜甫是着墨最多的，足以反映出诗人的影响力，尤其还把孟郊、贾岛列在了其后，给了他们应有的地位。

　　格律诗，也称近体诗，包括绝句和律诗，可为五言和七言，起源于南齐，发展成熟于初唐、盛唐。这种诗体结构严谨，字数、句数、平仄、用韵都有一定的限制，如律诗一般讲究平仄和押韵，讲究对仗。外国也有格律诗，如十四行诗、五行打油诗、四行诗，西班牙的八行诗，意大利的三行诗以及日本的俳句等。唐朝是诗歌成熟的黄金时代，在近三百年的时间里，留下了近五万首诗，知名诗人有两千三百多人，其中独具风格的著名诗人就有五六十个。

　　五言八句的律诗形式在王勃、杨炯、卢照邻、骆宾王手中开始初步定型，他们被誉为"初唐四杰"。盛唐是诗歌繁荣的顶峰，这个时期除了李白、杜甫两个伟大的诗人外，还有以孟浩然、王维为代表的山水田园诗人，有以高适、岑参、王昌龄、王之涣为代表的边塞诗人。中唐时期最杰出的现实主义诗人是白居易，他从文学理论和创作上掀起了一个现实主义诗歌的高潮，即新乐府运动。此外还有韩愈、孟郊、李贺等人，他们较之白居易另有创新，自成一家，特别是韩愈最擅长以文入诗，把新的语言风格、章法技巧带入诗坛，扩大了诗的表现领域。晚唐时期的诗歌则呈现出感伤悲凉的气氛，代表人物是杜牧、李商隐。

唐诗称得上是中国语言文字最具规律和韵味的表达，也最显情怀与志向，最见文字功夫。在唐朝，职业诗人较少，如同书法一样，笔墨是工具，书写是文人必备的技能。写诗是文人的一种技能，也是唐人的一种语言艺术，更是一种时尚的生活方式，因此就有了孟郊、贾岛这般另类的人物。

有人说，孟郊、贾岛是因为沉溺于诗歌而导致贫穷的两位唐朝诗人，但是，我认为不能把贫穷与写诗混搅在一起讨论。孟郊虽获取功名较晚，但毕竟是体制内的人，当过溧阳县尉，做过兴元府参军，只是性格乖僻，或者说是文人的清傲，或者说不喜欢做官。后人说他入仕后，由于不能施展抱负，遂放迹于林泉间，徘徊于诗赋中，以致公务多废，无奈上面只得派人来帮他完成公务，弄得他工资减半，入不敷出。我觉得，这是维护他颜面的一个托词，其实他就是官没做好。贾岛早年出家为僧，被韩愈发现其才华，后受教于韩愈，并还俗参加科举。虽屡试不第，也做过遂州长江县主簿，唐武宗会昌年初，由普州司仓参军改任司户，只是尚未就任便病逝了。

贾岛较之孟郊经历更坎坷些，他们不懂经济，不事权谋，当然较之别人会贫穷些。也许在他们眼里，他们并不贫穷，且活得很滋润，吟出一句好诗，比得了一斗黄金还快乐，这并不奇怪。所以，贫穷不值得歌颂，悲愤出诗人，诗人未必出自贫穷。

唐朝文人之间似乎不那么势利，整个社会爱惜人才，也宽宥人才。说李白在玄宗面前让高力士脱靴，让杨国忠研墨，虽难辨史实真假，但亦可窥见一斑。韩愈官至朝廷重臣，还不忘旧谊，一直想推荐孟郊。在任京兆尹时巧遇贾岛，因诗成友。当时贾岛还是个僧人，光着个头，骑了头瘦驴，穿了件破旧的百衲衣。韩愈却格外喜欢他那股子骞驴精神，在"推敲"二字不决时，给他断取了一个"敲"字，后人说这叫"布衣之交"。其实，有才华的年轻人本身就是财富，韩愈奖掖潜力股是有远见的。凭借才华可

以升迁阶层，可以获举获用，可以鲤鱼跳龙门，起码在唐朝有这种社会氛围。

读史读到孟郊、贾岛时，我遇到了这样一道选择题：是勤勤恳恳为朝廷做一个好官，还是为历史努力当一个好诗人？孟郊、贾岛如果一门心思去做官，也许能够做到更大的官，但这般就可能荒废了写诗，从此历史上就没有"郊寒岛瘦"之说了。如此哪个损失更大？我们无疑会认为一个好诗人更难得。官总有人抢着干，但抢着去写诗未必能写出好诗。有人评价李煜，说他是一个无能的君王、优秀的诗人，这让史学家和文学家比较尴尬。如果站在天下的角度而言，好皇帝比好诗人重要，因为他关乎着社稷百姓；可对孟郊、贾岛而言，轻官而重诗不失为正确的人生选择。唐朝可以没有县尉孟郊，没有司户贾岛，但不能没有诗人孟郊、诗人贾岛。相较李煜，不写诗，也未必能当成好皇帝，或许愈发成了一个腐败无能的皇帝。写了诗，倒为诗歌做了贡献，在青史留了名。把为官者之艺术爱好一概说成不务正业，这是对艺术的歪曲，是对文化的盲视。如今还有人说这样的话，我很鄙视。

有人说，成就孟郊的是《登科后》这首诗，其中最出彩的是"春风得意马蹄疾，一日看尽长安花"之句。这诗是信手拈来之作，写的是一种喜悦，但写得极为欢快、有趣，所以成了千古名篇。我却认为成就了我心中的孟郊的是那首《游子吟》。据说这首诗写于溧阳，诗人仕途失意，饱尝了世态炎凉，此时愈发觉得亲情的可贵，这是一首对母亲的赞歌。好诗总是那样无雕无饰，清新流畅，从淳朴素淡中体现那诗味的浓郁醇美。一针一线，把母子相依为命的骨肉之情缝缀在一起，母亲的期盼，母亲的叮咛，母亲的眼泪，别离相逢总是那样煎灼着母亲，又是那样在煎灼中看着游子成长。这个时候，儿女才知道，如小草那样微眇的孝心如何能报答得了像春晖普泽的慈母的恩情？诗人将天下所有儿女的亏欠，用短短的几句乐府诗表达得如此深情泪涌，将母爱的伟大、游子的坚毅一并呈现，一千多年来，始终是对母爱最深挚的礼赞。

更有人说，一个字成就了一首诗，一首诗成就了一个人的是贾岛。我倒觉得贾岛的诗句句都是精品，读来那般简朴干练、不事浮华，拙净得如秋野长空迎风萧瑟的枝条，理绪分明，爱恨不懈。诗人一脚在空门，一脚在红尘，却又活得那样丰满、那样卓尔不群，足见诗人是有大境界、大格

局之人。贾岛有一首诗叫《送邹明府游灵武》，诗曰："曾宰西畿县，三年马不肥。债多平剑与，官满载书归。"他虽然少与人往来，但也有做官的朋友，这人却为官清廉，任职三年期满，为了还债把佩剑都卖掉了，卸任回乡仅有一车书。贾岛还有一身侠气，从一首诗中可以看得出有多么浓烈，他说："十年磨一剑，霜刃未曾试。今日把示君，谁有不平事？"好一把磨了十年的剑，寒光闪闪，只待一试。瞧，他有一个多么快意的灵魂，莫不是一位活生生的江湖风尘客抑或佛门侠义僧的形象站在了眼前？贾岛仕途坎坷，有一次竟因"吟《病蝉》之句，以刺公卿"，不仅被黜落，而且还被扣上"举场十恶"的帽子。

贾岛是唐朝最刻苦炼字的诗人，他曾自注其诗道："二句三年得，一吟双泪流。知音如不赏，归卧故山秋。"可以说，他行坐寝食，都不忘作诗，甚至走火入魔。关于贾岛的故事非常多，他在唐末五代时期被奉为诗人们的偶像，且有"诗奴"之称。韩愈有诗云："孟郊死葬北邙山，从此风云得暂闲。天恐文章浑断绝，更生贾岛着人间。"贾岛与孟郊齐名，影响深远，但他的一生贫困潦倒，官微职贱，禄不养身。死时，家无一钱掩葬，只有一头病驴和一张古琴，让人为之一叹。

"郊寒岛瘦"这个词是苏东坡提出的，主要是指他们的诗作中体现出的狭隘的格局、穷愁的情绪和苦吟的精神。孟郊和贾岛长年生活在穷苦中，虽然都曾得到过韩愈的奖掖和资助，但并不能从根本上解决生活的困顿，所以他们的诗中，像"泪""恨""死""愁""苦"这样的字眼随处可见。如孟郊那首《卧病》所言："承颜自俯仰，有泪不敢流。默默寸心中，朝愁续莫愁。"如《夜感自遣》诗中所咏："死辱片时痛，生辱长年羞。清桂无直枝，碧江思旧游。"如《怨诗》中所叹："试妾与君泪，两处滴池水。看取芙蓉花，今年为谁死。"苏东坡在《读孟郊诗二首》一文里评说孟郊是"诗从肺腑出，出辄愁肺腑"。"寒"是孟郊的风格，他的诗即便三伏天去读，也能读出纸上的霜冷。贾岛虽不及孟郊之"寒"，却也有鲜明的个性，他的"苦吟"比孟郊更胜一筹。他诗中呈现"寒瘦窘迫"的风格，也是自然的事情。贾岛的苦吟实际上是炼意、炼句、炼字，是和诗人要表达的思想性和时代性分不开的。"瘦"就是诗中无赘言废字，句句出血，字字见骨。贾岛特别注重意境，那种功力非常、引人入胜且特别简练

洁净的画面，无人能出其右。所谓"苦吟"只不过描摹出作者的创作态度，从读者的角度却并不能看出作者用功之"苦"的痕迹来。

可惜诗是不能卖钱的，自古就是这样。许多人还在写，直到今天我也加入了这支队伍，好在我还有一份微薄的养老收入，谈不上贫困潦倒，也没有富裕的钱财豪饮奢游。我觉得孟郊、贾岛把影子投到了后世，我不幸闯进了他们的影子里。

2020 年 8 月 4 日　牧童速记于盛暑品隐阁

醉人的狂草

　　刚说完"郊寒岛瘦"，又来论"颠张醉素"，唐朝历史真是个有趣的文化长廊。

　　再次强调我对书法是个外行，因此也不劳烦读这篇拙文的人对我进行讨伐。我所说的"醉人的狂草"，是指唐人张旭、怀素的两册书法作品，如若理解为讲醉酒人如何去挥洒笔墨也可。文中所涉及的书法只限于我自己的理解，而不是行内人士的高论。我喜欢艺术的癫狂，这恰是艺术独具的张力与自由，它容忍一个外行在自己的天空下呓语，还可以不拘形骸。想象，放大了艺术的空间；感性，本身就是行为艺术的构件。

　　我有好几位擅长书法的朋友，他们的造诣很深，成就很大，我的书阁就挂着他们的作品。利成、胜利、宏亮这几位净友，时常会给我讲授一些书法的知识，解答我的一些疑问。因为我没有挥毫泼墨，缺乏实践，所以我还是没有真正弄懂书法的精髓，还是没有走出汉字固有的审美窠臼，依然是一个以俗常目光试图附庸风雅的门外汉。

　　当然，我不是自暴自弃的人，不懂装懂我还敢装，总比拒之千里好吧？中国文字象形会意，本身就具有相当的唯美特质，每一个字都蕴含着丰满的意象。无论用什么书体、什么工具、什么颜料或由什么人写出来，都改变不了它的基本构成。我爱汉字，不管它是连缀成篇，还是临风孤伫，它

都那样令我陶醉。

读史读到东晋王羲之时，我知道我还会在唐朝遇到张旭和怀素的，为了届时能与他们攀谈上几句，我便从网上购买了张旭的《古诗四帖》，怀素的《自叙帖》和《论书帖》。有几日，我竟关闭在书阁之上，沏一壶淡茶，放一首悠然的古琴曲，任凭窗外是春花喧沸还是落木萧萧，我只在长长的木榻上展开这些册页，逐字逐行地欣赏下来。

张旭、怀素是狂草书法的顶尖人物，他们高高居上一千多年，始终享受着至尊的敬仰，他们得益于一个字：狂！诗人可狂，舞人可狂，剑客可狂，儒家的中庸之道为他们网开一面，最终让讲究"中正自守"的文人们有机可乘，用一支笔打破了矜持，也狂出了一种新气象。所以，有时艺术会有悖道德的诉求，呈现出一种令人耳目一新的景致来。

怀素敬仰张旭，但未曾谋面，主要是年龄相差太大。张旭扬名天下时，怀素尚未出生；怀素天下扬名时，张旭已经作古。他们相距五十二年，先后来到这个世界，在那个年代，几乎就是正常人的寿命了。只是他们笔墨的神韵还在活着时就碰撞出火花了，他们用书法做了精神上的酬答，用错落于时空的墨线编织了一个传奇。

张旭官至金吾长史，是管理京城治安的文官，他是体制内的人，而且居中枢要职，应该是位中规中矩的官僚。而怀素是个和尚，真正的方外之人，只管参禅悟道，云游天下。两人无论年龄还是地位都相差甚远，似乎是无法放置于一个空间里论说的。然而他们有一个共同的爱好，就是书法。无疑，怀素受张旭影响很大，而张旭是师承张芝、二王的书法，但怀素和张旭都蹚出了自己的路子，怀素要比张旭益发狂些。他们践行了"师古人不如师造化"这一艺训，从大自然山川云天的演幻、从人生悲喜无常的诡谲里找到了灵感。书法先于心法，会意于心，方可意在笔先，才有出神入化之作。怀素、张旭都是善于师心的大师，艺术首先要成就心中的期望，感动了自己，作品才能有不朽的生命力，他们真的做到了这一点。

对张旭和怀素的百般揣测都是文人的职业通病，好多都是按照"字如其人"这句充满不确定的熟语而推演出的故事，比如，写狂草者必爱饮酒呀，善饮者为人豪爽呀，醉书者性格怪异呀，等等。历史上的名人许多都是在后人的塑造中成长起来的。社会需要道德的堆积物来支撑仰望的力量，对

艺术也不例外。其实，历史上许多事件都有炒作之嫌，更有名不副实之人。然而，张旭、怀素却不是活在传说里的人物，他们有充足的物证让我们仰望。我手中翻看的这些书帖，这些存世的纸质书法珍品让我们看到了先人行笔的轨迹，看到了那一刻他们情感的波折，看到了纤毫之处起承转合的机巧，尤其是草书最精彩的飞白所展现的疾行之美。如若是读碑，这些感受便无法获得了。启功先生所讲的"师笔"胜过"师刀"，便是这个道理。

我是靠一种天然的感性去与张旭和怀素对话的，这二人绝不会想到，一千多年后有一个痴者会对他们的作品指手画脚。

在陈旧的木榻上展开微黄的册页，似乎能闻到霉腐的墨味，让我对岁月流逝产生出无限的惜恋。我暂时摒除了所有的杂念，姗姗走进了那些线条舞动的经纬世界中，在那里找到了其中一个共同点：忘我和率真。

据书家们讲，《古诗四帖》和《自叙帖》最重要的意义是将狂草定位成一种稳定的书体。张旭是狂草的创始人，但初始没有得到书法界的充分肯定，甚至抱有怀疑，直到怀素的作品出世，"以狂继颠"，人们才进一步认识到了张旭的意义，坚定了对狂草的信心，使之成了继章草、今草之后的又一种草书书体。

张旭和怀素有一个共同的个性，就是感性，除此之外还有一个共同的爱好，就是饮酒。张旭与李白、贺知章是酒友，杜甫将他们三人列入"饮中八仙"。他们的笔端饱蘸着烈酒，他们的作品散发着醇香。张旭醉酒后常手舞足蹈，呼叫狂走，更爱借酒挥墨，醉笔成篇，甚至以头濡墨而书，故而人们给予他"张颠"的雅号。怀素更是一位豪饮之士，不受任何仪规礼数拘困。颜真卿说他："开士怀素，僧中之英。气概通疏，性灵豁畅。"唐时，长安文人任华有一段描述最是生动，说他"骏马迎来坐堂中，金盆盛酒竹叶香。十杯五杯不解意，百杯已后始颠狂。一颠一狂多意气，大叫一声起攘臂。挥毫倏忽千万字，有时一字两字长丈二"。怀素喜饮、善饮，有时一日九醉，且长于饮后创作，时人常呼之为"醉僧"。这一点与张旭极其相似，故而作品中多见纵情之墨。他因酒后消豁胸中之气，便提笔疾书，曾使寺内粉壁长廊铺满笔迹，其势若惊蛇走虺、骤雨狂风，又满壁纵横、万马驰骋。是酒成就了狂草，还是狂草张扬了酒的劲烈，只有张旭、怀素最识其中三昧。

我无法判断手头这两册书帖是醉酒所书还是微醺所作。我似乎感觉到上面有些酒意，但并没有酒气。如此绝少有失误和瑕疵的传世神品，我不敢有丝毫的亵渎之念。

张旭的《古诗四帖》通篇弥散着盛唐的奢华丰腴之魅力，一派王者的霸气。气势奔放，又无往不收，如锥划沙，看不到纤巧浮滑之迹。但这般行笔婉转自如，跌宕起伏、动静交错、有急有缓的笔墨荡漾，却营造了一种舒畅的韵律、一种观览情绪，如一曲美韵萦绕于心弦，鼓胀于胸臆，必令人随波逐浪、激越千里而后快。可以看出他笔下筋骨敛藏之法源出王羲之，但纵横奔放的磅礴之气早已超越之。他奔逸绝尘的"一笔书"，相较于先人矫健活泼的"独草"，更显自由与脱尘之美。由此，他将书法提升到一个新的审美境界，成了愈发独立、纯粹的艺术。

怀素的《自叙帖》相较于张旭的线条羸瘦了许多，苦寒之气流于笔端，禅意大于酒意。虽然这是一篇得意之作，透出一种难以掩饰的自负，但它的风格也分明熨有命运的烙印。这本草书巨制是他晚年的代表作，用一百二十六行、六百九十八个字，自述了个人书法的经历和经验，以及士大夫们对他书法的品评。这是用细笔劲毫写出的大字，因此便有了足够的空间运筹。全卷强调了连绵之势，运笔上下翻转、起伏摆荡，其中有疾有缓、有轻有重，极富动感。通幅于规矩法度中求变化，谋出新，称得上是草书艺术的极致表现。悬腕提笔，纯用中锋，需要凝神聚气、全神贯注，在无数连绵的线条运动过程中，始终保持一种凝练坚韧、富有弹性的质感，线型之圆、之厚、之通，是常人难以企及的。怀素有其充分的理由被神化，因为他写出了一部"神话"。

以圆破方，体现出狂草高度简洁和运笔之疾速，显现出方与圆、动与静的相对关系，有着深邃的哲学意味；以险取胜，则表现出怀素不拘成法、勇于创新的精神。他要打破一般的平正、方整，纵、竖规例的布白方法营造出一种视觉险境，从参差错落中读出无限风光。他大破大立，也不失出规入矩，险而有度。他大疏大密，又要意贯气连。以变求新是他意欲在夸张变形中，呈万态之象，又"违而不犯，和而不同"。他能使一些字倾跌出中轴之外，造成跌宕的险势，以破体发展解体，打破了旧的平衡。他还能利用点线的变化以及用笔的方圆、干湿对比和空白切割，使书法仿佛成

为一部充满节奏感的音乐，引起观者与书家的共鸣。如此说来，张旭和怀素足以称得上是古典浪漫主义的代表人物了，他们的作品让无数人顶礼膜拜，也让无数人为之陶醉。

在努力敲击键盘而书写功能却不断退化的今天，翻阅这两册书帖，无疑是一次"朝圣"之举。我们回望传统，致敬经典，并不是要求书写方式上的复古，而是渴望着一种精神的回归。为什么张旭、怀素成为草书空前绝后的人物？因为其后尚没有人在精神上超越他们。当然，仅一个"狂"字，自唐之后，也绝少再有容其成长的社会空间了。

是的，我们很难做到忘我，我们从事的艺术被附加了许多条件，特别是伪装起来的我们无法去实现率真。所以，我的笔端早已掺杂了许多私念，甚至是贪欲。我们如何能在谋篇布局、行笔运墨时那般赤诚？如何能用单纯的线条构造出多维世界的斑斓？如何敢心无遮拦地仰视先贤？

2020 年 8 月 7 日　牧童速记于夏末品隐阁

去敦煌"朝圣"

我去过两次敦煌，每次在前往的路上都有"朝圣"的激动。然而，有限的开放、拥挤的人流、匆匆的浏览，每次我都找不到预期的感受。不知是缺乏宗教的虔诚还是艺术的陌生，我对自己的历史情怀和艺术感觉有些失望。这次读史又唤醒了我的许多记忆，激活了我停滞的思考，有关敦煌的题目开始流泻出我的笔端。

许多艺术形式在唐朝都走到了高点，敦煌艺术就是其中之一。我只是觉得，如今一走进景区的大门，总得先进入一个大厅，去接受立体声像效果的冲击，使感悟过程被压缩成感官刺激，它有效地完成了商业使命，但未必是精神的扶植。这种灌输扼杀了个体生命的差异体验，先入为主式的宣传会让我们不假思索地随波逐流起来。

"读万卷书，行万里路"，特别强调观察、实践的重要性，也叫百闻不如一见。可你看到的未必是真相，也许真相却在书里。修复后的洞窟的确漂亮了许多，但原貌被涂饰掉了。

如果我们能体谅一下古人就好了，洞窟里的光线是相当昏暗的，过去，每一个进入观仰的古人都携有明台高烛吗？不可能。这是不是说明古人更富有联想，他们的灵魂更高亮？起码他们的视觉也许比我们更敏锐，意志也许比我们更隐忍。我们无法与古人相比，快餐文化不容我们做深度思考。

在漫长的丝绸之路，在布满沙漠和戈壁的河西走廊，敦煌莫高窟是艺术的驿站，还是精神能量的加注点？我更相信是后者。

敦煌是河西走廊的一颗明珠，也是万里征程的一处驿站。汉时设有敦煌郡以及建阳关和玉门关，使其成为丝绸之路上的"咽喉锁钥"。

敦煌石窟通常是莫高窟、西千佛洞、榆林窟和水峡口小千佛洞等洞窟的总称，艺术成就最高的当数莫高窟，而壁画则是莫高窟的艺术核心，其中包括佛像、佛教故事、史迹、经变、神怪、供养人、装饰画等七大题材，涉及当时的狩猎、耕作、纺织、交通、战争、建筑、舞蹈、婚丧嫁娶等诸多方面的内容，为后世提供了非常珍贵的史实资料。一般认为，敦煌石窟是前秦时期开凿的，历经十六国、北朝、隋、唐几朝的完善，特别是唐朝文化的繁盛将敦煌石窟艺术推到了历史顶峰。可惜自明朝敦煌石窟便慢慢湮没在荒漠里，清末藏经洞的发现才使其重见天日。

敦煌的兴衰与丝绸之路的命运息息相关，这里是文化碰撞、交流、改良、创新之地。我们所能见到的壁画大多是明朝之后存世的东西，是经历儒家文化洗礼的规制板式，虽繁缛精致，却缺乏生气，找不到自由的艺术表达，这就让我们明白了，为什么敦煌一经发现便轰动世界。可以说，敦煌艺术自唐之后便藏掖在大漠里，与中原文化隔断了一千多年，所以，那种大胆、自由、奔放的艺术理念和表现形式，无不让到过敦煌的艺术家们惊叹，也成了他们创作的源泉。

这里的大量壁画突破了铁线描的传统，逐渐运用了更自由抒放的兰叶描，更好地体现了实物的虚实关系和细节描摹，实现了从前期的气势磅礴到后期精细柔美的转变。线描和色彩的运用都是为了更好地体现"以形写神"，这一点在敦煌壁画上尤为突出。

我也试图在敦煌的壁画前做一个飞天形象，来个反弹琵琶，或者与九色鹿一同奔跑，由此获得某种穿越。但我无法静下心来铺开我的联想，因为这里并没有思考的氛围，因为这里刻满了匆匆过往的游客一张张疲惫而迷茫的面孔。大多旅游成就的衡量标准是攒了多少新奇感和与家的距离，如果敦煌只因遥远而被向往，就冲淡了敦煌蕴含的深意。

无奈，我走出莫高窟牌坊，在一条大河前驻步，这河名为宕泉，又叫西水沟。金黄的秋叶从两岸延展向远方，河水不知所终，干硬的卵石一脸

枯倦，天地都需要滋润的样子。突然便吹来一阵风，黄色的，卷着沙尘，昏天遮日，如同是妖魔作祟。有人说，这是小股的沙尘暴，这里经常刮这种风。我回望莫高窟，风过之后还是那样安静，大漠的孤寂练就了它的稳持，它依旧一派苍黄，就是风的颜色。我想，它最终将在风中消失，化为沙砾。

这里的艺术有些悲壮，但它深谙佛陀的释然，那些先行褪去艳丽的笔迹，不过是远离了红尘的微笑。人们试图挽留住它们远去的背影，其实无助于现代人的精神解脱。

我不用在此去罗列敦煌艺术的研究成果，我也无法走进所有的洞窟并告诉你心得，因为我也仅仅是一个过客。我们眼中的壁画远远没有我们想象的那样精美，却远比我们想象的更神秘。他们笔下的佛与魔都是血肉之躯，都有烟尘气息，这让我们有机会回望自己，看到自身的神性。

站在敦煌的壁画前，我觉得我们过于世故圆滑，过于偷奸取巧了。如此我们并不能获得多少好处，相反会更加失落。想当年，这些画工们无论是出于个人信仰，还是被人雇用，他们都是非常了不起的人。在一堆篝火、一盏油灯的照耀下完成了如此罕有的惊世之作，在黑暗的洞窟里描绘光明，在寂寞的岁月里泼洒丹青。他们都有一个超凡的灵魂，是他们将信仰艺术化，又将艺术成为不朽。

如果宗教本身具有艺术的倾向，那么艺术被信仰就是今天的使命。

2020 年 8 月 12 日　牧童速记

听陆羽说茶

听陆羽说茶？不可能，除非你又讲穿越了。你说对了，不过是读史读到陆羽时，我想起了邻居燕爷，是他给我讲了许多有关茶的知识和故事。他说，他也是从一本书上读来的，那本书就叫《茶经》。

一

燕爷是谁？是我原来老宅的邻居。个子不高，身子挺单瘦，眼窝深陷，眉骨凸起，有点儿罗汉相。告诉你个秘密吧，燕爷是个和尚。20 世纪 50年代中期从南方不知哪处寺庙里还俗返乡，带回个小和尚算作义子。小和尚娶妻生子，他当然就是爷爷了。燕爷不抽烟、不喝酒，就爱喝茶，而且茶叶放得很多，那茶水酽得血红。他有个用了十几年的白色搪瓷大海缸，上面挂满了茶渍，花纹图案都被遮了去，他就是不往下擦，说能从上面知晓茶龄，这是文化。啥呀，吹嘘的资本罢了。我曾跟他开玩笑说："怪不得你姓燕，你喝茶就喝得那么酽，都成苦的了。""说哪里话？"他会严肃地说："这个'燕'可不是那个'酽'，我是燕山的燕，是黄帝的正统后代。"

我家院门在巷子里坐南，三进院落。燕爷住外院正房，院侧有一株老槐，

还有一株枣树。东房檐下种了一溜子喇叭花，有的秧子顺着高粱秆爬到了瓦垄上，开着鲜艳的花朵。西房檐下有一口井，四根石条砌出的井口略高出院面，光滑而平整。院南有一个精致的二门，一进门，绕着高大的后墙和山墙走进去便是我住的里院了。视线越过二门和那不高的隔墙，便可望见那房子后檐一排整齐的猫头瓦，再往上看，更有那平直的屋脊要么架着太阳，要么架着月亮。燕爷就爱在老槐树下乘凉，端着茶缸，望着二门发呆。那把"嘎吱嘎吱"叫着的破椅子也不散架，有板有眼地配合着燕爷哼唱。燕爷一看见我下班回来，便说："小子，等会儿过来陪爷聊会儿。""好的。"我常常很愉快地答应。"有好茶，尝尝。"燕爷还低声嘟囔一句。

他给我备了一个小碗，也是搪瓷的，只搁几根茶叶，再淡，晚上喝了也影响我睡眠。燕爷所说的好茶就是块儿八毛的花茶，差别不过是茶梗粗细、茉莉花多与少而已。那时节，北方人不讲究什么红茶、绿茶，大多数人也不知道什么龙井、毛峰、铁观音。最高档的，有条件的人，就是喝袋装的分级的北京花茶了。燕爷见我惧怕浓茶，便取笑我说："你小子，大脑皮层薄，神经过敏，小心多虑伤身啊！"我说："无妨，喝不了茶，可以听茶呀。""算你聪明。"燕爷颤着指头夸我。

我爱跟燕爷聊天，他记性很好，也不像快七十岁的人。当然，这说的是那时节，我才二十几岁。如今，岁月辗转，物是人非，燕爷已住进我的记忆里了。而我，也到了在树下喝茶看流云、听风望夕阳的年龄。不过，燕爷讲的话我记得清清楚楚。

肯定是受他的影响，我始终喝不了浓茶，但爱张罗茶事，喜欢那种儒雅清淡的气氛。我一般不参加酒后的茶局，那场面会失了茶的雅气。茶不会醉人，越喝越清醒。茶间所聊，往往很清高。而酒后或醉酒后去肆意牛饮一番，会说出许多得罪茶的话，弄得茶也不君子了。

二

燕爷说茶树在南方，北方就是柳树、杨树、槐树，除了香椿叶子可吃，其他没有听谁吃过。这是《茶经》上说的，第一句就是"茶者，南方之嘉木也"。

燕爷说："陆羽二十一岁就开始筹备写《茶经》了，就你这个年龄，小子，

英雄出少年呢！要想干一番大事，就得趁年轻，到我这个年龄哪，后悔都来不及了。"我说："燕爷，你说你从小命苦，不识几个大字，我看你很有文化嘛，什么都讲得头头是道，咋弄的？""学呗，看书呗。"燕爷端起茶缸，"咕噜咕噜"地喝了几口茶水，接着说："关键你愿不愿意学，愿不愿意干，一门心思去谋一件事，哼，没有干不成的。就说陆羽吧。"燕爷几乎是句句不离茶，每次必说陆羽，是个忠实的信徒。"老陆是个弃婴，也不知父母是谁。"燕爷有时称陆羽为老陆，像是多年的朋友一样。

他开始郑重其事地讲道："有一个早晨，竟陵龙盖寺的智积禅师路过西郊一座小桥，忽听桥下一群大雁在哀鸣，走近一看，它们正用翅膀护着一个男孩，男孩被冻得瑟瑟发抖，智积就把他抱回寺中收养。后来则托寄给寺外一位儒士李公，此人就是唐朝女诗人李季兰的父亲。当时男孩才两岁，就依照季兰的名字取名季疵，视如己出。至七岁时，李公思乡心切，一家人返回故乡湖州，季疵便又回到龙盖寺，在积公身边煮茶奉水。积公为他占卜取名，占得'渐'卦，卦辞说：'鸿渐于陆，其羽可用为仪。'故而以'陆'为姓，名'羽'，字'鸿渐'。积公煮得一手好茶，陆羽自幼便学得了艺茶之术。"

我听着简直入迷，不禁脱口说了一句："燕爷，你真厉害，这个你也知道。""这个不过是传说，还多着哪。当年爷我云游天下，遍访茶山名水，说个十天八夜也说不完。"说着，燕爷捋起了下巴，深陷的眼窝里竟也放出了少有的光泽。我见燕爷高兴，便想探个究竟，悄悄地问："燕爷，你真当过和尚吗？""谁说的？"燕爷一听所问，便放下了脸。"你不是说云游天下嘛，你甭生气。"稍息片刻，燕爷缓过神来，低声说："这也不是多光彩的事儿，不可到处宣扬啊。"我硬硬地点头应承："燕爷说的，我都烂在肚子里。"

"我从小便无父无母，像陆羽一样命苦。邻居大婶把我送到庙里，跟着师父识字念经。出家人嘛，不得享用五荤三厌，我就学会了喝茶，慢慢地懂得了茶的滋味。老陆说：'茶之为用，味至寒，为饮，最宜精行俭德之人。若热渴、凝闷、脑疼、目涩、四肢烦、百节不舒，聊四五啜，与醍醐、甘露抗衡也。'意思是说，茶就是一味药，能治百病，尤其提神。"

"燕爷，能写一部经书的人可不简单呀。""那当然，老陆被人奉为

了茶圣，南方有的地方还把他供在庙里，祀为'茶神'，受世代香火。不要小瞧这三卷十篇不过七千字的书，都是老陆亲力亲为、所见所思的心血。为了写出《茶经》，他游访了苏州、无锡、南京、丹阳、宜兴、杭州、湖州、绍兴，后又到江西上饶考察制茶工艺，什么'亲揖而比''亲灸啜饮''嚼味嗅香'，说尽了他是多么勤奋用心。虽然《茶经》不是大部头的书，但这七千字啊，却用了二十六年才最终完成，可以说是字字凿实、句句无虚啊！"

听燕爷讲到这里，我心里暗暗竖起来了大拇指：真有学问！

三

燕爷说："喝茶有两种境界：一种叫'默茶'；一种叫'响茶'。"

"默茶"就是孤独静坐陋室，不闻不语，灯昏眼暗，任由茶水流灌心渠、漫浸肺腑，不打坯，不筑堤，直至喝出一片汪洋，划出一叶扁舟，随波逐浪而去。这种茶人自有修篁在胸，不计窗外世事，一壶纳玉宇，杯盏踏沧浪。燕爷说他师父就是这样的人，最后一心菩提，坐化莲台。他说这是禅茶，他始终没有这般修为，而且燕爷说他并不喜欢"默茶"，他喜欢"响茶"。他说："'响茶'就是在外面喝的茶，同一种茶，因地方的不同而喝出不同的滋味。春华秋实，夏茂冬疏，茶得味于心境，便浸泡得出性格，叫得响阡陌远山；更妙品于渊湖之畔，或倾赏于高山之巅，却听得出鱼翔莲欢或龙吟虎啸，那才是饮茶的至上之境。"燕爷说到这里，也只能苦笑一下，无奈地说："其实，我这两种茶境都得不到，我喝的只能叫'俗茶'。好在还有棵老槐，有片天空，还有小子你的陪伴。当年，赵州师父就跟来访者说：'喝茶去！'许多人并不理解喝茶跟禅修有关系吗？我问师父，师父只是说：'不要问了，想那么多干吗？喝茶去吧。'后来我也想明白了，去喝茶，就是放下一切执念！"

如今几十年过去了，想来燕爷说的"默茶"或"响茶"还是够有趣的。当然，我也有了自己的游历体会。

人生在世，总得要为朋交友，总得要张罗个局场。酒过于喧闹，茶显得清安，还不伤身体。备个便携式小桌凳，买套茶具，可粗陶、可细瓷、

可青花、可汝窑；找两三个挚友，带一两撮茶叶，或龙井、或观音、或毛峰、或普洱，携一壶开水便足矣。这都是"响茶"的道具，就差一份心情了。

哪里不可设局摆场？悬崖顶、苍松下、竹林边、大河旁，有月时便念叨一句："不知天上宫阙，今夕是何年。"临水时便念叨一句："大江东去，浪淘尽，千古风流人物。"所谓高雅，不过如此。

春夜，最宜在皖南小镇，在徽派建筑的倒影里，看着远去的渔火。如是瑶河边的"得雨活茶"最好，刚品完茶树油煎河鱼，余香还没有散去，百岁老人那句"人生图个啥，不就是一双筷子、一只碗？"尚在耳畔回荡。更有趣的是我竟将"土鸡"读成了"土又鸟"，引得饭馆小老板大笑。那"得雨活茶"因与九节兰共生，故而幽香清逸，色泽明亮，最是让人难忘。

夏夜，何不在杭州西湖，用透玉泡一杯龙井，借着月色，也可看见芽叶悄然起舞？何不与挚友叙叙保俶塔的传说，讲讲断桥的故事？是"山外山"的东坡肉好吃，还是"楼外楼"的鲥鱼新鲜？更难以忘怀的是"天外天"的龙井炒虾仁，那般鲜碧如玉。听到钱塘江的潮声了吗？听到灵隐寺的暮鼓声声了吗？

秋夜，当然是在普陀山的普济寺，傍着那片荷塘，用粗陶泡一壶铁观音，痛快地喝一身汗最好，那惟妙惟肖的素斋并不消茶。

冬夜，落雪无风，那五台山便是安寂的梵境。在一高台古松下煮一大壶普洱，虽不脱俗念，也有几分禅意。刚好月亮出来，闲云退去，天地一片干净。在这里有一壶茶暖心，何必去怅念红尘？

喝茶去，最好去喝"响茶"，再不济，也要像燕爷那样，在一棵树下，守着一口井，看着一片天喝。

四

"你知道老陆最看重什么？"有一天在树下喝茶，燕爷突然神秘地问我。"当然是茶叶了，《茶经》嘛，还能是别的？"我不假思索地就做了回答。"不是的，"燕爷摇了摇头说，"是水。"

他开始慢条斯理地给我上课了："《茶经》讲的是制茶，也讲喝茶。茶叶好不好，只有水知道，没有好水，多好的茶叶也不济。当然，我是既

无好茶，也无好水，我只能算是解渴，不能算是品茗。""燕爷，你不是说咱院这井水是这巷子里最甜的吗？咋就不是好水？"我忙问。"小子，我这是比较而言，如按老陆的说法，这井水是最次的。""是吗？"我有些不解。

"老陆咋说的？"我迫不及待地又向燕爷发问。"老陆说：'其水，用山水上，江水中，井水下。其山水，拣乳泉、石池漫流者上。'也就是说，泡茶最好用山泉水，从石缝、石池中慢慢流淌出的活水，这些水没有受到任何污染。""可城里的人如何去弄这山泉水，如此便不喝茶了？我就认为咱院这井水好，冬天冻出的冰比冰棍还脆实。"燕爷见我如此固执，也便附和起来："那当然，这口井算是甜井了，这巷子里其他井不可比，这整个城里头几十口井也不可比。我喝的老茶梗也不过是最次的花茶了，有这般井水就不错了。""燕爷，是不是咱喝惯了就觉得好？""也不全是。你不看咱巷子里外的人都来这里提水吗？他们为何舍近求远？好喝呗！眼是剁肉刀，嘴是试金石。好水，一喝便知。""那为何一条巷子的水都不一样呢？"我爱刨根问底，燕爷也爱借此吹嘘，反正错对也不上税。他说："你看到天上来来往往的云了吗？它们是四处送雨的，但不会每一片云都有雨。地下也是暗河穿织，不同水系在流动。也许，我们脚下就有多条暗河流过；也许，我们巷子里的这些井并不在同一个河道上；也许，这井水的上游就连着西山的一个甜泉。对，说不定我们这井水就是最棒的山泉水。""是专门给你燕爷送的吧？"我调侃了燕爷一句。他竟受之无愧地说："那是爷的福气，你小子也沾光。"

"燕爷，你说这水真的能好喝到哪里？你当年游走四方，遇到过比咱这更甜的井水吗？"我再问燕爷。

"不是爷吹，我真喝过好水，可谓是在昆仑浇过灵芝，在巫山布过云雨。那水泡出的龙井像春晓的翠林，毛峰像天池的游龙。那汤色，琥珀没有其亮，玛瑙没有其透，瑶草没有其香！""哎呀，燕爷像是个诗人啊，你这水平也太高了吧，你说的这些都在哪里？"我赶着问燕爷。

"想当年，跟着师父云游天下，那也是见过世面的。师父爱茶，我们就择水而居，哪里水好，我们就在哪里多留些时日。庐山康王谷听说过没有？那里有个谷帘泉，那水漂亮的，像是珍珠织的帘一样，从天而降，洋

洋洒洒，都说那水是天下第一水。我和师父在崖下取水煮过茶，有多好喝？说不来，那是至味，只可品其妙，不可言其美呀！无锡惠山寺有一石泉，被誉为天下第二泉。我也用那水煮过茶喝，倒真是甘洌清爽，让人难忘。苏东坡喝了赞不绝口，高兴地作了一首诗，其中那句'独携天上小团月，来试人间第二泉'，我始终没忘。"燕爷说着便从椅子上站起来，撑了一下精瘦的手臂，像个说书的来了个花式动作，还要卖个关子？

"算了，把我知道的都告诉你吧，今儿把库底都抖搂出来了。浙江桐庐富春山有个严子陵钓台，那里有一片水叫严陵滩水。那水，色相至清，水味至冷，用其煮茶，真是芳香无比，真应了古人那句'不可名其鲜馥也'的赞语。我跟师父也用这水煮过茶，也许是那日我带的茶一般，倒只觉滩水清洌，入口爽利，别有滋味。当然，按茶人传言，天下还有许多宜茶之水，比如什么蕲州兰溪石下水、峡州虾蟆口水、洪州西山瀑布水、归州香溪水、郴州圆泉等等，数不胜数啊！都说是老陆给排的名次，我看未必是他一一亲临过，但这些水肯定不一般。这些地方我也没去过，也无法评说。只是老陆不推崇江河之水，更不讲究用井水，但也没有一概否决，否则世上大多数人岂不无水泡茶了？他倒是给出了一个办法：泡茶可以，但最好是'其江水，取去人远者。井，取汲多者'。这个好理解，上游的水没污染，干净；取水勤的井中水，新鲜。所以啊，咱院的这口井，我喜欢人们多来提，那样我泡茶的水不就干净、新鲜、好喝了吗？"听罢这一席话，我更佩服燕爷了。

"燕爷，你说这水，一样的颜色，差不多的味道，真能靠一张嘴辨出高低吗？""当然能，高人就能。湖州刺史李季卿邀陆羽品茶，在扬子江渡口驿站停船，命军士执壶到江中取南零水。不一会儿，水运到，陆羽用木勺在水面一扬说：'此水不是扬子江南零那里的水。'军士大惊，忙认错说：'我到南零取水途中船身摇荡，洒了半壶，我便从岸边取水加满，实不全是南零水。先生之鉴如神明啊！'你说神不神？"我忙说："神，老陆真是神人。不过，燕爷，你也够神的，什么都知道，委屈你只能喝井水了。""不委屈。忙里偷闲，且喝一杯茶去；苦中作乐，再倒一碗茶来。我知足了。""燕爷，是再倒一碗酒来。""我不喝酒，当然就再倒一碗茶了。"燕爷说罢，仰天大笑起来。

五

喝茶可以养生，这似乎没有异议。每天定时定量地喝茶，也是一种功夫。有时不仅仅是为了补充水分或者口渴起来才喝，而是一种生活习惯，一种具有仪式感的规定动作。是不是茶里的咖啡碱让人兴奋，不喝便无精打采？如此，茶不就成了精神饮品了？可以这么说，茶就是合法的精神饮品。让人欣慰的是，茶没有让人不堪的副作用。用燕爷的话说，一天不吃饭行，不喝茶不行。

我还是浅尝辄止吧，不敢觊觎浓茶。但我还是很愿意给朋友们操习这种仪式，我们常围着一壶茶，去肆意地煮沸我们的话题。仪式感可以让我们更懂得生活之趣，一杯茶可以喝出透彻。

在中国，茶文化是大众文化，我们每一天都跟这种文化打交道，由于它太贴近生活了，所以，我们对这种文化失去了新奇感。盛唐时期的辉煌，到元代便黯然失色了。如今，有些人把普通的喝茶泛称为"茶道"，其实早已丢掉了其精神内涵，只是一小部分涉及喝茶的操作程序罢了，这多少算是一个民族的失落吧？好在我们看重了茶的保健功能，饮茶越来越讲究健康了。没有那些繁文缛节，倒让茶更觉亲切，更走近了我们每一个人。当然，我算是一个不安分的人，总爱找寻物质之外的意义，燕爷说我是"耗子偷灯油，除了吃，还想盗取光明"。我反讥燕爷说："那不是跟你学的？"

有一天，我见燕爷神情很沮丧地坐在树下发呆，也不跟我打招呼，也不喝茶。我便上前去问："燕爷，咋啦？身体不舒服了？"燕爷叹了一口气，然后才说："我做错了一件事。""啥事啊，这般要紧？""把师父的一个茶杯弄坏了。""什么？师父的茶杯？"我一时蒙了，不知何意。

"告诉你吧，反正在你小子这里也没有什么秘密了。那年我从寺里回来，只带回了师父用过的一把茶壶和两只茶杯，这壶是宜兴紫砂的，上面有清末制壶大师的落款。每年三月十五和九月十五，我都要用这套茶具给师父上茶献祭，这两个日子，一个是我见到师父的日子，一个是师父离开我的日子，这件陶物则是我们师徒几十年间施教承恩的见证。师父那只茶杯早就有点儿破损，昨晚上茶时擦拭得不小心，给掰掉了一块，这让我心

里那个难受。"燕爷说着眼里充满了愧疚。"哦，是这样啊！不要难受，又不是你故意弄坏的。"我安慰他说。"也是的，当晚我就做了一个梦，师父果真没怪我。他倒说，没关系，我走那天，杯已经破了，你那只迟早也得破。"燕爷说着低头摆了摆手，又说："虽如此，我心里还是不安。"他接着说："这几件茶具在我心里很神圣，我想将来有一天会把它带进坟里去，到那边再与师父喝茶。唉，让我给弄坏了，还是师父那只。"

"燕爷，这茶具很重要吗？我们喝的是水，用什么喝不一样吗？"

"不一样的。对我们爱喝茶的人而言，那茶具不仅是水具，而且寄托着我们的精神。不同的茶具会让茶有不同的形态、不同的色泽，会呈现给我们不同的感官享受，让我们领悟出茶独具的精神品格。老陆在《茶经》里讲过：'碗，越州上，鼎州、婺州次；丘州上，寿州、洪州次……越州瓷、丘瓷皆青，青则益茶，茶作白红之色。邢州瓷白，茶色红；寿州瓷黄，茶色紫；洪州瓷褐，茶色黑；悉不宜茶。'你瞧瞧，讲得多到位。唐朝那时讲究煮茶，还不是泡茶。要把茶饼磨成细末，用水煮烂，用竹夹打出泡沫才可喝。在唐朝，富贵人家喝茶要的就是排场，什么鎏金银笼子，什么鎏金纹银茶碾子，什么摩羯纹三足架银盐台，什么琉璃茶瓯……嘿，多了去了，真是奢侈。还有一种活动叫'斗茶'，唐时叫'茗战'，起源于福建建州茶乡，既是一种茶事活动，也是有钱、有闲、有文化的人的雅玩。宋朝是最讲究斗茶的时代，上至皇帝，下至文人雅士，无不好此。"

"啊，这么多讲究呀！"我吃惊地叫道。"那当然，你将来世面见多了，会有感觉的。我是老了，已没有更多的想法了。守着师父的几件茶具，就是守着一份念想。我可没条件享受老陆说的那些了。小子，你会有那个好时光的，会的，小子，等着吧！"

燕爷说的真是应验了，我们如今喝的不仅是茶，还有文化。我后来买过许多套茶具，也有朋友送我的，每当此时我总是想起燕爷的话。不，是老陆在那经书里说的，什么窑的瓷具最宜喝茶，什么瓷泡的茶色最美。

燕爷教了我喝茶，也教了我做人，他反倒谦虚地说，他什么也不懂，只是翻烂了一本书。他说："你听到的，其实都是陆羽讲的。"他还说："我为什么老看着二门发呆？其实，我看的是那平直的房脊，那就是天地分割

的一条线，日月其上，众生其下，一杯茶里泡透了生活。懂茶的人就是喝下，续满；再喝下，再续满，直到把那茶喝淡了，便是至味。"

2020 年 8 月 24 日　牧童速记

只为伤愁作词家

一看题目就知道我在说李后主。

五代十国割据了七十多年，也没搞出太大的动静，那些割据势力的诸王们乏善可陈。这其中有一个人，帝王亦没做好，只是留下一堆伤心词。他就是李煜。

我不习律诗，也不谙填词，却常常读得难受得一塌糊涂，可见我的内心也是多么的伤感。要想读懂李煜的词，就应该先学会理解他，不要老把他放在帝王的龙椅上审判，说他是亡国之君。亡国的多了去了，难道因为他词写得好就罪加一等吗？其实，李煜是很敬业的一个人，他为固守江南、看护家业做了很大的努力。但强宋崛起，南唐灭亡已成天下大势，李煜就是有刘备的韬略、有孔明的智谋、有关羽的威猛，只怕也无济于事。当然，他可以拼死抗争、玉石俱焚，可以"一将功成万骨枯"，或许那样他就不背骂名了。可他没有，因为他善良，他悲悯天下，他不愿刀戈烽烟，血染长江。不要认为放弃权力的都是弱者，李煜因词害命，他并没有阿谀奉承，在宋太宗赵光义眼里，他不是蜀汉的后主刘禅。

李煜不做帝王，也是一位多愁善感的诗人；不被囚禁于开封，也会咏叹悲凉。无论他做什么，都改不了灰暗的底色，而这片灰暗也孕育着善良。所以，做个帝王，他缺乏诡诈之术和杀伐的戾气。他就是为词而生，所以，

清朝那个绰号白眉生的人叹息道："做个才人真绝代，可怜薄命做君王。"

放下这些历史包袱，单纯地去谈一会儿词可以吗？比如说设一个场景，置身其中，静静地体味那种诗境；比如说酝酿一份悲凉，怅望云天的凄清；比如说幻构一种情愫，赶赴一场浪漫的约会；等等。把李煜的词拆开当作道具，去展演我的离愁别痛，会尝到一种独异的滋味吗？

我高估自己了。李煜的词不是应景之作，而是血竭之讴。君王的宫闱之乐，不是百姓的儿女情长；君王的亡国之痛，也不只是"城头变幻大王旗"。我们真的很难置换出那一刻的心境，很难体悟出那种绝苦的痛感。但我们的确读出了痛，读出了那种无可奈何的伤心，我们浅浅地尝到了那种苦的滋味。只是蔓延全身的战栗，那吟来泪湿衣襟、九曲回肠的悲极之情，我们还无法触及。

李煜历来是文人骚客们围猎的对象，他们把他的词拿来意淫一番，显示他们吃透了词意；他们站在道义的高台上，指责他玩物丧志，表明他们有气节。可这些人的话大都不能当真，他们在揶揄别人的时候，其实也在嘲笑自己。汉唐之前，文人们还真是少有媚骨，正是宋之后，文人们不再那样热血。我讲的是大数据，不是特例。所以，读着李煜的词，揭着李煜短的人，我并不恭维。

李煜是一位伟大的词人，这称谓他当之无愧。

"可怜薄命做君王"，这句话虽被广泛地引用，却带有调侃的酸涩。如果不做君王，李煜就是一个普通的诗人；如果没有亡国之痛，李煜就是一个花间派的传人。是亡国成就了伤心词，虽然亡国者一直受人诟病。我在这里不用强言辩护，李煜有这堆词就足够了。

李煜的词大体以南唐灭亡为界，分为前后两期。

前期的词以描写宫廷逸乐生活为主，风情绮丽，清靡婉转。但在人物、境界的描写上比前人有更强的概括能力，在部分词里也流露出士人的哀愁怨绪。

后期的词则多追忆往事、伤怀故国，风格沉郁苍凉、伤惋楚怜，极富艺术感染力。李煜的词自然简练，不露凿痕，境界开阔，诗风疏朗，与晚唐以来的香艳词风颇见异趣。他的词虽存世仅三十余首，但每一首都堪为经典。他扩大了词的题材范围，丰富了词的艺术手段，具有里程碑式的意义。

王国维在《人间词话》里给予了高度的评价，说："词至李后主而眼界始大，感慨遂深，遂变伶工之词为士大夫之词。"

在李煜之前，词多以言情为主，即使寄寓抱负也大都用比兴手法，隐而不露，从李煜的词中我们则看到了另一种景象。他多直抒胸臆，情真语挚，摆脱了花间派曼声吟唱的传统风格，开创了词可以从多方面言怀述志的先河。同时，他泛化了自身的惨痛遭遇，获得了一种更广深的形态与意义。另外，李煜极擅长用白描的手法抒写生活，用贴切的比喻将抽象的情感形象化往往是通过个体形象来反映生活中具有一般意义的某种境界。不镂金错彩而文采纷扬，不隐其心迹而情味隽永，形成了既流畅新丽又婉约深致的艺术特色。

读李煜的词是一种享受，可能是他的词直落心底，抚慰了我们缺少阳光的暗伤吧？浪漫的法国诗人缪塞说："最美丽的诗歌是最绝望的诗歌，有些不朽的篇章是纯粹的眼泪。"也许说的就是李煜。为了更好地理解李煜，我得整理一下心绪，借着初秋的晚风，去摘一片月光慢慢地咀嚼。"春花秋月何时了，往事知多少。小楼昨夜又东风，故国不堪回首月明中。"

李煜登上小楼，沐浴着月色并不开心，满脸愁情的他在明月的映照下更加阴郁不堪，这原本美好的春花秋月竟也是一种煎灼。挥之不去的亡国之痛，度日如年的囚禁生活，更易让人想起过去的日子。皇宫的静谧、高墙的威严、禁苑的花香、夜雨的缠绵，都被昨夜小楼的东风吹散。故国啊，不堪回首，心中那轮明月在哪里？"雕栏玉砌应犹在，只是朱颜改。问君能有几多愁，恰似一江春水向东流。"

是啊，金陵的"雕栏玉砌"们，应该还是瑟瑟地站在冷寂的宫院里吧？由于主子被废、宫门被封，那艳丽的雕梁画栋早已剥落褪色，挂满尘灰，一片废圮之象。羞愧啊，无言诉说的悔痛哀伤，无处寄托的故国情怀，犹如那滔滔的江水，长流不息，绵绵无尽。由珠围翠绕、烹金馔玉的江南国君，变为长歌当哭的阶下囚，这种痛是多么真切而刻骨啊！

他本想委曲求全，奉宋正朔，不惜降制示尊，改帝号为国主。甚至将金陵台殿显示至尊的殿脊上的鸱吻也撤了下来，凡帝王的象征物一概弃用。宋太祖却仍以"卧榻之侧，岂容他人酣睡"为由，发兵征讨，于开宝八年（975

年）十二月攻陷金陵，俘获李煜，并将其囚禁于宋都。

是小楼昨夜的春风勾起了李煜无限的伤怀，他只能将内心的苦楚寄寓诗词中，吟唱给孤寂的明月。他并没有在其中明确道出愁思为何，而仅仅展示了一种象征。由于诗歌具有"形象大于思想"的特质，所以，"恰似一江春水向东流"成为喻愁的千古名句。

据说这一首词写得太打动人心了，赵光义因词生恨，为防李煜有勾践之志，便将其毒杀。所以后人说，这首词也是李煜的绝命词。"林花谢了春红，太匆匆。无奈朝来寒雨晚来风。胭脂泪，留人醉，几时重？自是人生长恨水长东！"

李煜的这种词都是短幅的小令，且明白如话，不用解析，也自然通晓。他的词不粉饰，不忸怩，似无斧凿之痕、有意之为，其情强烈直爽，其笔天然流丽。

其实，这都是词家修为深厚的缘故，切不可轻薄了古人，看似随手写来，没有上乘之功是不可得的。第一句"林花谢了春红"，便是天巧与人工俱全之句。全然不知"林花"为何花，但与"春红"相衔，便知是花事已谢，未及细细观赏，已不敌"朝来寒雨晚来风"。这随手便是"一波三折"，怎可视为"随意"之作？

下片的"胭脂泪"三个字，更是异样哀艳。李后主肯定很熟识杜甫的名句"林花着雨燕脂落"，然而经他消化、吸收，以"泪"代"落"，便是青出于蓝而胜于蓝，这一字竟染艳了全篇。再读末句的"长恨""长东"，与前面的"朝来""晚来"相呼应，更有异曲同工之妙，倍具强烈的感染力。

当然，李煜的词也不句句都是泣血带泪，早期的他也充满阳光，尽情享受着人间至爱。我们换一种心情来读一下他早前的一首词作吧。"花明月暗笼轻雾，今宵好向郎边去。刬袜步香阶，手提金缕鞋。画堂南畔见，一向偎人颤。奴为出来难，教君姿意怜。"

这是一首艳词，以狎昵真切著称。有人猜测这是写给小周后的，她与姐姐先后成为李煜的皇后。姐姐大周后病亡后，她便入宫补缺，深得宠爱，使李煜忘却了失后之痛，沉溺于情爱之中。这首词与稍前的花间派相比，已然是洗尽铅华，不事雕绘之态，纯以白描刻画情感，是词史上的一大进步。

月色朦胧，花儿流香，如此迷人的夜晚要与情人幽会，该是多么美妙的时刻。"今宵好向郎边去"，让我们看到女主兴奋又紧张的神情。接着便是一个特写：一双仅仅穿着丝袜的三寸金莲，轻轻地踏上落满花瓣的画堂玉阶，她这般蹑手蹑脚地提着一双金丝鞋，还生怕脚下发出声响。当她一头扑向情人怀抱里时，哦，那颗小心脏呀，还在颤抖着呢！

这个"颤"字将小女子与情人相见时的激动以及此前的紧张心情都表露无遗。"奴为出来难，教君姿意怜"，末尾这两句是女子的道白："你可能不知道我出来一次是多么不容易，今天晚上我要让你尽情地把我爱怜。""怜"字，可谓含蓄娇羞的极致之词。一个"颤"字，一个"怜"字，将这场幽会美艳出历史新高度。在那个时期，男女青年总是受人事间阻、礼教束缚，谈一场自由的恋爱真的是千难万难。这首诗截取的片段是何等的简准而生动，决然不是坊间艳词可比。后人有评道："'花明月暗'一语，珠声玉价。"甚至有人说："这不是作词，恍如对话矣。"

我说："只因伤愁作词家。"有人说："李后主多才多艺，但不抓政治，终于亡国。"政治是让人揪心的东西，把政治手腕都融进诗歌，那诗歌就成了标语。清人王鹏运有两句话道尽了李后主修词炼句的高妙："蓬峰居士词，超逸绝伦，虚灵在骨。芝兰空谷，未足比其芳华；笙鹤瑶天，讵能方兹清怨？"

读罢李煜的词，不仅不觉得添堵，倒感到舒畅了许多。真的是一切悲剧都用喜剧来伪装，而悲剧的力量是因为获得了崇高感吗？的确是，李煜的词具有悲剧的美，将一个人的伤愁升华为整个大众的精神体验，如同让我们一起把灰暗咀嚼后，吐出了一片彩霞。

读李煜的词无须刻意追求穿越，因为李煜已经做了穿越。他的词无须酒，无须茶，甚至无须高天流云，只要在一钩弯月上悬着你的心，便是知音了。

2020 年 8 月 14 日　牧童速记

假戏真做

　　我从历史的对岸走过轰轰烈烈的隋唐，在五代十国那片荒芜的田地里，听到几个伶人在喧唱，其中竟有李存勖，他是后唐的开国皇帝，这多少让我感到好奇。

　　能做皇帝，固然是智商才情很高的人。开国皇帝更得文治武功俱全。原本皇帝有喜好也是常情，可皇帝是一国之君，恩泽天下，他需要取舍。如果他不顾百姓社稷而一味地任性，那是要误国的。君王的专情之殇就是国殇，幸运之神并不降福于所有人，哪怕你是君王。不识至高之险，犹如临渊不测，喜剧随时会变成悲剧。

　　这并不荒唐，我们读史无用，他们有用却不读史，他们似乎永远成功。也许，戏剧给人带来了更多的幻想，浪漫无疑是麻醉剂，久而久之，人就不辨戏里戏外了，这叫陶醉，或者叫自我失陷。李存勖甚至认为一切都是在演戏，臣属没有伶人靠得近，自然近水楼台先得月了。

　　我更不懂戏剧，只是略知说书的嘴、唱戏的腿，左门出将，右门入相，千军万马都在后台藏着。三五步就是万水千山，一个背跃就过了万难千阻，舞台跟现实差得远哪。李存勖算得上是称雄天下的一代霸主，在五代十国也是顶尖人物。然而，十五年打拼挣下的江山，仅仅三年就垮了。唏嘘之余，不得不重新思索"打天下难，坐天下更难"这句话了。怨伶人吗？可怨，

也不可怨。他们只是唱戏的，自来地位很低，被称为"戏子"，专业一点儿的称谓是"优伶"，男为优人，女为伶人，后则均被称为"伶人"。所以，伶人误国之说，我并不赞同，就如同卫懿公养鹤误国，并不是鹤的错。我认为，后唐灭亡纯属君王之误。

随意一碰搜索键，竟找到一首叫《伶人》的歌曲，歌词很长，有几句还有点味道。你听："一抹闲愁上眉梢，水袖遮面满城笑。在这红尘一角，怎敢轻佻，生死问世道。向来心是看客心，奈何人是剧中人。我本满身风尘，岂敢追问，此情有几分醉，有几分真？"我不喜欢这变腔变调的唱法，只喜欢这几句歌词，叙出了伶人的心曲。李存勖要是个伶人也就罢了，他非要去打天下。他跟李煜不能相比，李煜的龙椅是祖传的，而且李煜纯属个人爱好，并没有搞一堆词人来乱政。这李存勖就让人猜不透了，难道他真的不理解"向来心是看客心，奈何人是剧中人"这句话吗？当然，这句话是现代作家张爱玲的名句，李存勖无缘读原著。但自古天下"惟同大观，万殊一辙"，他是真不懂，还是装糊涂？

先前，李存勖还真是一条汉子，把父亲李克用临终前交给他的三支箭供奉在家庙里，时刻提醒自己所负的重任。他大力整治军队，严肃军规，待机出击，先后攻破幽州，擒获了父亲的叛将刘仁恭，又大破毁约违誓的契丹人，将耶律阿保机赶回北方，最后灭掉后梁，统一了北方，基本完成了父亲的三个遗愿。李存勖在征战中，利用自己的音乐才能制作了不少军歌，让将士们一起放声高唱，极大地鼓舞了斗志。

李存勖于923年称帝，自命为唐王朝合法继承人，史称后唐。坐在龙椅上，李存勖自负地说："吾于十指上得天下！"他吹嘘后唐是靠自己一双手打下来的，全然忘了是靠将士用命、百官拥护才得的江山，得势便骄傲自大起来，后面路子必出差错。

李存勖临阵可死战，在朝却成了盲人骑瞎马，政治上十分幼稚，朝政一塌糊涂。懂音律，爱戏曲，文武双全，本该左右逢源，他却忘了使命和初心，自废武功，学起了舞马斗鸡，尤胜卫懿公之爱鹤，一门心思沉溺于看戏、演戏。为博宠妃欢心，他什么都敢演，什么都敢说，卖呆出丑，无以复加。他给自己起了个艺名叫"李天下"，在朝中宫阙里，上上下下竟人人可呼之。有一天，他登台演出正在兴头上，连呼了两声"李天下"，

有一个叫敬新磨的伶人，走上前去，"啪"地打了他一个大嘴巴。李存勖顿时目瞪口呆，侍从们更是大惊失色，立马把敬新磨抓了起来，质问他："你怎么敢打天子？"他却嬉皮笑脸地对李存勖说："理（李）天下人，只有你一个呀。你连叫两声，另一个理（李）天下的人是什么东西？"周围人都笑了起来。李存勖竟然觉得有趣，很是高兴，随即赏赐了敬新磨。

有一次，敬新磨在殿中奏事，当时殿里养了很多狗，有只狗追他，敬新磨就倚在殿柱上大声喊叫："陛下，不要让你的儿女们来咬我！"李存勖忌讳狗字，如此一叫，便觉出是讥讽自己，大怒，立马张弓搭箭，要射毙狂人。敬新磨急忙解释道："陛下不可杀我，陛下年号为同光，'同'就是铜啊，杀了新磨，铜就无光了。"李存勖顿时大笑。

李存勖喜欢打猎，常常践踏庄稼，不时有地方官拦马劝谏，但仍旧习难改。一次在河南中牟一带打猎，踏坏许多庄稼。中牟县令勒住马头，为民请命，李存勖大怒，下令杀掉他。有个伶人颇有心计，来了个反讽劝诫。他把县令带到李存勖马前，斥责道："你作为县令，不知道皇上喜欢打猎吗？为什么因为给朝廷纳赋就让农民种庄稼？为什么不让你们县的百姓挨饿，腾出这片地让皇上跑马围猎？你真该处死！"说完，请李存勖快将他就地处死，其他伶人们也跟着起哄戏谑。李存勖大笑，县令才免于一死。

李存勖近身处都是伶人，那些重臣倒被晾在了外围，甚至给伶人委以重任，让有功的将士们很是灰心失意。李存勖没有治天下的手段，只是任性胡来。他还起用前朝废黜的宦官，冤杀功臣，搞得人心惶惶，致使戍卒皇甫晖作乱，前去镇压的军队也发生兵变，李存勖竟无兵可用。搞到如此众叛亲离，唯有独自流泪了。结果又有伶人出来作乱，李存勖被一箭射中面门，血流如注。皇后刘玉娘本就对他跋扈无理，此刻竟置他生死于不顾，传宦官送来一碗酪浆。箭伤是禁用此物的，李存勖饮下之后，果然倒地而亡。

如此看来，打天下与坐天下的确不是一回事。所谓"文治"绝非唱戏，有时也是刀光剑影，更多的是笑里藏刀，杀人不见血。可惜李存勖不谙此道，假戏真做，便早早地谢了幕。

五代十国的打打杀杀都是割据势力的拙劣表演，只是经济重心的南移为宋朝培植了萌芽，为唐宋两个王朝间的过渡奠定了转型的基础，李存勖在这个间隙的当口儿，粉墨登场，唱了一出荒诞剧，添了不少笑料。

秋凉了，继续读史可以放缓些节奏。如遇秋雨临窗，也正好抚琴叩弦一番了。

2020 年 8 月 19 日　牧童品隐阁速记之

割肉喂"狼"

读宋史，便有秋渐深、天渐凉的感觉，没有汉唐那种血腥燥热。宋人的官家为了苟安求和，干尽了窝囊事，可宋人未必觉得委屈，甚或觉得是大智慧。两宋三百年，在封建社会里也算是"寿终正寝"吧？把这种割肉喂"狼"以求自保的国策武断地归结为懦弱或自信，都不能概全。三百年，可谓贪婪与保全的漫长较量，可谓两宋屈辱的"虚华"。

中国通史使用了古语的一个称谓，叫"有宋一代"如何如何。我觉得有宋一代"偃武修文"是赵匡胤做贼心虚，生怕再出现陈桥兵变，再有个将军黄袍加身，所以，他的"杯酒释兵权"这出武戏文唱，余音绕梁三百年，贯穿了整个大宋的统治，这就是那个时代国家治理的政治基调。

中国的文人，自孔孟以来，无不怀抱"祖述尧舜，宪章文武"的崇高理想，期望"得君行道"，但明君难遇，士大夫往往抱憾终身，只能怀才不遇，空发浩叹。但北宋是个机会，特别是科举制度以文章取士，使文学崇拜和文人膜拜风气弥漫于官场、士林和整个社会。在这种文风、士风、官风之下，士人蜕变为文士，初步形成了文士阶层，甚至出现了皇帝与士大夫共治天下的局面。有宋一代对士大夫和文人十分宽容。相传，宋太祖曾立下秘密誓约，规定子孙后代"不得杀士大夫及上书言事之人，誓不诛杀大臣、言官"。苏轼曾说："历观秦汉以及五代，谏争而死盖数百人，而自建隆以来，

未尝罪一言者,纵有薄责,旋即超升。"

有宋一代,基本没有汉唐的宦官专权、藩镇割据之害,更无外戚之患,这应该得益于谏官制度的执行。但这些文人自恃清高,以虚为实,竟不顾国计民生的大事,为皇帝的家事争得翻了天,这不得不让后人诟病。有名的"濮议之争",不过是如何确定英宗生父濮王的名分问题,就引发朝堂持续十八个月的论战。当时,做实事的官员极少,更多的人是在一些无关紧要的事情上大动干戈,偶尔有人出来做事,也会遭到他们百般诋毁。文士们养成了"高自矜许,讽嗤他人""惊世骇俗,以动视听"的毛病。而且文人当然会享受生活了,文笔风流,心性不闲,逞口诛笔伐之能,显巧舌弄虚之技,起了不良的作用,整个社会势必缺乏血性,靡浪成风。为了维持这种"虚华",对战事自是得过且过,一味退守,充个大头,买个平安。虽说有文天祥、辛弃疾这样的将领,但无法改变整个国家的阴柔霉腐之气。

景德元年(1004年),也就是宋朝建国四十四年,宋朝第三任皇帝宋真宗赵恒就与辽签下了"澶渊之盟",这是一纸免战和约,关键在于宋朝必须每年向辽交纳十万两白银的岁币,开了中原王朝向少数民族政权纳贡的先河。

盟约规定:一、宋辽为兄弟之国,辽圣宗年幼,称宋真宗为兄;二、划定边界,双方撤兵。此后凡有越界盗贼逃犯,彼此不得停匿。两朝沿边城池,一切如常,不得修筑城防;三、宋方每年向辽提供"助军旅之费",银十万两,绢二十万匹,至雄州交割;四、双方于边境设置榷场,开展互市贸易。

对辽而言,"澶渊之盟"虽使关南之地得而复失,但十万两岁币和其后不断增加的二十万匹绢也促进了辽的发展。从历史意义上讲,避免战争有利于民族融合,但更沉重的代价却是麻痹了宋人的边患意识,使"偃武修文"有了进一步深化的内外环境,宋朝的武备到了不堪一击的地步。

康定二年(1041年),西夏李元昊抓住宋朝军事的弱点,不断发动对边境的战事。当时驻守边境的范仲淹手握二十万大军,却怯阵不战。大将任福战而又轻敌,被西夏兵合围于好水川一带,宋军惨败。定川寨之战宋军再一次大败,最后还是向西夏付岁币了事。

宋朝建立伊始,曾打算收复幽云十六州,但宋军先是败于高粱河,连

赵光义腿上也中了两箭，数年后讨辽大军又惨败于拒马河，赵光义和一班文臣武将都得了"恐辽症"，从此不敢再言讨伐。宰相赵普甚至连上三道奏疏，恳请赵光义"永罢兵革，无为而治"。赵光义曾对近臣吐露心里话说："外忧不足为惧，关键是防范内部的叛乱。"一句话，还是对武将不放心。

由于多种因素的制约，宋朝君臣对强敌环伺竟一无所知，畏敌如虎的保守派司马光视边患为"肌肤之忧"。其实，北方游牧民族很早就拥有了强大的游牧骑兵，蒙古骑兵更是"来如天坠，去如雷逝"。不仅如此，先是契丹人和女真人，后是蒙古人，这些骑兵与先前的游牧民族不同，他们把草原作战传统与定居民族的作战手段结合起来，特别是使用了攻坚战术，有了决定性的进步。他们早已胸怀了入主中原、称雄天下的大志。

宋徽宗赵佶的花石纲搞得民怨沸腾，却还想做千古一帝，建不世之功。他听从辽一名叛将马植的建议，联合金灭掉辽，搞所谓的远交近攻，并最终与金签订了历史上有名的"海上之盟"。不久辽战败，金太祖背弃前约，坚持只将当初议定的后晋石敬瑭割给辽的幽州地区归还宋，其他不给，且另附一个条件是：除了辽的岁币归金所有，还要再给金补偿一百万贯的"代税钱"。如此还仅仅是噩梦的开始，最终金太祖还是找到了一个借口，开始全力攻打宋朝。一路攻城拔寨，势如破竹，两路大军很快就会师于开封城下，金第一要求就是割让整个黄河以北地区，几经攻防，开封陷落。

当时金人提出罢兵的条件是：黄金一千万锭，白银二千万锭，帛一千万匹，后又索要少女一千五百人。钦宗不敢怠慢，甚至让自己的妃嫔抵数。京城少女不甘受辱，纷纷自杀。随后，金又扣留前去商谈的钦宗，声称一日所定东西不齐，一日不放钦宗。宋廷闻讯，加紧搜刮金银，最后改为以物抵金，凡祭天礼器、天子法驾、各种图书以及百戏服装道具均在搜求之列，再之后竟连诸科医生、教坊乐工、各种工匠也被劫掠。宋廷还加紧抢夺妇女，稍有姿色者即被开封府捕捉，供金人玩乐。金军在掳掠了大量金银财宝后开始撤退，徽宗、钦宗也被当作人质随军北上，一路受尽了侮辱，当时被驱掳的男女百姓不下十万人，史称"靖康之耻"。

割肉喂"狼"，不只流血疼痛，而且"狼"喂肥了、喂壮了，还要吃人。扔掉打"狼"棍的北宋，试图与"狼"为友，苟安求生，灭亡是它的必然归宿。

南宋偏安政权并没有吸取经验教训，在宿敌面前，忘掉前耻，不思自强，又联蒙抗金，依然是一场与"狼"共舞的游戏。1234 年联合灭金后，宋蒙战争也随即爆发，这期间经历了窝阔台病死，蒙哥战亡，忽必烈称汗，直到襄阳城被破。南宋江山已命垂一线，皇帝依然昏庸腐软，任由贾似道弄权误国，致使宋朝已无良将可遣，文天祥宁死不降，也不过是悲歌一曲罢了。可气的是，南宋退守临安的时候，还与金签订过"嘉定和议"，具体内容有三：其一，依靖康故例，世为伯侄之国；其二，增岁币为银三十万两、绢三十万匹，南宋另给金军犒军银三百万两；其三，疆界与绍兴时相同。

南宋朝廷不思"靖康之耻"，倚据天险，只管歌舞升平；对金人伸过长江的黑手还是一味忍让，曲意逢迎，真是可叹不可恕。如此一帮无骨之辈，在蒙古铁蹄面前，无异于一群待宰的羔羊。最后，宋元崖山海战，以陆秀夫背着七岁的末帝赵昺投海自尽结束。一个泱泱大宋，就这样惨烈收场。

我一鼓作气地罗列了宋人割肉喂"狼"的自戕行径，三百一十九年的有宋一代，几乎贴满了屈辱的标签，然而，这种屈辱却成了两宋的一个政权特色。这确实让我们看到了汉文化的韧性，这种"苟合之安"从某种意义上讲，能不能称得上是儒家治世之道的密钥？尽管稍有血性的人读来都觉得胸闷。

一阵秋雨，便加剧了一阵凉意，仿佛盛夏读唐、清秋读宋是阅读背景的有意铺设。其实，历史早已被冷却，早已作为标本安放在教科书里供我们思索。现如今，我们任何一个阅读者都可以对其指指点点，但彼时的执政者自有他们现时的考量，有可能是因为他们目光短浅，无法预知结果，从而制造出了一个个悲剧，这既是封建政权的宿命，也有人之过错，或者说，这就是历史的局限性吧。两宋三百年，也够长的了，在群"狼"环伺、烽烟不绝的岁月里，创造了中国历史上最繁盛的一个时期，还是值得回味的。所以，读史的态度也包括对古人的认识，不能只就结果论过程，有时过程更显存在感。客观地对待历史，不影响立场，拍桌痛骂一顿，还得回归理性，如若一味苛求结局的完美，那就去读武侠小说好了。

2020 年 9 月 8 日　牧童速记于品隐阁

精致的消遣

宋词很美，宋词可算得上汉文字堆砌出的最令人销魂的文学。我爱宋词尤胜于唐诗。我们不评价宋朝重文轻武的历史偏颇，只是想说，如果有幸生在宋朝并做个文士，一定能与宋词朝夕相守，精神上有十足的填充物。宋词，伤春悲秋、歌风吟月，不失为一种精致的消遣。

在文字层面读宋史，让人有些压抑，总觉得有受人欺辱的感觉，不像汉唐金戈铁马、封狼居胥那般痛快，其实，这是个错觉。史书是被压缩的时空，在褶皱的隆起处看到的尽是历史节点的大事件，充斥着刀光剑影。然而，我们铺平了历史，便可看到间隔处的一幅幅《清明上河图》。宋人比唐人活得更潇洒、更自由，质量更高；文人的精神世界更现实、更细腻、更安静，如闲塘铺秋露，残荷栖翠鸟，有一种自我适意的精致。

"低吟浅唱"是宋词的基本面，虽有苏轼、辛弃疾这样豪放派的代表人物，但婉约派词风仍为主流，柳永、晏殊、欧阳修、秦观、李清照等人的作品，是最能表现宋词初心的东西。词与诗一样，是文人言表心志的工具，它不具官方文牍功能，但有实用价值，譬如宋词被勾栏瓦舍的歌妓们演唱之后，词作便有了发散的平台，影响力会迅速扩大。是不是可以这样理解，某一首宋词也犹如我们今天的某一首歌，打动人心的词与曲很快便被人们接受，不仅现时流行，还能成为经典。只是娱乐时代，词与曲的作者大多

被登台演唱者的光彩所遮掩，今古来了个反转。在宋朝，词也曾是一个产业链的上端产品，譬如柳永"多游狭邪，善为歌辞，教坊乐工，每得新腔，必求永为辞，始行于世，于是声传一时"。如此看来，那时的词人不输现今的当红歌星。据说，欧阳修、秦观、周邦彦、苏轼都为歌妓写过不少的词作，贵为宰相的晏殊为宴请宾客，也亲自赋词呈艺。宋早期，词被认为是不登大雅之堂的民间艺术，王安石就这样批评过晏殊："为宰相而作小词，可乎？"这也从另一面印证了词的魅力。

不得不说，是文气浓烈的社会背景给宋词敷设了一种气质，这种气质逐渐沉淀出宋词的颜色，或说是景象，柔美、冷艳、清逸、愁苦、感伤等等都兼而有之，这正是文人的精神沼泽，也是泥浴之地，在此足以洗濯、慰藉、安顿他们的灵魂。

宋词有多少是闲来寻趣所得？有多少是刻意登顶之作？

我知道，我也是深陷沼泽的人，因为读到宋史，面对宋词的时候，我便踯躅起来，仿佛我的心性被宋词里那个影子牵拽了一把，它呼唤了一声："回来吧！"

是啊，回到那个梦魂萦绕的时代，正好坠落进我的那片词意里。我不需要茂艳的花，哪怕植一株多情的草也可。是谁将冷艳的词意揉进苦酒里饮下？是谁将清逸的文字码进梦里的冰河？是谁用道道雨丝编织成浮梦的情网？是谁去一片霜白处画地为牢？是一千年前的宋人，是他们写下的宋词。我有一种预感，他们并没有谢世，他们都活着，我们每碰触一个词意，都能听到他们那一刻跃动的心声。我们真实地活在他们词意的光影里，我们被一片情愫包裹着，温暖如春。

我倒是觉得，读宋人的词比自个儿搜肠刮肚诌那几句美妙多了，就如喝酒未必要酿酒一样，沉醉的是前人早已布下的陷阱，愿自投罗网罢了。这其实是文心的誓约，是中国文化一脉相承的血性，我们与古人早已默契于那种词意里，拎持住共同的精神期许。

如若我的精神景象已被古人做了描绘，那我坦然地去享受不就得了？这有什么难为情的，还有什么羞涩之处？读宋词何不可被看作精致的消遣？因此，床头最亲密的书中，至少要有一本宋词。至于书桌上、茶台上、廊间闲厅上、舟车椅背上，是不是都应放一本宋人的词作，那就要看你的

迷恋程度了。

词是心的写照，心是境的产物，宋词自是宋人役心的吟咏，他们大多是在黄河之南或长江之南所作，那词总是有所湿润的。而我的故乡位于塞外，我的斗室居于西风之中，我的情怀总是缺些水气的滋养。我的头顶之上经常是晴空万里，那空气通透得可直视九天寰宇，那阳光爽朗得可明澈纤毫微尘，这倒是难为了宋人的词意。有时为了更贴近宋人，我也会有意在夏雨的洒漉里或秋雨的缠绵处去咬文嚼字，努力从环境里拧出些水分，减少干燥伤意。当然，我也会沏一壶粗茶，最喜欢那套汝瓷，"天青色等烟雨，而我在等你"，这歌就是唱给我听的。茶水不可太浓，又不可无色，总归是我心中的至味正好与宋词那般相投，便沆瀣一气了。

史书说，宋人很会生活，讲究品味与情韵。陈寅恪也说："华夏民族之文化，历数千载之演进，造极于赵宋之世。"我在此不做泛泛宽释。就词而言，诗酒一家，宋词中可以看到许多行酒的痕迹。宋人饮酒之风，不逊汉唐，上至皇室，下到市井，无不放歌纵酒，形成了多姿多彩的诗酒文化。欧阳修在《醉翁亭记》中写道："宴酣之乐，非丝非竹，射者中，弈者胜，觥筹交错，起坐而喧哗者，众宾欢也。"那时的文人尤其喜欢"斗酒"，并在其中"斗才"，斗来斗去，时间一长，便斗出了好诗好词，于是就有了许多慢词、小曲。还有许多词牌也在行酒里诞生了，如"调笑令、天仙子、水调歌头、荷叶杯、醉公子、南乡子"等。那才是："一杯浊酒两篇诗，小槛黄花共醉。""水调数声持酒听，午醉醒来愁未醒。"

我只觉得，认真去读宋人的词，置换某种情绪，可谓真作假时假亦真，愁绪竟然是最好的消遣。宋人有许多是为了造愁而作词，他们创造了一种独具宋人面孔的"宋词之愁"，因为他们征服了那个时代的文字，因而"假愁"也被做得天衣无缝。宋词作为宋人的精神工具，作为后人吟咏的典章，这真是人类精神的一次升华。用"消遣"一词显然缺少仰视的成分，而实际上，无用之用恰为大用，精神消遣正是人的标志。如此说来，我们现在的人有些倒退了，宋人千年前已活成我们理想中的样子，我们有多少人还在努力地剥离精神，让自己更像一个生物学上的人。

春花秋月就是亘古未变的自然存在，是人类情绪的自主映照，它本来就是我们精神的组成部分，但一些人舍弃了，一些人甘于坠入乏味的庸常

里，却只管去怨天尤人。宋人做得很好，宋朝君王们深谙精神的重要，他们抑武扬文，虽苟安求和，但有一个不失国本的分寸，这是政治智慧和文化力量相得益彰的结果吧？

当然，正统的历史观总是能找出批判的理由，秦、隋几十年国祚要批，唐、宋几百年天寿也要批，这是一种理想。文人们现实得多了，他们不时站出来吁一口心中的闷气，耍一通刀笔把式，而大多是享受这种没有战争的生活、寄托情怀的日子，甚至说在一个较短的时间段里或人生的旅程里，他们是感受不到这种危机的。宋人很会生活，文化演绎精致，这需要一个大的社会背景。文人擅长联想，擅长借物寓情，擅长矫情和做作的也大有人在。总之，文人嘛，天一阴，就想到巫山云雨；露一白，就想到在水一方。所谓伊人，不过是风光。

道理又讲多了，这不是宋人的风格。宋朝的文人，特别是钟情于写词的人，就是附骥于现实的人。只管"漏声残，灯焰短，马蹄香，浮云飞絮，一身将影向潇湘"。即便是酒已醒，夜未央，"又是春将暮，无语对斜阳"。

2020 年 9 月 25 日　牧童写于秋风之品隐阁

上河熙熙

　　宋朝很值得细细把玩的一段历史是走进《清明上河图》中，那是定格住的曾经过往的一瞬，是一幅最能吸引眼球的长卷，是对"细节决定成败"的艺术的诠释。我很沉迷那些细节，我生怕他们动起来，或者走散了，便不会再那样聚气，甚至让汴河萧瑟于秋波里。

　　是不是每一个观画的人都有一种试图体验的心态？是不是我们每个人的童真在这幅画作面前都现出了原形？是不是张择端用了一支魔幻的笔让一千多年后的人们能实现穿越？

　　这是一幅伟大的现实主义作品，宋徽宗这样贪婪的皇帝也不敢将此旷世杰作据为己有，一定是他被震撼了，如此，张择端幸运地留下了名字。这幅画与王希孟的《千里江山图》都是赵佶时代的巅峰之作，这让皇帝无比自豪，特别是《清明上河图》，那就是大宋繁华盛世的真实写照。作为宫廷画师的张择端，要想颂扬皇恩，歌唱盛世，没有什么东西比得了这件画作。于是，他把呕心沥血的巨制长卷奉于赵佶面前，呈请官家题名。在那个时代，在赵佶眼中，这幅长卷不啻是一项国家工程。赵佶对题名也不敢马虎，他一定反复地看了每一个细节，想了若干名字，在几个无眠秋夜过去之后，在一个阳光明媚的清晨，他欣然用"瘦金体"写下了"清明上河图"五个字，这幅画从此有了灵魂。

那年，我在开封，曾咬咬牙买了一幅故宫珍藏版的《清明上河图》复制品，我真是爱不释手。回来后展卷在案，一度沉醉其中。后来我还是将此画转赠给了一位挚友，愿与其共沐艺术的甘霖。这幅长卷有很强的代入感，有足够的想象空间，有无限的趣味性，你既可以用"上帝的视角"去看，也可置身于市井、混迹红尘，平行走一趟人间。真是疏朗处可沐清风，致密处摩肩接踵，好不热闹！

赵佶在历史上也没有什么好名声，在宋朝也没有什么功绩，倒是冠了一个画家的头衔，留了许多传世画作，特别是在他的推助下，宋画取得了很高的历史成就；从另一个方面来看，赵佶也还算得上有真才实学和抱负的人。"上有所好，下必甚焉。"在中国，文化艺术的成长往往取决于高层的引领，梁武帝崇佛、李后主写词，总比卫懿公养鹤、李存勖迷失舞台要好得多吧？如此，赵佶是对中国绘画史有影响的人，至于他在政治上的偏失、人格上的卑陋，那是封建帝王的通病。恰是因为他在艺术上的特长，更比照出他政治上的短板。批判地赏析一个有艺术成就的帝王，也是一种科学的历史观吧？是不是可以这样说，没有赵佶对绘画的引领和支持，就不会产生《清明上河图》这样优秀的作品？起码张择端没有如此自由宽松的创作环境，他的作品也不会呈现御前，获得高层认可，那么，这幅长卷就有可能失去了传世的机会。赵佶创造了因果关系中非常重要的一个先决条件。所以，就中国绘画史而言，赵佶是一个不可或缺的人物。

还是不做政治评判了吧？让艺术干净些，就将视角单纯些。既然坚持要去历史的对岸行走，何不在宋都的喧闹里聚焦一阵子，以此看到更多的细节，让这次行走更具趣味性？

先看看相关的文字评述吧。

网上词条说："《清明上河图》不仅仅是一件伟大的现实主义绘画艺术珍品，同时也为我们提供了北宋大都市的商业、手工业、民俗、建筑、交通工具等翔实、形象的第一手资料，具有重要的历史文献价值。其丰富的思想内涵、独特的审美视角、现实主义的表现手法，都使其在中国乃至世界绘画史上被奉为经典之作。"

专业人士说："作者以长卷形式，采用散点透视的构图法，将繁杂的景物纳入统一而富于变化的图画中。图中所绘城郭、市、桥、屋庐之远近

高下，草、树、马、牛、驴、驼之大小出没，以及居者行者，舟车之往还先后，皆曲尽其仪态而莫可数记。全幅场面浩大，内容极为丰富，整幅画作气势宏大，构图严谨，笔法细致，充分表现了画家对社会生活的深刻洞察力和高超艺术表现能力。"

《简明不列颠百科全书》说："这是一幅具有重要历史价值的风俗长卷，画家成功地描绘出汴京城内及近郊在清明时节社会上各阶层的生活景象。主要表现的是劳动者和小市民。对人物、建筑物、交通工具、树木、水流之间的相互关系的处理非常巧妙，整体感很强，具有极大的考史价值。此后历代绘制的都市风俗画，无不受其影响。"

如此评价非常之多，不胜枚举，足可见其影响之巨。《清明上河图》更朝易主，几经劫难。历代收藏家和鉴赏家也曾把玩、鉴赏，留下了几许妙语佳话，且尚有许多待解之谜。除真伪之辨外，尤其是徽宗的题名，"清明上河"这四个字的表意，始终争论不绝，既迷惑，又有趣。20世纪80年代中期，著名作家邹身城先生在其论文《宋代形象史料〈清明上河图〉的社会意义》一文中认为："清明"既非节令，亦非地名。这里的"清明"一词，本是画家张择端进献此画时所作的颂辞。故有人认为，这里的"清明"要从广义上去理解。《后汉书》即有 "固幸得生于清明之世"之说，从语气上看，这个"清明"系指政治开明。金人在画面上留下的跋文说："当日翰林呈画本，承产风物正堪传。"点明此画主题在于表现承平风物。考张择端行年，他于徽宗朝在翰林书画院供职，此画的第一位收藏人便是宋徽宗，证明画家意在称颂盛世，讨最高统治者欢心。知道了这个背景，显然"清明"一词不是指节令，虽然画面里有相关的时令特征。

《清明上河图》究竟画了些什么内容呢？为什么千百年来它的魅力一直不减？

据齐藤谦所撰《拙堂文话·卷八》统计，《清明上河图》上共有各色人物1643人，动物208头，比古典小说《三国演义》《红楼梦》《水浒传》中任何一部描绘的人物都要多。

《清明上河图》全图可分为三个段落。展开图首先看到的是汴京郊外的景物。在疏林薄雾中，掩映着几家茅舍、草桥、流水、老树、扁舟。两个脚夫赶着五头驮炭的毛驴，向城市走来。一片柳林，枝头刚刚泛出嫩绿，

使人感到虽是春寒料峭，却已大地回春。路上有一顶轿子，内坐一位妇人。轿顶装饰着杨柳杂花，轿后跟随着骑马、挑担的从人，无疑是从京郊省亲归来。这是长卷自然舒展的一个序幕。

中段主要表现的是上土桥及汴河两岸的风物。汴河是北宋国家漕运要道，从画面上可以看到两岸繁忙、粮船云集的景象。这里描绘的正是经过东京城内的最繁华的那一段实况，算得上现场"录像"吧。街上，有人在茶馆休息，有人在看相算命，还有人在饭铺进餐；河里，有船只往来，首尾相接，络绎不绝。或纤夫牵拉；或船夫摇橹；或满载货物，逆流而上；或靠岸停泊，正紧张地卸货。横跨汴河之上的是一座规模宏大的木质拱桥，其结构精巧，形式优美，宛如飞虹，故名"虹桥"。有一只大船正待过桥。船夫们有用竹竿撑的，有用长竿钩住桥梁的，也有用麻绳挽住船的，还有几人忙着放下桅杆，以便船只顺利通过。邻船的人也在指指点点，像是大声吆喝着什么。船里船外都在为此船过桥而忙碌着。桥上的人也伸头探脑地在为过船的紧张情景捏了一把汗。这是整个长卷的高潮所在，是最为生动传神之处。

后段则描绘了汴京市区的街景。以高大的城楼为中心，两边的屋宇鳞次栉比，有茶坊、酒肆、脚店、肉铺、庙宇、公廨，等等。商店中有绫罗绸缎、珠宝香料、香火纸马等的专门经营。此外，还有医药门诊、大车修理、看相算命、修面整容，各行各业，应有尽有。大的商店门首还扎着"彩楼欢门"，悬挂市招旗帜，招揽生意。街市行人川流不息，熙熙攘攘：有做生意的商贾，有看街景的士绅，有骑马的官吏，有叫卖的小贩，有乘坐轿子的富家眷属，有身负背篓的行脚僧人，有问路的外乡游客，有听书的街巷小儿，有酒楼狂饮的豪门子弟，有城边行乞的残疾老人……男女老幼，士农工商，三教九流，无所不备。交通运载工具有轿子、骆驼、牛马车、人力车、太平车、平头车，真是形形色色，样样俱全。人物大小不足三厘米，小者虽如豆粒，细细品察，个个神形兼备，各具特性。

《清明上河图》大到原野、浩河、商廊，小到舟车、人物、摊铺、摆设，皆统组一起，真实自然，令人有亲临其境之感。整部作品长而不冗，繁而不乱，严密紧凑，一气呵成。

这里的人物一定是有生活原型的，宫廷画师如此脚踏实地、忠于生活，

也反映了宋朝当时的文风足够接地气。源于生活而高于生活的艺术准则一直被先人们实践着,这幅画有无限的营养滋润着后人。

我不过就是读史而已,且是穿花蝴蝶、点水蜻蜓,在这幅巨作面前无比汗颜。从宋人的画作,包括赵佶的画作中可以看出,他们都持有十分严谨的创作态度。其实,他们也有一腔浪漫的情怀,只是深植于他们的艺术表现之中,而不是忘乎所以、浪得虚名。

时过境迁,宋都汴河的景象早已云散烟消。我们回首历史,汉唐及之前,只能望断云烟处,去一片遐想里驰骋。宋人幸甚,有个张择端,定格了一千年前的生活面貌,一下子抓住了所有的精彩,给我们品味那段历史提供了机会。

历史无法给我们呈现细节,但《清明上河图》却把细节做到了极致。

2020 年 9 月 30 日　牧童记于品隐阁

半截土墙读朱熹

深秋的最后几天，万物在静冷中等待入冬，生命无奈于又一个轮回的碾轧，呈现出低调的模样。唯有人的思想不做收敛，任由一堆堆念头滋生，无端地煎灼着心绪。读史于我便是如此，竟有欲罢不能的感觉，遂即"率性而行，继之而悟"起来。这般，正应了朱熹那句"问渠那得清如许，为有源头活水来"的诗意。

宋史总要讲到朱熹的，他是大儒，这让我想起了文化源头和承继的问题。我认为，在较长一段时间内，就此有些答案和评价是不够中肯的，或失之偏颇，或缺乏客观性，或碎片化严重。焉知泱泱大国维系其不破不散的最关键的两个字是"秩序"？朱熹的"天理"应该算得上服务这个"秩序"的一套理论工具吧？

我谈不上喜欢还是厌恶朱熹，他的出现犹如一颗流星划过天空，这颗流星异常璀璨，竟在很长一段历史时期照耀着人们的夜路。存在就是合理，但这种合理已超出世间一般的存在，它被铸塑进一个民族的性格里，成为东方世界精神骨格的一部分。

有"道南理窟"之誉的武夷山存留了半截土墙，它作为文化遗迹被巨大的玻璃柜封存了起来，尤显珍贵与神秘。有文字表明，这半截土墙就是朱熹"紫阳书院"所在地，其上被现代人灌注了理学的精神象征。

那年，我第一次飞抵武夷山，好奇九曲溪的鲜翠、飞绳传水的巧思、武夷茶宴的爽致，当然，对这一堵残墙也念念难忘。

茂林秀水的武夷山跟这截毫无生气的土墙似乎风马牛不相及，只是因为朱熹，它才与文化搭上界，并被赋予了精神使命。其实，这截土墙难以承载理学的厚重，它被"供奉"不过是对文化的一种消费，迟早会变为一缕尘埃的。

文物考证得出的结论是，这截土墙是清康熙年间最后一次修缮的残迹，有三百多年的历史，朱熹年代的东西早已消失无踪。中国历史上，大多数思想家都是后人托寄理想的产物，他们被吹捧，有政治功利的企图。只是他们生前无法知道身后的事情，当世他们多是际遇孤冷，特立独行，这的确需要一种超乎常人的意志来践行"为天地立心，为生民立命，为往圣继绝学，为万世开太平"的个人抱负。

所以，古人比我们更理想化，更具无私的胸怀，更讲求崇高的自我实现。朱熹提出"存天理，灭人欲"的思想，今天看来似乎有悖于人性，但实际上他的倡导是历史发展进程中更高层次的"人性"的理性坐标，是为文化"开源"，为民族"寻道"。

足够久远的中国文化走到今天，不能不说是世界的奇迹。是的，中华文化之所以绵延于今，不是因为疆域的形态稳固，而是缘于对文化的坚守，缘于自我纠错、改造、提升的行动果敢，缘于一种自觉的目标校正。世界上没有哪个国家或民族能一以贯之，而中国五千多年文明史煌煌彪炳。为什么？因为秩序的理念深入人心，秩序一直是先祖追寻的治理目标，而维护秩序便是共有的价值尊崇。从黄帝合符釜山，西周礼制创建，到春秋儒学兴起，西汉尊孔重儒，直至宋明理学之高峰，中华文化是沿着建立更好的"秩序"的轨道前行，圣贤辈出，承继不绝。尤其每每民族到了生死存亡的关键时刻，便有人祭出祖先的精神法器来正本溯源，归拢人心，这就是中华文化的力量。对于朱熹，我们不能仅仅从"灭人欲"这一有失现代人文精神的角度，去辨别其历史作用。试想，漫漫长夜，坎坷道途，如果没有维系秩序的思想工具，没有价值认同，没有行进方向，没有圣人呼唤，这样博大精深的东方文明靠什么传延下去呢？

武夷山仅余的半截土墙告诉了我们时间的无情。它令我们透过喧闹做

一次深度回望，增加些理性的认知。尤其是朱熹，这位遥远的先贤，其实一直影响着我们当下。

朱熹穷竭心血，致力于找到众生在这个社会里和谐共处的方法，让每一个社会单元都有活着的方向，并共同遵循他所谓的"天理"，实现社会大同，这真是一个宏大的愿景。他不是在为一个朝代、几个君王服务的，他是在为整个民族的前途找出路。

我自以为，我的狭隘的心胸包纳不进朱熹理学的恢宏，他俯仰寰宇、关怀人尘的精神境界，令我愧怍。在那截土墙前，我曾站立良久，我看到了喧嚣红尘的冷漠，众多不屑的眼神从上面划过，弗如秋沥濡湿鸿羽。传统文化的凋敝、历史的不自重，莫不是一地秋叶更待霜风乎？它是普通的半截土墙，甚或卑陋不堪、黯无神采，如若不是装进玻璃柜中，并假以厅堂拱卫，会有那么多人投送好奇的目光吗？如今，以浅薄为代价的"高贵"正在将自己的精神变得卑微起来。

早期的理学仅仅是文人的一种主张，朱熹师承"二程"的原创初念，另辟蹊径，登峰造极，他才是其后的成功者，世称"程朱理学"。程颢认为，世间万物本属一体，众生的最高境界就是明澈本心，自觉达到与万物合一。他强调内观静养，忽视外知。程颐则主张探求事物的至理，人生的根本意义在于居敬穷理，探求本质，格物致知，他特别强调通过现象认识本质，即由外知体验内知。朱熹大致沿用程颐这条路子，成为纯粹的理学。理学家们认为，人性的善是自然"天理"的本质特征，恶则表现为人的无节制的欲望、情感，即所谓的"人欲"，亦即"私欲"。"人欲"是"天理"的对立面，二者具有不相容性。

理学出现在宋朝是有社会基础的。理学家们认为，理学可以作为思想武器，对内挽救唐末五代以来人心败坏、道德沦丧的局面，阻限"全民皆商"的功利主义猖獗的社会风气。但理学缺乏经世务实的精神，难以解决宋朝面临的一系列急迫问题，很难在实际生活中实现"存天理，灭人欲"，所以理学一度被称为"伪学"。它也产生过十分消极的社会影响，特别是自宋以来，妇女地位开始下降。理学大行其道，对于贞节一事，程颐就曾提出过"饿死事极小，失节事极大"这样的观点，就此，他被后世所诟病。贞节是妇女最沉重的一道枷锁，且性别指向最具歧视性。明清两朝，把"男

尊女卑"视为天道，贞节观更为狭隘，妇女受害尤甚。

女子缠足虽五代就已出现，却是在宋朝流行开来的，这应该与当朝提倡理学有很大的关系。缠足是戕害女性身体的恶俗，女孩子四五岁就开始缠足，七八岁才初具模样，从此再无快乐可言。民间有谚语控诉道："小脚裹一双，眼泪流一缸。"

朱熹是理学形成燎原之势的点火之人，这把火烧去了那个时代枯朽的东西，也伤及了无辜。朱子无法向后世解释，后世人却要向他追责。

朱熹继承并发展了"二程"的思想，完成了客观唯心主义体系的创建，认为"理"是世界的本质，"理在先，气在后"；提出了理学的核心观点："存天理，灭人欲。"这个"天理"就是共有的社会秩序和道德准则，这个"人欲"就是不合理的"贪欲"。朱熹的"灭人欲"是有前提的，是灭"贪欲"。"贪欲"是为任何时期、任何社会所摈弃和反对的，问题在于这个"不合理贪欲"的界定标准掌控在哪些人的手里，而实际上这个标准被统治阶级专属了，并将奴役人民的陷阱伪装成道德的高地。所以，理学在推动秩序建立的同时，也制造了无数的人间悲剧，这应该不是朱熹的初衷。

事实上，无论是此前的"三从四德"，还是其后的"三纲五常"，唯有朱熹的理学完成了理论跨越，并实现了在国家治理层面的高度融合。理学在元、明、清三代，一直是统治阶级的官方哲学，标志着封建意识形态更趋完备，也显示出理学具有的兼容性。然而，理学被极权推到了极端，便失去了儒学怀柔的空间，一种被政治绑架的思想体系由此也就走到了尽头。

尽管如此，朱熹仍然是值得我们敬仰的先贤，他的思想永久地影响着中国人的精神和行为。朱熹作为人格的一座丰碑，将高高地矗立于历史的长河中。无论为人、为官，还是做学问，他的理学中的一个"理"字给我们阐明了世间的许多"道理"，一个"理"字拨开了混沌的迷雾，展开了"理想"的图景。对于理学，我仅仅是粗浅的接触，没有能力深研。我知道，我们生活中到处都有理学的影子，因为中华文化的丛林和我们的精神，早已被理学漫灌。

我想，武夷山下这截土墙还将有很长的一段时间待在玻璃柜里供人们瞻仰，但愿有越来越多的人读懂它的存在。不要苛求历史，也不要苛求古

人，站在这里，我们应该观照一下自己的内心，见贤思齐。朱熹有诗曰："未觉池塘春草梦，阶前梧叶已秋声。"秋声已至，我们还等待什么？

2020 年 11 月 1 日　牧童速记于秋末品隐阁

宋人吃货多

比起宋朝的吃货来，我们很无颜面。

先说我住的小县城，早晨就几个卖烧饼、摊煎饼的流动小贩，有的早餐馆开一阵子就关张了，受累、微利，这个行业没魅力。所谓大饭店，也没有什么特色，倒是学会了一辣遮百丑，一桌菜基本上就是甜咸酸辣的大杂烩，当地人解嘲说，这叫兼容并蓄。嗬，真是给懒人找了个理由，三个没水喝的和尚就等天上下雨了。然而，即便是去了一趟当年宋人的都城开封，也没见到多少丰盛的吃食，叫得响的不过就是张三炒凉粉、二嫂羊肉馍、五香羊蹄子、薄皮灌汤包而已。当然，我可不想得罪东京城的遗族们，可能是我太贪嘴了，一门心思只想着吃，如此会有人讥讽我，你不然做回古人吧，去宋时的京城逛一趟，吃个肚皮发白、满嘴流油怎样？

读史入迷，就会有臆想，也顾不了矜持和斯文，真的要换一身宋装，提一包碎银，嘴里哼唱着坊间小调，去东京那几条大街走上一遭。

择个春夏之交的日子还是舒畅些吧？尚无酷热，但流云轻风足够煽情。净着心意只管寻吃，也就不为什么朝廷软弱、国家屈辱、党争民累闹心了。反正此刻，汴河水流平缓，波光粼粼，两岸垂柳依依，市井热闹，真个是"万花争出粉墙，细柳斜笼绮陌，香轮暖辗，芳草如茵"啊！

今个儿这一遭只为说吃，自是东京的城门、河道、新桥、旧桥一扫而

过。大内宣德楼所列五门虽威肃庄严，但禁中御厨购物之地亦如市井繁荣。且不说时新花果、鱼虾鳖蟹、鹑兔脯腊、蔬茄茄瓠一应俱全；也不说御街砖石甃砌的御沟两岸，杂花相间，桃李遍植，春夏之间，望之如绣。就一个入口之物，东京城大街小巷随处都有，许多食坊通宵开张，昼夜悬灯，夜宵连着早点。一些急匆匆的行贩劳役之人，花二十文小钱，便可要得一份灌肺、炒肺、粥饭点心，还能再加碗茶汤面水来填实胃缝的。

我倒是掂量着袋子里的银两，不想马虎一顿早饭，便疾步来到新封丘门大街那众餐饮店铺里寻食。什么胡饼、菜饼、糍糕、团子、桐皮面、插肉面、大小抹肉淘、煎爊肉、杂煎事件、生熟烧饭，还有鱼兜子、桐皮熟脍面、煎鱼饭，那真是花样百出，入口不迭。任你是大肚汉，也装不下三碗面。瞧，那些眼馋肚不饱的人们，我十分好笑他们贪婪的吃相。自个儿倒是留了三分胃囊，好去樊楼暴殄一顿午餐。

东华门外景明坊辟东西两巷，一巷间有丰乐楼，即樊楼酒店。远远便可望见高大的门楼搭红挂彩，酒旆飙扬。此处为东京最热闹的食坊，为京城餐饮七十二家正店之首，太祖赵匡胤曾在此驻辇观戏，徽宗赵佶在这里密会李师师。北宋年间，但凡达官显贵、文人学士皆来此处逍遥。走进门庭，主廊便有百步之长，南北天井有彩廊相接，这里晚间更是灯烛荧煌，上下相照。羞于讲那歌妓逾百，聚于廊间，等待招呼；只说这吃食之地竟如此奢靡，站在楼下上望，俱是飞桥栏槛，明暗相通，珠帘绣额，灯烛晃耀。脂香扑鼻，笑语喧沸，何谓红尘，已如仙境。敝人哪见过这等场面，便怯怯呼来小二，找了一处安静之所，惶然落座。小二腰系青花布手巾，着素衫，绾危髻，是专为酒客换汤斟酒的小生，极其和颜悦色，机敏干练。他迅即便沏来一壶腊茶，香气很浓；另配了一盘分格盛放的梨条、胶枣、龙眼、白藕、榛子、榧子，甚是精致；随即又递过一道锦面包裹的菜单，那字样清隽工整，仅此便十分养眼。只是不看则已，一看顿然惊畏起来。

只见上面写的有：莲花鸭签、双色双味鱼、酒炙肚胘、虚汁垂丝羊头、入炉羊、肉醋托胎衬肠、沙鱼两熟、紫苏鱼、白肉夹面子、茸割肉、汤骨头、乳炊羊、鹅鸭排蒸、荔枝腰子、烧臆子、二色腰子、假蛤蜊、假元鱼、鹅鸭签、鸡签、盘兔、假野狐、假炙獐、货煎鹌子、生炒肺、炒蟹、煤蟹、洗手蟹、姜虾、獐巴、鹿脯，还有假河鲀、货鳜鱼。羹类便有金丝肚羹、

石肚羹、百味羹、群仙羹、三脆羹。主食有梅花汤饼、桃形馒头、煎包等。我仅仅看了两张菜单，便不敢往下看了。这还了得，我一介穷书生，不过是撑意气，勉入樊楼，何曾见得这等排场？正在进退两难之际，小二说："先生不要为难，或多或少都是客人，点个喜欢的即可。"我犹豫了再三才说："那就来盘鹿脯，清炖一条鳜鱼，再来一盘青菜、四只煎包吧。""好的先生。上酒吗？是要'寿眉'，还是'和旨'？这都是本店自酿的上等好酒。""就打一角'和旨'吧。"我自知酒量不济，比不得好汉一张口便是四角酒，半罐子呀。虽是米酒，喝尽一角，也是自不量力呀。

就这样，吃了一顿安生的上等好菜食，花去我几两银子。果然樊楼不是一般俗店，没有闲汉问询帮衬，混赏钱，也没有不呼自来的歌妓筵前献唱，求些小钱赠物。

酒足饭饱，我便信步走出樊楼，径直往大相国寺而去。

宋人不喜欢猪肉。宋朝皇室开国时就定下了"饮食不贵异味，御厨止用羊肉"的规定，饮食习惯几乎成了国策。苏轼算得上耿直的诗人，他久居开封，吃腻了羊肉，实在想换换口味了，便写下了"十年京国厌肥羜，日日烝花压红玉"的诗句。而大相国寺此刻正有一件解馋之物等着你，那就是僧人惠明的炙猪肘。宋朝允许全民经商，就连皇家寺院也带头下海致富。这倒无关我化外之人，这场寻食之旅正是吃喝的一次放纵，还是莫用那些理学、道学或是佛学来束缚自个儿的爱好。

此时，正值大相国寺每月五次的开放之日，时称"万姓交易"。大三门上皆是飞禽猫犬之类，甚如珍禽奇兽，无所不有。二三门庭中设彩幕，摆义铺，除了刀剑鞍辔、笔墨纸砚、土物香料之外，便是时蔬、腊肉、蜜饯之吃物。这喧闹里虽百味杂陈，但掩不住一厢侧院深处传来的香味，走进一瞅，正是惠明师傅炙猪肘的作坊，人称"烧猪院"的所在，这是大相国寺为做区分起的别号。倒好，这猪肘可整取，也可买碎，几文一小撮甚合我心意。如此肥而不腻、软糯可口之物真是馋人呐。我也顾不得午间樊楼的贪嘴了，又一块块提起来送到口中。那阳光下的当口，照透了红皮如玉，白肉如雪，竟剔透晶亮地含于口中不忍咀嚼。吃罢，付了一块碎银，与师傅揖手告别。嗨，那师傅憨憨一笑，倒像极了鲁提辖。

走出大相国寺，便觉得肚里鼓胀得难受，遂溜达到一处叫静水湾的地方，但见有待客的几只游船停泊着。那小船很是惹眼，雕牙镂翠，颇是精巧。我被招呼上船，船公便摇桨起航。小船悠然迎水缓行，船姑也逐一摆上吃食。有凉水菉豆、螺蛳肉、旋切鱼脍、盐鸭卵、查片、杏片、香药脆梅，还有一盏饶梅花酒，另加了一壶淡味散茶解渴。摆放完毕，船姑自去抱了一把琵琶，独坐船头，拨弄起来，听那悠然舒长的味道，好似那曲《夕阳箫鼓》，正合了眼前的水色和心境。我便品一口茶，呷一口酒，很是惬意。那菜我推却了许多，只留了鱼脍、杏片、脆梅三样，船姑笑着说："无妨，随客的。"就这样又度过了一段时光。

上得岸，已到下午申时，船夫给我指了一下方向，说："去东角楼，乃皇城东南角处，从纱行直至晨晖门、旧酸枣门，那一带铺面最是热闹，瓦子、勾栏最多，于此尽可玩耍的。"船夫并不知我来自何处，以为是赋闲之人，只为消遣一番。我点头称谢，就此别过。

果然这条街不一般，动辄屋宇雄壮、门前广阔、旗幌招摇、人声喧杂。有贩鹰鹘的，有贩金银彩帛的，有贩珍玩犀玉的，有贩书籍字画的，更有贩羊头、肚肺、赤白腰子、鹑兔、鸠鸽、螃蟹、蛤蜊野味的。我倒是关注饭后碎嘴零食之物，诸如酥蜜食、澄砂团子、香糖果子、蜜煎雕花等等。这里中瓦连着里瓦，其中大小勾栏五十余座。有名的莲花棚、牡丹棚、夜叉棚、象棚最大，均可容数千人观戏。有名人丁先现、王团子、张七圣在此戏出，甚至偶尔还能看到李师师、徐婆惜、王京奴、孙三四、封宜奴出场。什么杖头傀儡任小三、悬丝傀儡张金线、药发傀儡没勃脐、筋骨上索杂手伎浑身眼，球杖踢弄孙十五；相扑、杂剧、掉刀、蛮牌、影戏、杂口等，应有尽有，目不暇接。

这里不论春夏秋冬，风雨寒暑，几乎日日都是满棚。我当然为吃而来，娱乐次之，也就一棚一棚窜来窜去，如檐头上的麻雀，兴起时也扔点碎银。如此逛荡，不觉到了黄昏。夕阳西下，槐柳婆娑，灯火渐次点燃，夜幕开始降临了。

瞧，那州桥夜市，顿然便灯火辉煌起来，那散了场的人都开始觅食了。不论大小铺面，还是临街摆摊的，到处是人头攒动，热闹非凡。

据说，宋朝京都的人大多家中不做饭的，日常三食都是下馆子，人们过得很自在洒脱。看这眼前的景象，果然名不虚传。这当街就摆满了民间小吃，称为"水饭"。虽是夜市，亦有獾子、野狐、爁肉、干脯等一些上档次的菜肴，更多的是鸡皮、腰肾、鸡碎、白肠、鲊脯、红丝、辣脚子、煎羊肉，还有姜辣萝卜、麻饮细粉、素签、沙糖冰雪冷元子、水晶皂儿、生淹水木瓜、鸡头穰、沙糖菉豆甘草冰雪凉水、荔枝膏、梅子姜、莴苣笋、芥辣瓜旋儿、细料馉饳儿、香糖果子、紫苏膏、金丝党梅、香橙元等等，还有诸多不得细数之食物。这些东西皆用梅红匣儿盛贮，看着就很有食欲。还有些谓之杂嚼的，如冬月盘兔、旋炙猪皮肉、野鸭肉、滴酥水晶鲙、煎夹子、猪肝肺、猪脑子等都可供到三更方罢。这夜市天天如此，即便冬月，大风阴雪之时亦如常。我颇为好奇，在整条街上巡看了一番，那才是肉香扑鼻，勾人馋虫哪。只是晚来不敢多食，便要了几份素食，喝了一碗面水，这东京的消夜就算领略了。

这一路神游，我在想，做回宋人是有口福的。然而，这一日的所见所闻，也仅仅是市井庶人的生活。虽说民以食为天，可宋人早不满足于口腹之欲，他们把入口之物提升到一个精神层面，形成了一个文化现象，让极庸常变成了极雅逸，这不得不让后世人向往了。最有趣的就是行酒、斗茶、热衷各种点心的制作，那种精致已到极致。两宋"扬文抑武"的经国方略是文人抒扬浪漫的绝佳秀场，且有三百多年漫长的岁月来铸炼这种本领，不得不说赵氏一干继承人还是有足够的政治定力和维权能力的。

其实，饮食文化是一张晴雨表，它透过民生，反映了执政的理念，也彰显出国家经济的底盘实力。一个积贫积弱、民不聊生的政权，所见更多的是食不果腹、衣不蔽体的饥民，是贫富悬殊不断加大、阶层割裂愈发严重的社会危象。

我又在这里谬评历史了，倒忘了我其实此时还是个宋人。春夏之交的夜风轻轻地沾着汴河的湿气侵袭着我的周身，更惠润着我读史的枯燥。我已不知我是在汴河的岸边，还是历史的对岸。

这一趟独行颠倒了年轮，捻伸了生命的悠邃，更有了洞知历史原委的冲动。谁知，此刻，我在内心呼唤着的一个人竟翩然羽行而来，一身宋人简装，方巾布履，儒雅文弱。我在惊讶之际，他却率先开口道："我乃宋人孟元老也。今将鄙人所著《东京梦华录》一书赠予你，其中东京食名悉数有记，遂可印证之。"我惶然接书，未及称谢，先生已倏然无踪。有此

书在手，我便谨慎起来，由此行文不敢胡乱杜撰。今一一对应，果然书中有录，其详尽无以复加。

清晨，一切都是新的开始。我吃腻了烧饼，便要了一份煎饼馃子。好在如今还加了个包装，上面印着"李记煎饼"的字样。

2020 年 11 月 3 日　牧童秋末速记于品隐阁

陆秀夫投海

我没去过崖山，可以想见如今那片海域是多么的平静，海天相融，鸥鸟飞掠，涛声在崖边拍打着节律，演奏着永恒的乐章。然而，那不过是一种掩饰，历史的风云远比自然诡异，因为波涛之下封存着众多不屈的冤魂。读史，是一种呼唤。

宋人用最后的一次悲壮洗刷了三百年的懦弱。但这一片波涛被蒙古人的铁蹄踏碎，用屠刀定格了屈辱。陆秀夫，中国历史上唯一一位背着国君殉难的大臣，让崖山被历史记住。

如今，我们过惯了庸常的日子，似乎国家安危不用我们担心，只要我们腰包里有"银子"，便可去安然酣睡。其实，这是一个危险的错觉。

宋朝三百年用苟安媾和买来的好日子，早已麻痹了百姓，即便君王与文臣们也不愿去想国破家亡这件事。三百年多漫长，对个体生命来说，是前世不经，后世不遇，今世不忧啊。从前面读过的宋史来看，他们的生活多么的惬意，喝酒品茶，听戏插花，咬文嚼字，一片斯文。那个时代，皇权没有赋责于匹夫去关注国事，大家只顾一门心思读经典、研理学、求佛事、过日子，早忘了汉唐五代亡国毁家的教训。官人们抑武扬文，一味退守，偏安一隅，"直把杭州作汴州"了 。最终，笔杆子如何抵得过马刀？

我们今天读宋史，是哀其苟安，还是叹其悲壮？崖山灭宋是历史的必

然吗？陆秀夫是宋人文士精神的缩影吗？也许，历史无法用一个答案来概全，这一切应该兼而有之吧。但崖山之战、陆秀夫之死，让我们看到了文人的骨气。在崖山十万将士和民众心中，屈辱比受死更不能接受。佛学养性，理学养气，这个"气"便是"节"的魂魄。由此，便有了"人生自古谁无死，留取丹心照汗青"的浩叹。

无论是地理空间还是历史空间，崖山离我的书案都很远很远，我只能努力从文字里寻找构件，重塑历史的景象，这是我文字的使命。好在我对宋史的融入感很强，相信与崖山会有一场精神交会。瞧，陆秀夫正向我走来。

陆秀夫，字君实，楚州盐城人。他是个没有赶上好时代的文人，虽二十岁进士上榜，却没有怒马鲜衣，"一日看尽长安花"。他性格内向，有些固执，说是矜持、少年老成也可，总之是一副不善言谈、眉宇间常挂忧虑的样子。史称他才思清丽，一般人不可及，可惜并没有几多文字存世；又称他少时便得老师表扬，说："小家伙不一般哪。"究竟如何不一般，便没了下文。历史啊，就是这样，点一根捻子，会燃爆一堆猜想的。宋亡了，陆秀夫的故事只能由一个悲壮的结果向上推演了。

从入得两淮制置使李庭芝幕帐算起，陆秀夫相继被擢升为参议官、司农寺丞、宗正少卿直至左丞相。这一段时期，正是南宋政权风雨飘摇、行将沉没之时，胆子小的躲进了深山，软骨头的降了蒙古人，就连太皇太后谢道清也抱着五岁的小皇帝赵㬎出城向元军投降。杨太后是有远见的人，她手里还有赵罡、赵昺两个皇家骨血，所以，打着复国的旗号，她带领一帮追随者踏上了颠沛跋涉的艰苦征程。此时，流亡朝廷已到了武没有良将、文没有能臣的窘境，陆秀夫上位算得上矬子里拔将军，短中取长吧？但陆秀夫临危受命是历史的选择。他是个能经得起风雨考验的人物，在生死关头依然心志不移，堪为忠于社稷的英雄。如果处于歌舞升平的年代，陆秀夫这般秉直的文士能在相互倾轧的"浊窟"里执掌朝堂吗？

其实，这个朝堂是没有君王主政的空堂。南宋最后一个皇帝赵昺仅仅是七岁的孩童，母亲杨太后又是一位不谙朝政的妇人，当这个主持是何等的艰辛？然而，即便战事如此危急，节节败退，雷州又失守，直至退到崖山，陆秀夫固守抗争的念头始终没有动摇。而那一干朝臣都义正词严地斥退了前来劝降的奸臣，这与宋朝三百多年苟安媾和的历史形成了鲜明的对比。

一句话，宋朝的臣子们比君王更有气节，尤其是陆秀夫。

后人有过许多假设：如果他们不固守崖山，或登岛琼州，或退守台湾，那么隔海相持，元朝的铁蹄再厉害，也无奈这道天堑；再如果，他们能充分利用崖山的地理优势，大将张世杰不放弃对入海口的控制权，不把千余艘大船用铁索结成水寨，也不会失去机动性和退路。然而，历史没有如果，只有为信念拼争的结果。他们不可能没有想到上述的几种情况，他们完全有能力抵达琼州或台湾，但他们极有可能就是不愿委曲求全、曲线救国，哪怕玉石俱焚。我们叹惋之余，不能不对古人取义成仁的精神肃然起敬。

大凡于危困之际，人首先会想到死。陆秀夫等人不可能没有死亡的恐惧，但那一闪念过后，他们依然怀揣着对元朝的满腔仇恨，上阵拼杀，视死如归。张弘范派人来宋营劝大将张世杰投降，张世杰说："吾知降生且富贵，但义不可移耳！"他们又让囚禁中的文天祥写信招降，文天祥说："吾不能捍父母，乃教人叛父母，可乎？"于是写下了千古传诵的诗篇《过零丁洋》。陆秀夫在海上的时候，亦将益王、卫王的事情都详细地记述下来汇成一书，并将此书授给礼部侍郎邓光荐说："你如果侥幸不死，就把书传出去。"其时，陆秀夫已做好赴死的准备。崖山平定后，邓光荐确将那本书带回了庐陵，然而，随着他的去世，那本书也随之消失。由此，那段海上的事，后人便不知其详了。

退守海上的日子令人难熬。陆秀夫站立船头，望着夕阳染红的海面，听着敌营如虎似狼的吼叫，心绪愈发难平。泱泱大宋竟落得如此地步，岳飞、宗泽、文天祥，他们忠君报国，却都没落得个好下场。这究竟是谁之过？难道崖山会成为大宋最后的一处坟场？陆秀夫打小便受儒家思想的熏陶，修身齐家治国平天下是士子的理想，忠君报国是男儿的极品血性。如今，强敌威逼，进退无路，困守海上多时，几乎弹尽粮绝，陆秀夫既悲愤难抑，又激昂亢奋。难道真的是杀身成仁的时候到了？罢！罢！罢！只见他一甩衣袖，怫然转身回到船厅，对臣属们说："去准备吧，或生，或死，终将见分晓。"

二月初六早晨，海面湿雾阴晦，冷风阵阵，元军从四面向宋船发起总攻。战斗从黎明一直到黄昏，宋军阵脚大乱，船链断落，敌我双方战舰交织，砍杀嘶叫，一片混乱，宋军已无险可守。张世杰执帅船冲出重围，见赵昺

御船过于庞大，无法行动，便派小舟前去接应。当时海面风雨大作，对方难辨声形，陆秀夫恐为敌船假冒，断然拒绝接走赵昺。张世杰无奈，只得护着杨太后杀出崖门。

至此，陆秀夫知道绝无逃脱的可能，含着泪对娇妻说："报效国家的时候到了，你们先去吧，在海里等我。"妻子用凄婉的眼神看了他一眼，抱过幼子，踉踉跄跄地从船头跳下了大海。这时的赵昺身穿龙袍，胸挂玉玺，端庄地站在那里，极像一个顶天立地的男子汉，他用纯真无邪的眼神看着陆秀夫，只等他发话。

"臣等无能，致国事沦落如此，恐逃脱已无可能。皇上虽年幼，但毕竟是天子，名誉可比性命重要啊，当年徽、钦之辱不能重演哪。皇上，决断呀！"赵昺听罢这席话，脸上竟无一丝恐慌，微笑着对陆秀夫说："如何处置，就依你所言吧。"

陆秀夫看着鲜血染红的海面，又看着年幼的少帝，心如刀绞，他还是个孩子呀，无情的政治、残酷的战争，让他早早便失去了天真与童趣，如今又让他做出生死的抉择，老天啊，你太残忍了。陆秀夫从心底发出了一声苦绝的哀叹。他扑通地跪在了赵昺面前，紧紧地抱住他弱小的身躯，大叫了一声："陛下……"

陆秀夫慢慢地转过身，赵昺俯在他的背上，如此君臣被一根绳索紧紧地捆绑在了一起，在宫人和护卫的目送下跃入大海……

海风呼啸，浊浪滔天，听不清是人在哭，还是天地在呼号。军士和随行的民众得知皇上殉难，他们扶老携幼，纷纷蹈海自尽。数天后，陆秀夫的尸体浮出海面，当地人冒死收葬。后元军又发现一具身穿黄衣的儿童尸体，身上还拴着玉玺，上书"诏书之宝"四个字，张弘范确认是赵昺的玉玺。听到赵昺已死，杨太后捶胸大哭："我不顾生死，在此遭难，为的是赵家血脉，现今再无牵挂了。"于是跳海而亡。张世杰在逃亡途中，也因风大浪急，不幸翻船，葬身海底。

史书对此做了这样的记载："七日之后，海上浮尸以十万计……"

悲哉，崖山之战！惊天地，泣鬼神。

的确，陆秀夫过于耿直，不会迂回，不懂隐忍，缺乏高度的政治视野和深湛的军事韬略。也难怪，陆秀夫官至左丞相，不过怀揣着文士的一腔

抱负而已，他是理想主义者，不是政治家。宋末诗人郑思肖写下了这样一首诗："花开不并百花丛，独立疏篱趣未穷。宁可枝头抱香死，何曾吹落北风中。"后人评说这首诗意蕴很深，也许陆秀夫的"抱香死"就是为"独立疏篱""花开不并百花丛"吧？

　　一开始，我觉得读宋史是蛮有文化情调的漫游，但崖山这一篇章却让我雅兴顿失。我想，这就是历史的张力吧，犹如人生，于跌宕中方才品得出峻嶒。陆秀夫这一跳在宋史的结尾处溅起了一簇伤心的浪花，如一路慢板突然揉进一缕悲壮的高鸣，让幽兰与眼泪一同渗进了我的文字。

　　　　　　　　2020 年 11 月 14 日　牧童初冬成稿于品隐阁

铁蹄下的"诡道"

说战争远不如说风花雪月轻松，可这趟读史之旅真不是闲适之游，绕开血腥，是逶迤逃避；直面刀刃，又显胆怯。总归，我们是一代没有经历过战争的人，打打杀杀只停留在童年的游戏里，我们岂有谈论战争的资格？

血腥与杀戮在历史大尺度面前，已成了一项功勋的徽记，铭刻着冰冷的光荣。那就是一个屈服和顺从被征服的时代，战争是成就野心的手段，我们今时柔软的情怀根本无法真正理解战争的含义。甚至说，战争从不寻求人性的包容，战争更不需要华彩的歌赞。战争是什么？孙子一句话便做了概括："兵者，诡道也。"

在战争面前，什么文人的自尊、文化的兼容、道德的规范，几乎无处存身。那些可怜的矜持酸腐，在战马厮缠、刀戈砍杀里早已魂飞魄散。战争能摧毁文明，能割裂版图，能灭绝种族，所以有人说："战争来临时，真理是第一个牺牲品。"

所以，敬畏战争，让我的文字略显迟滞不畅，缺少颂扬的光彩。铁木真，成吉思汗，他是曾让整个西方世界震惊的人。因为他胯下的铁骑所向披靡，是世界战争史上少有的一个奇人。

一代天骄成吉思汗是苍狼、白鹿的后代。《蒙古秘史》开篇便说："天命所生的苍色狼与惨白色鹿同渡腾吉思水，来到斡难河源的不儿罕山前，产生了巴塔赤罕。"成吉思汗是也速该的儿子。一天，也速该在野外放鹰捕猎，看见一辆坐着新婚夫妇的马车驶过，他就约上哥哥弟弟们一起抢了新娘子与他成亲，这位抢来的新娘就是成吉思汗的母亲诃额伦。由于当时草原部落实行族外婚，男子成年后，要到很远的地方去找没有血缘关系的氏族求婚，找不到合心的女人就抢，暴力抢妻成为草原争斗的重要缘由。铁木真降生时，也速该在作战中取得了一次重大胜利，为纪念这次成功，就给儿子取名铁木真。据说，铁木真出生时手握凝血一块，民间则传其手握苏鲁锭，即长矛，是以后他会杀伐四方的征兆。铁木真童年很是不幸，父亲被世仇塔塔尔人用毒酒害死，他只得随母亲和弟弟躲进深山，靠捉土拨鼠充饥，日子过得相当艰苦。童年的苦难磨炼了他的意志，锻造出他争强好斗的性格。他勇猛刚毅，又乐观开朗；拼杀时如雄鹰，游戏时如孩童；白昼深沉细心，暗夜坚强隐忍。经过无数次征战，1206 年，铁木真统一了蒙古草原的上百个部落，在斡难河源举行大会，铁木真被尊为"成吉思汗"。

成吉思汗建立的蒙古政权与之前匈奴、突厥等民族政权不同，他冲破了氏族或部族组织的血缘外壳，吸取金和中原统治者的经验，强化了王权，通过清除蒙古异己势力，剥夺了萨满教巫师代神立言的权力，杀死了萨满教最高人物阔阔出。更有力的一个措施是推行千户制，取代了传统氏族部落结构，形成了崭新的基本社会组织和国家单位，各个游牧政权不再保持以前氏族特征明显的组织形态，蒙古民族逐渐形成。

13 世纪上半叶，蒙古人能异军突起，除了自己具备了相当的实力之外，就是成吉思汗具有超人的战略眼光，把准了世界脉搏。在东方土地上，宋与金、西夏疲于战事，蒙古处于相对的平稳期。成吉思汗在对金、西夏继续施压的同时，开始了向西扩张。

蒙古人一共进行过三次西征。第一次是借口花剌子模劫杀蒙古商队及使者，成吉思汗亲率二十万大军征讨之。在强大攻势之下，其国王和太子出逃。这次战争成了花剌子模王国灭亡的一个转折点。

蒙古人再度西征时，成吉思汗已经病逝。元太宗窝阔台继任大汗，于1235 年派遣其兄术赤之嫡次子拔都率军出征。蒙古人第三次西征时，成吉思汗之孙、拖雷之长子蒙哥已即位大汗。

蒙古军队的胜利并不是单纯靠勇猛，也不是靠财富的诱惑而保持住了旺盛的战斗力。蒙古人之所以能够凭借总数不到二十万的军队攻城略地，无往而不胜，有一个说法就是"恃北方之马力，就中国之技巧耳"，这是金朝末代皇帝金哀宗的评语。我认为，这句话最关键的两个字"技巧"，不是指战具、战术的机巧，而是作战思想、战略战术的高明。春秋以前以"仁义"为核心的战争思想在战国已经消失，孙子提出的"诡道"取代了之前的"仁义"。成吉思汗未必熟知《孙子兵法》，但已得其要领，并在与自然、与内外势力的长期争斗中，悟出了那个时期的取胜之道。

对此拿破仑的评价比较中肯，他说："不要以为蒙古大军进入欧洲是亚洲散沙在盲目行动，这个游牧民族有严格的军事组织和深思熟虑的指挥，他们要比自己的对手精明得多。我不如成吉思汗，他的四个虎子都争为其父效力，我无这种好运。"

史实战例证明，蒙古人取胜靠的是真正的军事才能，有四点可以佐证。

首先是有一支好的骑兵。骑兵对游牧民族来说是先天优势。蒙古马个头小、速度慢，跨越障碍能力差，不如欧洲的高头大马，但它们却是世界上耐力最强的马，可以长距离奔跑，对环境和食物的要求也不苛刻。蒙古人尤爱马，"出入不骑，唯蓄其力，以为射猎战阵所需而已"。人爱马，马不负人，从而得以人马一体，取得了战争的基础优势。

蒙古士兵的耐受力也极强，食物短缺时，即便一两天不吃东西，也还能唱歌作乐，斗志不减。他们骑在马上，能忍受寒冷，也能忍受酷热。在攻打花剌子模时，一路绕到敌后的三万人的军团，集体穿过海拔四千多米的雪山，在一丈多深的积雪中行军，最终达成了战略目的。蒙古马还是食物来源，他们每名骑兵都拥有好几匹马，其中就有挤奶的母马。他们用打猎等多种方式解决后勤供给，以使他们能够长途奔袭作战。

其次是纪律严明，信息快捷。虽然他们的军队以机动灵活见长，但纪律严明更为重要。成吉思汗颁布了蒙古第一部成文法典《大札撒》，制定了不同情况下的法令和不同罪行的刑罚。他的军纪严苛到单是参加军事会议迟到者，就会被处以死刑，即使是皇家亲贵也不例外。一次他曾怀疑术赤托病不参加会议，就准备立即出兵讨伐。他说："凡诸临敌不用命者，虽贵必诛。"还相互告诫："遣我火里去或水里去，则与之去。"将士们就是以如此刀山敢闯、火海敢下的精神去效命，才形成了可怕的战斗力。

他们还有一个实施指挥的"参谋部"，通过"箭速传骑"来传达战斗命令和军事情报，这队人马能昼夜急驰四百里，极大地增强了军队的调遣速度。他们可以驰骋上百里大规模地机动作战，使敌方很难预料和防范。1241年在与匈牙利国王贝拉四世十万大军作战时，仅用一支小部队吸引敌方主力，而蒙古主力则在近百里远的南方趁夜渡河，从背后攻击匈牙利军队，使其军阵大乱。

蒙古军队还常运用小部队骚扰的战术引蛇出洞，一旦得手，立即后撤，远离后重新整顿队形，伺机再次骚扰，类似于游击战的打法。敌方一旦散乱或疲惫，大部队便包抄而上，密集射杀；对方败退，蒙古军队就迅速变成包抄队形，利用骑兵的机动穷追不舍，彻底击破敌军。这种战术，匈奴人、契丹人、女真人都用过，但唯有蒙古人用到了极致。

再次是攻城技术的提升。骑兵野战所向无敌，但攻城曾经是靠死去将士的尸体与城墙填平时，方可冲上城头，这是要付出极大代价的。为此，他们很善于学习，从金、西夏那里学到了各种攻城的技术，特别是火药和投石的使用，组建了专门的炮兵，形成了无坚不摧的攻陷能力。

在西征队伍里，蒙古人大量征用汉及其他民族的工匠。号称永远都不会陷落的巴格达城墙，在一千多名炮手的攻击下不堪一击。先前凭借深山城堡而自立的木剌夷国也亡于中原的工匠之手。另一个优势是火药的使用。在攻击波兰的一场战斗中，蒙古军队将装有砒霜、巴豆的火箭射入波兰军队的营帐中，产生的毒烟造成了大量的伤亡，致使西方军队斗志全无。

最后，更主要的一个取胜原因是他们有明确的战略意图和指导思想。西征花剌子模之前，他们有三个选择：一是金，二是西夏，三是花剌子模。为了下好这盘大棋，他们没有急功近利，而是避实就虚，稳住西夏，牵制金，全力攻击花剌子模。然后，利用西域获得的财富和经验，再攻打西夏，最后啃金这块硬骨头，而且是借道宋境，出其不意，使金无力首尾相顾，在疲于奔命中被击败。

蒙古军队还特别擅长运用心理战制造恐怖气氛，以削弱对方的战斗力。在攻打花剌子模以及之后在元朝攻打南宋时，都利用当地民众对天命的迷信来进行心理战。他们还经常使用欺骗战术，制造假象以迷惑对方。

由于蒙古军队占尽了战争制胜的各种要素，所以创造了世界战争史上

的奇迹，改写了欧洲历史。西征这一章节读来很是不轻松，战争让人厌恶，血腥让人心悸。但愿人们对战争的认识更理性些，忘战必危，和平是福！

2020 年 12 月 9 日　牧童速记于大雪时节

元曲的简素之美

在元曲面前，蒙古铁蹄的尘嚣渐渐落下，汉文化又倔强地生出一株奇葩，伸展向元朝的天空中，成就了一场场戏剧传奇。

传世的元曲很多，我案头就有一套白金版插图本线装《元曲》，共六册，我闲来便翻看，常常陶醉其中。我觉得读汉赋太累，累在那些堆砌繁复的辞藻之上，声貌穷极的文字极易被虚华的声势骚扰；读唐诗又被严苛规整的形式固化，还是少了些阅读的轻松；好在宋词灵动，气韵飘逸，吟上三五首也不乏味。无奈，好句子就那些，过于熟稔了，便是"唧唧复唧唧"；元曲却不同，元曲主体是戏词，是舞台上用作表演的，那当然得通俗易懂，又朗朗上口，还得老幼皆宜，诙谐有趣，读来着实让人享受。

如若你想从元曲中寻得雅趣，既满足你的小资情调，又填喂你的悼伤之腹，那就去读些元曲里的小令，最有名的莫过于马致远的《天净沙·秋思》吧？那白颜素实的词句里，真能找到一种元曲独有的孤美。

关汉卿、白朴、马致远、郑光祖是元曲四大家。王实甫虽有《西厢记》扛鼎，但并没有被列入其中，原因有多种，无实据可依。推测而言，可能是过于粉艳，抑或是其他？然而，俗艳本是元曲的特点，那是生活的本来面目，又被还原给舞台，所以，大俗即大雅。也正是这一点，它与我们的生活拉得最近，能让我们愉快地接纳它。好像八百年前的语言面貌并没有多大变化一样，好像它就是我们口中吐出的熟语一般，入眼、入耳、入心。当然，萝卜白菜，各有所爱，故而有了上述四大名家梨园竞技、风格迥异的局面，真是肥艳、枯冷、俗常、雅远，百花齐放。元朝政治的歧视与强压，竟也逸出了一缕文化自由的气象，这让后世多少有些宽慰。是不是他们过于相信铁蹄和马刀，而轻视了笔墨的威力？史学家多持这种观点。

我无意搞一篇探究元曲幽微的论文。我还是戏看得少，竟讲不出一台传统戏剧的来龙去脉，常常张冠李戴，遗人笑柄。深入人心的样板戏几乎占据了我们那一代人的记忆，尽管后来接触了些元曲剧目，也没有几句台词熟谙于心的。只有那首《天净沙·秋思》，垂髫之年的我便能背诵得出来，它虽然不是舞台上的唱词，却是一幅隽永的秋的黄昏的画面，给我那时忧郁的心绪里，蒙上了一层不该有的苍凉。

唐诗若是拔剑向天的侠客，宋词则是低首惋叹的淑女，元曲便是心直口快的村姑。不做作，不掩饰，或冷言如刀，或热气扑面，挑开你的矜持，直抵你的心底。这是什么？这就是轰轰烈烈的元曲。然而，元曲里还有一种更高境界的东西，是傍落于夕阳晚霞处的一颗星辰，那是什么？那就是元曲的简素之美。

《天净沙》是元朝文人们喜欢填写的曲牌。马致远写过，白朴写过，郑光祖将二人的语境化为己有，又有出新，足见这首小令的魅力。我们且将马致远的《天净沙·秋思》拿来一读。"枯藤老树昏鸦，小桥流水人家，古道西风瘦马。夕阳西下，断肠人在天涯。"

字面译意大概是这样：某一个秋的黄昏，我在远行途中，看到一群乌鸦在枯藤缠绕的老树上发出凄厉的哀叫，如此让我疲惫不堪的身心愈发的苍凉。好在顺着脚下的溪水向远处望去，可看得见有座小桥，过桥是一户人家，此刻正炊烟袅袅，勾得我腹中饥鸣阵阵。倒也好，这晦黄的暮色里只有我和胯下的这匹老马，尽管见不到一个人影，只要顺着这条古道径直走下去，应该不会误入歧途。无奈夕阳西下，天就要黑了，前面那户人家能否借宿，可有饭食，不得而知。这露宿荒野、受饿挨冻已是行旅之人的常事。思来故乡的亲人、温馨的草舍、可口的饭菜，已成奢望。唉，好出门不如赖在家呀！羁旅天涯，真让人处处断肠哪！

如此这般解读这首"秋思之祖"的小令，也仅仅是看到了一场凄秋的

晚景。一位伟大的剧作家在饱受压迫的年代，他难道不是要通过一首绝唱来抒发自己的愤懑、控诉元朝的统治吗？九儒十丐呀，在那个年代，读书人的地位竟与乞丐相同，还不如娼妓。他们的仕途被堵塞，没有上升的空间和机会，生活都成了问题。写戏曲、迎合社会的需要，是他们的唯一出路。

史实表明，元曲也并非元人独有的东西，它是从唐诗、宋词，从宋、金勾栏瓦舍的曲艺中演变而来的，依然有唐诗、宋词的炼字手法，有意象传承，有韵致呼应，当然更有宋、金曲艺的通俗性、娱乐性，有大众化的表达、平民的情怀、世俗的恩怨、江湖的快意；是文人所写，却愈发走出文人的窠臼，不再固守传统，不再讲究规矩，而是勇于创新出奇，直接明了，最终锤炼出《天净沙·秋思》这般巅峰之作。

马致远的《天净沙·秋思》绝不是简单的写景摹境，不是一般文人精致的闲吟。是什么？难道是对没落的鞭笞？是励志的号角？是文人精神低沉的呼唤？

"小桥流水人家"，这是多么美好的景象啊。尽管老树飘摇，昏鸦鼓噪，但美景依在，流水不绝，小桥连着人家，人民生生不息。词人虽身处逆境，仍不失对美好生活的歌赞与向往。

那句"古道西风瘦马"是最有嚼头的。古，悠久啊。道，大道至简啊。西风乃中原季风气候的特征，有荡涤腐朽的神力啊。瘦马，历经磨难之马必是瘦马，但它是不倒之马。瞧，它迎风向前，蹈高临虚，目视远方，不屈不挠，这不就是一幅"英雄立马起沙陀"的写意英雄图吗？更何况词家以笔为刀，壮心不已，只道是"风云帐下奇儿在，鼓角灯前老泪多"啊！

一句"夕阳西下"，词家以睥睨的冷眼看世间，然而，征途漫漫，道阻且险，甚至要流血牺牲。虽然文人失意的现状几欲令人断肠，但词家依然仗剑出走，志在天涯。这个"天涯"何止一方苍茫？如此苦绝的"断肠人"，不是生无可恋的一句哀叹，而是为天下万民愤郁喷发的呐喊啊！

白朴也用《天净沙》曲牌写过秋天，他是这样写的："孤村落日残霞，轻烟老树寒鸦，一点飞鸿影下。青山绿水，白草红叶黄花。"

这首词读来很美，犹似一幅快意的赏秋图，但明显少了许多苍远幽深的意味，从骨感到髓质都不可与前者相比。唯技巧却有异曲同工之妙，特别是白描的运用是何等的精到，远超唐宋。尤其是马致远的《天净沙·秋思》，二十八个字描绘了十种意象，全部是名词、形容词，无一动词，全靠读者凭经验去联想画面、激荡心澜，体悟其孤远高凉之意。那词读来更有离群索居的隐痛袭来，是不可抹去的精神刻蚀。

元时的词曲家们往往靠借物托情，把"我"藏得较深，大多是让鲜活的舞台人物来说话，这是元曲的别致之处。那些散曲也少见唇枪舌剑之作，多是闲适呻吟之物，所以，独章独句的东西比不得唐诗宋词，甚至比不得乐府。这显然是文人为合时宜，从成规中做了分离，形成了愈发大众化的东西。可以想见，在那个时代，一部好的词曲全本是多么的热销。然而，对有些文人而言，他们一定很纠结，"大俗即大雅"是一种无奈，不是文人的理想，这一点从诸多散曲中可以窥见。由此，我认为一些读来非常简素的散曲，正是文人疗伤之作，是文人精神的自慰。

马致远的《天净沙·秋思》为何被认为是"秋思之祖"？这岂不是对"简素"风格的肯定，对一种文化本源的坚守？

也只有秋天的景致最丰富，秋天的感悟最深沉，秋天是属于诗人的。马致远选择秋天来经营自己的文字，既是对秋天的回报，也是对自己的安抚。那种简素之美，远离了凡尘，远离了拥拥攘攘的舞台，是那般孤高、静僻、幽独、自芳。简素，即简约、朴素，具有清朗、明澈之美，是文人精神与外部世界的观照，是灵魂的速写。

我喜欢秋天，尤其是北方的秋天；我更喜欢一个人行走在秋野的阡陌上，直到黄昏。很少见到老树了，当然，北方也不会有枯藤缠绕，但可见的是西风吹走了落叶，明阳穿透了树冠。这不再翳蔽的日子是生命从诗意里流逝的力量，总归会有些伤感的。我们每个人都有"断肠"时分，都有行走"天涯"的时候，所以，每个生命都是一首诗。让生命"简素"起来，也许正是天地的大道。

又该搁笔起身喝口茶水去了。窗外没有树，风也没有捎来寒鸦的叫声，这趟读史尤其清净了许多。

2020 年 12 月 22 日　冬至牧童速记于品隐阁

寡人的紫禁城

我对故宫很有感觉，小时候第一次被大人们带进去参观，就喜欢上了这里。

谈不上什么前世今生的重逢，可能我的某一段基因图谱里有过几帧掠影，或者更遥远的残片。那时我不懂政治，只是从老宅矮檐与皇宫高脊的对比中受到了视觉冲击，成了抹不去的记忆，以至于如今读史读到明朝，便先想到了这片宫殿。宣统皇帝没有逊位时，这里叫紫禁城，那可是不得了的地方，普通百姓靠近城墙根都是犯法的。

后来知道，这地方是明初的明成祖朱棣建的。后来还知道，在我的家乡，有个叫燕王沟的地方，据说朱棣曾在这里屯兵守边。但这里并没有因为叫燕王沟而沾了什么光，几百年依然默默无闻于远僻的山坡之上。

我和故乡的人几乎会有同一种感受，就是明朝似乎比清朝更靠近我们一些，原因是我们能见到的大量古代建筑，一般都是明朝的。特别是曾经站立在桑干河北岸的保安城，人称"九门九关"，是仿北京城所建。当然，这话有些意淫了，但也说明人们对明朝还是颇为感念的。

明朝是一个大朝代，谈资很多，又是汉文化的鼎盛之期，自是有一帮人津津乐道。有许多专著都在谈论"明朝那点儿事"，所见纷纭，成了一时的阅读热点。朱棣这个人就是功过都能拿到桌面上被消遣一番的人。朱家远比有宋一朝的赵家狠得多，杀人立威的事干得前无古人，后无来者。朱棣夺权篡位，登上大宝很不光彩，后又灭十族，"瓜蔓抄"，表现出十足的残暴。但就是这般的人物也干了几件实事，特别是迁都北京，建起紫禁城，这在当时是有很大阻力的，耳根子稍一软，便泡了汤。如果建文帝继续干下去，朱棣的燕王做到老，那么中国政治文化中心的历史定位会是另一番景象。

历史就是这样，这样骨感，这样缺乏理想的丰满。最主要的原因是人生太短暂，抱负却过于盛大，这就看出了创业和守业的不同。急政导致苛政，苛政导致暴政，暴政导致民反，这几乎成了一个历史定式。干事还是不干事，如何干事，这个"度"一直让统治者头疼。而往往有暴君倾向的人却能干出些大事来，却又让历史诟病或留下骂名。所以说，政治智慧未必是看得有多远，把自己看得有多重，而是那一刻的取舍是不是切中了那个时代的命脉。对此，历史上很难找出两全其美的范例。政治家有超于常人的历史观，也承担着决断的风险。由此说，君王不行常道，世间多有存疑。无解，也是解。

可以说，紫禁城的建立开启了国家治理机构最为完备的新时代，也是地域版图的稳定器。历史证明，当年朱棣甘冒被蒙古进攻、政治中心与经济中心南北分割的巨大风险而执意北迁，是极具战略眼光的大手笔。

紫禁城，紫微星陨落于人间。君王神圣无比的地位在这座砖木结构的城中凸显无遗，更是将权力推上顶峰的建筑学杰作。这座皇城处处都是中国文化对权力至上的一个立体塑造，其等级、臣服的物化程度令人叹为观止，同时，也彰显出专制力量的惊人之巨。人造出了这座城，这座城又将人异化为神。紫禁城是权力借助形式膨大到极致的最好物证。

高大、巍峨、庄严且肃穆，蕴含着国家意志的文化宣示，从北京城最外围的城门首先得到了体现。无论是南北的永定门还是德胜门，无论是中轴线上的正阳门还是北安门，这些门的名字似乎都是在为社稷寻安，为万民祈福，而实际上都是在为一家人服务，都是在拱承"皇权"两个字。尤其走进紫禁城中，根本找不到"民可载舟，亦可覆舟"的亲民的低调，只有皇权无以复加的垒叠攀高，臣民形惭神愧的奴化矮小。

今天，紫禁城依然是最适宜做精神穿越的地方。

眼前展示的依然是明朝永乐的格局，头顶是万古不变的云天，只是殿额的名称有所不同罢了。太和殿那时叫奉天殿，中和殿叫华盖殿，保和殿叫谨身殿，等等。当然，最好是让那些嘈杂的游客消失，还原历史的那种高冷静寂，只余一个人与它对话。

如若时间在历史的某一个点上做了暂停，你尽可在微风中听到滴血和悲戚的呻吟。重礼轻乐的政治气氛，即便偶有丹陛大乐或中和韶乐传来，也会增添更多沉重。土木之变、北京保卫战、夺门之变、石曹之乱以及南倭北虏、阉党专权，直至崇祯之"君王死社稷"，无论多么宏大的建筑，都是一个悲剧的缩影。其实，这处富丽堂皇的宫殿无异于一处高档监狱，囚禁着寡人独户。不得而知，崇祯在最后一次走出皇宫后门时，是否获得了某种解脱？紫禁城，那就是被万民浮起的一只舟，不管它有多么高的屋脊、多么高的宫墙、多么高的丹陛，都不会与紫微星有任何关系；不管这里挂着多少美好的祈福祝愿，那也是冰冷的一幅幅文字，最后都救不了命。君王只是一个人，从牙牙学语到垂垂老矣，紫禁城在自然法则面前，跟百姓的草堂没有区别。

紫禁城能让我们看到什么呢？其实，能让我们深为震撼的是封建专制的力量。二十万工匠、一百万劳工，还有无数的官吏和军队，甚至还有不计其数的社会力量的参与，几乎是整个国家都行动了起来。为了一个"家天下"的稳固，为了君王一家人的幸福，可谓倾其国力，不计成本啊。当时有人说，北京"北枕居庸，西峙太行，东连山海，南俯中原，沃壤千里，山川形胜，足以控四夷，制天下，诚帝王万世之都也"。瞧，多么堂而皇之的理由。帝王想干的便找足了理由，反对者小心掉脑袋。迁都后期，有朝臣大胆上书，直陈肇建北京，工费浩巨，调动广大，以致百姓终岁供役，加上官吏横征暴敛，百姓苦不堪言。先前朱棣装善，随后越听越不耐烦，最后因户部主事萧仪、礼部侍郎李时勉言辞过于激烈而大怒，遂处死萧仪，李时勉下狱，朝堂之上终归平静。

紫禁城自古就应该是最为安静的一座城池，除了飞鸟和白云可以自由往来，其他一切各居其位，谨守其职。前几年，故宫搞了一次上元节灯会，打破了这里几百年的庄肃，我不赞成这样做。我向往紫禁城的夜色，特别是月夜，那种深宫的幽秘静安，那种不可言说的紧张感，是这处宫域的本相。

这里有太复杂的历史情结，有永远在两极评说的功过。我们尽可以表明我们的历史观点，尽可以借此疏解我们的现实压力。但这处建筑本身只有功而没有过，它是一种历史承载，讲述着过往的一切可能；它是人类成长史的界桩。至于它里面演绎过何种悲喜剧，那便由着我们的历史观去索取了。

从朱棣在紫禁城登上大宝到宣统皇帝被赶出北京，五百多年的历史风云让这里的一砖一木、一殿一廊历经栉沐。它犹如一块化石，正在被时间打磨成一枚可观照社会进程的吊件，极具独有的精致与沉厚。

2021 年 6 月 1 日　时值初夏牧童速记于涿鹿品隐阁

英宗有话说

　　我想，明英宗一定去过智化寺，在旌忠祠里他要对王振讲一番话的。

　　英宗心里最清楚"土木之变"的原委，自己虽然束手就擒，那也是为保大明根基的权宜之计。留得青山在，不怕没柴烧嘛！这不是"夺门之变"后，江山又回到了自己的手中，大明又有了正统的君王吗？

　　假如这一天是北京城的初夏，五百年前的蓝天白云会更透彻许多吧？英宗来到智化寺山门前，突然便刮来一片乌云，还下了一阵子冷雨，他更会觉得王振死得冤屈。英宗穿一身便装，乘一顶小轿，带几名禁卫，有个贴身小太监服侍便可以了。因为皇上要亲临小寺，这里早早便闭门谢客，一般的僧人都静静地蛰伏在各自寮房内自持心禅，不能发声，只有寺院住持和几个勤快的小和尚才有幸一睹龙颜。

　　经过"土木之变"和"夺门之变"，年轻的朱祁镇练达老成了许多。他不再轻易相信任何人，他始终认为于谦该杀，徐有贞、石亨、曹吉祥应该重用。虽然后来经过"曹石之乱"他才有所醒悟，但这都是后话。就眼前，英宗最痛心的是失去了王振，他感到无限的孤单、寒冷和愈发的恐惧。那一干臣子们都心怀鬼胎，试图从他手里分羹得利。谁坐上那个宝座，他们都会一样围猎策功，很少能得到他们的真心。君王是多么孤独的职业啊！

　　这时的智化寺已安静得出奇，连鸟儿都绕道飞行，只有雨后的清风在

摇曳着松柏上的雨滴，偶有一些洒落在匆匆赶往旌忠祠的英宗脸上，更添了几分肃然。英宗穿了一件海青色道袍，直领抵在颏下，显得人很臃硕。这装束远看很素实，近看却非一般俗常之服，上面那些精美的绣花，民间是寻不到的。这是一次低调的出行，算得上微服私访，没做多方惊动。

智化寺是王振的家庙，属临济宗门下的禅寺。据传，这里有宫廷乐曲演化的佛乐，空灵神秘、古朴典雅，静心听来，如入梵境，在北京城是独一份。明正统九年（1444 年），英宗赐名"报恩智化禅寺"。"土木之变"后，王振被抄家灭族，但寺庙因敕建而得以保存。英宗复位后，于天顺元年（1457 年），在寺内为王振建了"旌忠祠"，并"刻香木为振形，招魂以葬，建祠祀之"。

皇帝可以祭天祭地，参禅礼佛，但不可逾制降尊。故而，英宗走进旌忠祠，立身于王振塑像前，只是揖手参礼，其后便上了三炷檀香。礼毕，英宗仰视其塑像良久，才在堂侧的一张太师椅上坐下，茶桌上早已摆放好一双斗彩茶杯，小太监谨慎地上前斟满茶水。众人便悄然退出，他们知道，皇上这是要跟王振说几句话，别人不得打扰。

门被轻轻地掩上，祠堂里暗了许多，那几道烛光照亮了英宗略显浮肿的眼睑，尤其是掩饰不住的忧郁，从那眼神中顿然倾泻出来。此刻，他独面王振，无需再那般孤高自矜了。堂室已充满檀香的味道，烛头还不时"剥剥"作响，蹦跃着火花。英宗端起茶杯向空椅子言道："先生请用茶。"接着自个儿喝去一半，又提壶续满。一阵静默过后，英宗有话说了："先生，我专程看你来了。土木堡一别已有八年，我时时在想念先生呀！"

英宗一直称王振为"先生"，自称"我"，从不在他面前称"孤"道"寡"。有明一朝的皇帝们多出奇葩，自傲独大，欺师辱师，帝师成了危险的职业。但英宗从未按"天地君亲师"的伦序自居，而是始终把王振放在前面，所以王振才有了如此的待遇。

"先生是为大明朝而死的，是为我朱祁镇而死的，那屠戮先生族人的一干人已被我诛灭，先生在我朝已获正名，可以瞑目了。"说到这里，英宗长长吁了一口气。

他接着说："先生祖籍蔚州，家境贫寒。自小便刻苦求学，饱读经史子集，无奈命运不济，科考无果。然而，先生甘愿自净其身，报效皇家。

先生天性聪颖，勤奋自励，有超乎常人的毅力和气量，因而深得先皇宣宗帝的器重，从内书堂伴读很快升至司礼监，做了秉笔太监。也正是这个时候，我有幸认识了先生，更有幸获得先生的陪侍。那时我正懵懂年少，不谙世事，时时调皮生事，还做出些恶作剧戏弄先生，甚至冒险登高或藏身隐形，惹得先生着急。为此，先生还被大太监多次责罚。有一次我落水遇险，先生差一点儿被父皇降罪。但先生始终心静气沉，不瘟不火；始终尽忠尽职，体贴入微。先生长我许多，却能与我心性相近，有时童趣盎然，让我开心；有时如兄如父，让我安心。记得有一年夏天，先生陪我在耘知斋阁楼就寝，半夜雷电交加，风雨大作，窗外魅影叠闪，殿梁"吱呀"作响，我吓得哭了起来。先生把我揽在怀里，安慰我：'别怕，别怕，有我在哪。'随后先生又说：'别哭，不论遇到什么事都不要哭，要勇敢地做回男人。'那时我才知道，我与先生都是男人。后来长大了我才明白，先生的这个男人做得多难呀，但我始终认为先生是一个真正的男人。时光如漏，华序渐长，先生也让我明白了出生在帝王家的高贵与稀缺。先生说：'不想做君王的皇子，枉然生在皇家。'这句话在我心中最有分量。我自从懂事起，便对先生的遭遇抱有不平。同为一个人，因为出身不同，命运就如此殊异。那时便暗暗下了决心，如若有一日我得天下，一定不辜负先生的期望，一定要让先生找回做人的尊严。我知道我初登大宝时，由于太皇太后和'三杨'的干政，先生为我所急，又不得进言，受了许多委屈。最令我惶恐的是，太皇太后竟对先生一再刁难，还怒斥先生：'你如此不周地侍候皇帝，当赐你去死。'好可怕啊，刀都架在了你的脖子上，我只好跪下求情。先生，为了你的安危，我也是豁出去了。正统四年（1439年），我十二岁那年，开始亲秉国政了。我首次在奉天殿大宴百官，却没见着先生。什么皇室规矩，什么宦官不能参加宫宴，见鬼去吧，我就让人打开东华中门，迎先生入宴。那些百官们怎么样？不是照样候于门外，望风罗拜吗？"

英宗呷了一口茶，顿了顿又说："大明的天下是先皇横刀立马打下来的，后人就应该用生命去捍卫。成祖迁都北京，就是在这里建起了一道坚不可摧的国门。先生对我说：'开疆拓土才是帝王的不世之功。太祖北伐灭元，成祖征讨漠北，那都是震烁千古的伟业。皇上要寻机而动。东坡有诗曰：会挽雕弓如满月，西北望，射天狼。这才是民心所望的一代圣君呢！'如此，

剿灭瓦剌，我与先生意见惊人地一致。先生顶住压力，甘愿承受朝堂非议，促我成就大业。而那些臣子们只顾贪享安逸，缩头畏尾，苟安求和，毫无斗志，令我失望。我对此次战役认真做过检讨，我认为，这次军事行动并不是战略性失败，而是战术性失误。瓦剌不灭，鞑靼不驱，国无宁日，边无安生。但这些大臣们就是不明白这个理，没有上下一心，同仇敌忾，更没有认真做好战前谋划和物资准备，致使给养不足，出师不利。五十万大军竟不敌瓦剌几万人，一击便溃不成军。我三大营有二十万精锐哪！屈辱啊，悲凉啊！我的臣子们，我的将士们，我的先生呀，你们的鲜血和生命就这样被这帮庸人荼毒了。战事的胜负取决于将士是否用命，士子是否用心，难道要让君王亲自持剑拼杀吗？"说到这里，英宗站了起来，一边踱步，一边闷声地击了几下手背。

他随即转身过来，忿怨地说："人们说先生'专权乱政，祸国殃民'，把先生比作秦之赵高，汉之张让，这分明是在骂我昏庸啊。我是昏君吗？有昏君亲自率兵打仗的吗？时年二十二岁的我，便披甲上阵，自春秋至秦汉，甚或唐宋五代可有先例？君臣何以悲壮如斯？"

"先生，还有人认为，这次军事失利是因为你曾有意请我移驾蔚州而回撤改道，虽然没有成行，但也耽误了撤退的时间。我知蔚州是你的老家，怕大军糟蹋了庄稼，坏了朝廷的声誉。不是没有去吗？先生是顾全大局之人啊。先生将前锋做后卫，一直为我保驾护航，直至被敌军围困，君臣分离。"

最后，英宗仰望着王振的雕像，动情地说："先生可安心地去吧，红尘纷杂，不及往生极乐。愿先生驾鹤蓬莱，畅游四极八荒，永驻彼岸仙界。如今，烽烟暂息，朝堂渐安，天下归心。我将不负先生所望，卧薪尝胆，再图大业。先生，我刚才的一通话皆为肺腑之语，先生在天有灵，定将有所慰藉。先生，就此别过，梦会有期！"

英宗转身打开了堂门，阳光推搡着清风扑面而来，他的一席话瞬间融入檀香的烟尘，幻然寂灭。可惜，没有人做下这份记录。

我想，宦官不是常人，自有非常人的处世方式，他们才能活下来。王振是一个具有复杂性和多面性的人物，他利用英宗的信任和放纵，专权贪婪，收受贿赂，任用私人，干预朝政，使得上下怨声载道。尤其是干预军事决策，导致"土木之变"，英宗被俘。他不仅破坏了明朝的政治生态，

也加剧了社会矛盾和动荡。至于如何读史，如何解读大奸之人，还原历史某个时期，可能有某个人对其有令后人错愕的评价，以使我们更好地认清他们的欺骗性。这篇试图以严肃调侃荒谬的小文，不仅仅是一种文字游戏吧？

2021 年 6 月 7 日　牧童速记于品隐阁

武宗贪玩

明武宗朱厚照是个贪玩的皇帝，史书上说他很聪明，记忆力超强。从存世的画像上可以一睹他的龙颜：阔耳提耸，瘦脸尖垂，大眼喜眉，没有君王的天威，极似俗常的街坊玩哥，有几分滑稽、几分调皮。但他是皇帝，是历史不能忘记的人，所以他的玩，玩出了争议。

我不喜欢一棒子打死人，不喜欢以“上帝的口吻”在那里指手画脚。

明武宗朱厚照算是一个有“创新”精神的人，不愿意固守那座僵死的城池，因此，就悖逆了文人政治的规矩，与后世的文人结了仇。他虽比不得秦皇汉武，但总比“何不食肉糜”的痴货皇帝司马衷、任由“十常侍”乱政的汉灵帝刘宏强得多。他留下骂名的原因是他过于任性、贪玩、不守规制，具体地说就是他不踞守金銮殿，不遵守祖宗法度，常年驻扎宫外，与豹子、老虎厮混，大失皇家体面。由此，他就有了足够的素材被后人演义。更无奈的是，他只顾贪玩，也没留下一男半女，晏驾后只得由堂弟朱厚熜继承皇位，改元嘉靖。由于是“兄终弟及”，便发生了嘉靖为生父尊号的问题而引发长达三年半的争论，史称“大礼议”。这般来说，他的功过是非就没人刻意地褒扬或掩饰了。那帮耿耿于怀的文官还不借机攻讦先主，以此约束新皇？

豹房不是武宗的首创，元朝的贵族们就有了豢养猛兽的风气。如今，

北京尚存羊坊、象坊、虎坊等此类地名。朱厚照当太子时，是有过一位好师傅的，他叫杨廷和，弘治时侍奉皇太子讲读，正德八年（1513 年）出任首辅。他清正自律，办事勤勉，镇静持重，堪为帝师。然而，时运不济，正不压邪，刘瑾专权时，他只能委曲求全，稍做补救而已。说到刘瑾，他自幼便净身入宫，专侍太子朱厚照，他知悉太子的本性，故而常以"俳弄为太子所悦"。武宗即位后依然本性不改，逸乐更甚。自小陪他玩耍的东宫内宦刘瑾、马永成、谷大用等八人得宠，谓之"八党"，亦称"八虎"，形成了以刘瑾为首的宦官集团。

这时的朱厚照难道早忘了太祖当年的训诫？就是曾在铁碑上铸的那句话："内臣不得干预政事，预者斩！"而这块铁碑已被刘瑾的前辈王振扔掉，似乎指鹿为马的悲剧又要重演。其实，朱厚照乃至朱祁镇都是揣着明白装糊涂。明朝实行的内阁制，看似皇权更加集中，但后期首辅的权力也很大，文人的意志愈强，他们寄生于皇权，又塑造着理想，是利益集团里的一对矛盾。一个循规蹈矩、没有远大抱负的君王，可以当好体制的傀儡，被动地完成任期；一个自由放任且个性突出的君王便感到压抑，尤其是深宫幽闭，明争暗斗，令他们窒息。如若他们没有政治改革的魄力，不具有自我革命的精神，就不得不把离自己最近的内廷势力作为制衡外廷的武器，而内廷就是一帮太监，一帮心理被扭曲的人。他们一面是卑躬屈膝的死忠，一面是小人得志的大奸，这种双面性格正是君王的利器。对此，朱厚照一点都不糊涂。当他觉得自己已经有了制衡内阁的相当的能力，刘瑾的作用已经不大了，而且已经开始销蚀他的皇权了，他便借平定安化王叛乱之机，果决地抓捕刘瑾，并迅即下令凌迟处死，在这件事上一点也不含糊，比英宗清醒多了。他说："这个奴才果然有谋反之心。""果然"一词，便说明朱厚照早就对他存有戒心了。也可以说，朱厚照玩够了，还得谋正事的，就这一点来看，他并不那般昏庸。

在此说一下，我这篇随笔不是为朱厚照平反的，豹房应该是铁板钉钉的事，但有多少是正史，多少是野史，就很难说了。那些帝王的所作所为都成了历史的构件，成了不同解读的一个个切口。如此，我们就可以试着从另一个角度去看看朱皇帝养豹子这件事，从他军事上的一些作为，进一步厘清他表面疏狂嬉政而实质复杂狡黠的性格。

　　有半正半野的史料说，武宗在紫禁城外建的离宫极其诡秘，豢养的猛兽有上百只，尤以豹子最多，被坊间称作豹房。把上百只大型食肉动物养在身边，这是极其危险的事，稍有疏忽便可丧命，这一点让人想不通。帝王是很惜命的，他就是再贪玩也不至于这样玩吧？可否这样想一下，按照那时的风气，皇帝在离宫养些宠物解闷是说得通的，即便是美女与野兽并存，也不过是显示出君王性情的刚柔并济，那的确是一道很刺激的景致了。野兽在狂吼，美人在发抖，天子在喝酒，这是朱厚照才有的"情致"。并没有史料做这样详细的记载，这些都是宫墙外的人想象着宫墙内的人，后人想象着前人臆造出的。

　　如果这一切都是假象呢？为什么他的庙号是武宗，与这种传闻又有什么关联呢？

　　当然，武宗肯定是有别于其他君王的，敢和豹子玩，可不是一般的胆量。明朝走到正德年间，统治阶层已经文人化，加之和平时期久矣，君王已淹失了斗志，当年太祖、成祖的遗风不在，武宗看到了危机。武宗贪玩，未必不是一种政治策略。与豹子厮守，莫不是在积蓄斗志，或是在有意培养一帮死士？

　　正德十二年（1517 年），蒙古王子伯颜叩关来袭，朱厚照终于等来了机会，他要大显身手，建立军功，在战场上证明自己。朝廷上下那帮文官畏于"土木之变"的前车之鉴，一再规劝皇上不可亲征。朱厚照哪肯放过这次机会？又不想得罪这帮人，就想了个折中的办法，祭起了"大将军朱寿"的战旗统兵出征了。他视文官为羁绊，不让他们任何一个随驾，又吸取了英宗的教训，做足了战前准备。他率军到达边境后，立即与蒙古军队展开了大战，甚至不顾个人安危，亲自挥刀上阵，展示出他英勇强悍的一面。但也多次陷入重围，史载他的"乘舆几陷"，险象环生，却临危不惧，极像一名久经沙场的战将，最终取得了应州大捷。虽然战争不够惨烈，史书对此也轻描淡写，但毕竟以最小的代价换来了和平。这是历史上首位以将军身份出征的皇帝。据说他还跟朝廷要俸禄，搞得朝臣们哭笑不得，也只得由他任性。人们一直质疑那次战事的统计数字被人做了手脚，这些人刻意减缩出征成果，来讥讽朱厚照，掩盖后任的懦弱。后来，他还带兵征讨过宁王，亲自布置镇压过农民起义，这期间，他的军事指挥才能和尚武

精神较好地得到了印证。有人说，他的庙号得了个"武"字，是褒中带贬，我倒觉得挺合适。

我找到这么一个史料，叫《万历野获编》，上面说："嘉靖十年，兵部覆勇士张升奏，西苑豹房畜土豹一只，至役勇士二百四十名，岁廪二千八百石，占地十顷，岁租七百金。"西苑豹房就是指太液池西岸，即今北海公园西武宗处理政务和居住的那处离宫。世宗朱厚熜是武宗的后任，皇位是捡来的，所以不用感恩，将豹房列为前任的政治遗产并被夸大，有可能正是他的授意，因为豹房确实有豹子，但仅有一只。我们总算明白了，武宗为何敢上阵拼杀，是不是因为经常跟这只豹子过招的缘故？

武宗嬉政，缘于贪玩，按照"玩物必丧志"的推论，就被打入了荒唐又昏庸的历史序列。他虽没有丧权失政，却没人给他洗白，最终成了不清不白的人。

2021 年 6 月 16 日　牧童速记于涿鹿品隐阁

张居正被抄家

张居正算得上明朝顶尖聪明的人了，但还是没看清人性之恶，死后竟被他一手培养的徒弟抄了家、毁了名，还差一点儿被刨了坟、曝了尸。有人说，改革派都没有好下场，吴起被杀，商鞅被车裂，王安石抑郁而死，张居正被抄家也就不奇怪了。什么是改革？就是拿走了既得利益者的蛋糕，打破了阶层固化和不公平。许多失利者也是被逼到墙角了，怎么不跟你拼命？

那么获利者呢？他们为什么不保护你，反而是最大的获利者捅你刀子？这就是读史得出的一句话：做事的人一定会在做事时露出软肋，但不一定获得了铠甲。

先是太子朱翊钧的老师，后为万历朝的第一任首辅，张居正可谓一生风光无限。那处高大深幽的宫殿，张居正在其中尽享了权力的快乐。这不得不佩服朱棣的魄力和深谋远虑，让皇权借助这处建筑得到神化，也获得一副貌似坚不可摧的外壳。君王和臣子们在里面运筹着天下大事，叱咤着历史风云。

张居正是个神童，还未出生就有了传奇。他是荆州江陵人。据说，他出生前曾祖父就做过一个离奇的梦，梦中一轮圆月落在水瓮里，照得四周一片光明，然后一只白龟从水中慢慢浮起。曾祖父认定这只龟就是未出生

的小曾孙，于是信口就给起个"白圭"的乳名，希望他能光耀门楣，果然就生出了个聪明无比的小公子。小白圭十二岁参加童试，深得荆州知府李士翱怜爱，并为其改名"居正"，激励他从小要有尽忠报国的大志。后遂成少年举人，二十三岁得进士，授庶吉士，从此成了体制内的人。

中国当代大哲熊十力先生评价道："汉以后二千余年人物，真有公诚之心、刚大之气，而其前识远见，灼然于国覆种奴之祸，已深伏于举世昏偷、苟安无事之日，毅然以一身担当天下安危，任劳任怨、不疑不怖，卒能扶危定倾，克成本愿者，余考之前史，江陵一人而已。"张居正得到了后人极高的评价，其名声已碾压了万历。那么，当朝是不是也有这种情况，皇上也惹不起他。虽然他有功于大明，但功高盖主，是不是积怨很多？据说张居正作为帝师，对万历十分苛责。据说当年十二岁的朱翊钧想在元宵节那天搞个烟火晚会，张居正硬是不同意，还给他上了一堂勤俭节约的课，弄得小皇帝很没面子。在此前几天，已被老师批评了一通，原因是小皇帝写了一笔好字，便多次赐字予人。那日，他亲自为张居正写了一幅，原想可以得到老师的夸奖，谁料又被严肃地训斥了一顿。张居正说："帝王之学当务其大，陈后主和宋徽宗都因才艺亡了国，所以陛下炫耀你的字有什么好处？"从此，小皇帝再也不赠字予人了。

万历当然是极聪明的人，有张居正这样的能臣掌着舵，这个皇帝只管放心地玩耍吧。身为内阁首辅的张居正，以天下为己任，以身许国。如此他倒做成了几件大事，主观上他是为大明社稷着想，客观上也成就了自己。

考成法是针对官场腐败的一次大整治，也是张居正整个改革的第一板斧。他认为："盖天下之事，不难于立法，而难于法之必行；不难于听言，而难于言之必效。"他首先强化了督察六科的职能，就是在吏、户、礼、兵、刑、工六部之上设个监察机关。虽六科是七品官，但对二品官有封驳纠劾的权力。以六科督察六部，以六部督察诸司与地方官吏，最后以内阁直接控制六科。如此，内阁就直接掌握了各级官吏的监察大权，这样，一个严密而又完整的官吏考核行政系统就在万历朝形成了。为了有效地推行考成法，张居正下狠手裁汰大批的冗员，坚持唯才是举、立贤无方，有真才实学就被破格录用，即使身份卑贱，也可位列九卿。这是最难推行的改革，要砸许多人的饭碗，同时，这也是张居正初露身手的一个机会。因为万历

正值年少，不谙政务，事事都依赖阁老们出手，是有名无实的皇帝。当然，这可是得罪人的事，虽然文件盖着御玺，但人们知道是谁的主意，是谁在施行，这种怨恨是要记在当事人账上的。

整饬边防体现了张居正的军事才能，最主要落实在他的知人善任上。在隆庆年间，他主持北方边务时，就大胆起用了抗倭功勋谭纶、名将戚继光，万历年间成为内阁首辅后，更是大胆提拔了一批有才能的将领。在他执政时期及其后二三十年里，明朝没有发生过大的战争，既促进了经济发展，也稳固了政权，这主要得益于他的边防政策。

为了解决财政危机，张居正出台了清丈全国土地的措施，并重绘鱼鳞图册。如此一来，全国增加了三百多万顷土地，一下子就增加了巨额税源，迅速摆脱了财政的窘境。后人对此评价说："既不减额，亦不增赋，贫民之困以纾，而豪民之兼并不得逞。"

一条鞭法是清丈土地的更深层改革，主要是为确保稳定的税赋增长。这是继两税法之后的又一次重大改革，它将明初的赋税制度化繁为简，由实物税改为货币税，结束了我国历史上实行了两千多年的"三征"，即粟米之征、布帛之征、力役之征的税制体系。一条鞭法遏制了豪强逃税、官吏贪污，减轻了农民负担，促进了农业和工商业的发展，也触动了官僚地主阶级的切身利益，遇到了很大的阻力。但是，张居正在这四个方面的强力改革，是一场拯救政权危机的史诗般的改良活动。在王朝颓败之际，张居正临危制变，表现了非凡的勇气和智慧，即使对张居正颇有偏见的李贽也感叹他是"宰相之杰"。

然而，就是这般彪炳千秋的人物死后也不能入土为安。万历坐稳了天下，就开始清算他的老师了，什么上柱国、什么太师、什么文忠公谥号，通通被下旨夺去了。这一刻，张居正顿然成了大明朝的罪人。俗话说，伴君如伴虎。这只虎是死人骨头也要啃几口，算得上一只恶虎了。万历就是明朝奇葩皇帝系列之一，他可以三十年不上朝，耗着大明那点元气，只是手握着兵权，任你臣子拿天下社稷胡乱糟蹋。他跟武宗不同的是，他虽不上朝，却没走出宫墙，他是又一个套路的玩法。他相信政权的坚固，相信专制如日中天，便任性无底线。

的确，一个有主见的皇帝怎么能容忍身边立着个太上皇般的外臣，老师也有君臣之分呀，想起张居正如此不近人情的严苛，万历心里便不舒服。随着权力越玩越纯熟，原有的敬畏成了嫌恶，加上张居正也不是圣人，贿赂太监冯宝、夺情视事、不守丧制以及作风强硬、威权震主等等，为反对派留下了把柄。随着清算张居正的奏本越来越多，尽管有些万历也不太相信，但总归是捅破了这层窗户纸，撕下了这张情面，索性就一不做二不休，人们尽可揭露检举他的罪行，群起而攻之。反正他死了，反正现在自己成了真正的皇帝了，扳倒他也是给自己立威，其后的首辅们休想在皇帝面前摆架子。皇帝就是天子，就是紫微星下凡；皇帝是真龙，尔等一概是蛤蜊虾鳖。舒服，真是扬眉吐气的时候到了。

抄！一个字，万历准了奏折，派丘橓带着锦衣卫去执行。丘橓不被张居正看好，早有嫌隙，虽是清官，但也被情绪所左右，抄起来更狠。他给张家定了二百万两银子的抄家指标，完不成任务就用刑讯逼供，甚至掘地三尺。如此，张居正长子张敬修被逼自尽，他老母亲想要点生活所需也没有答应，最后连张家门前的石兽、牌坊都被扳倒了。

万历十二年（1584 年）八月十三日，神宗御笔朱批如下："居正诬蔑亲藩，钳制言官，蔽塞朕聪，专权乱政，罔上负恩，不忠之臣。本当剖棺戮尸，姑念效劳有年，免之。"师徒一场，仅仅是免于锉骨扬灰。这就是那个温和听话、恭眉顺眼的皇帝小儿，狠起来像个凶煞恶鬼。一代名臣为保大明江山，却换了个家破人亡的下场。这正应了《好了歌》的那个解释："甚荒唐，到头来，都是为他人作嫁衣裳。"

读史，有时就是读人生，体味悲凉。所谓人的社会性，还不是丑恶的大晒场？平民不过是熬日子，熬出点是非争执罢了。而那些大人物们总归要为一个名誉活着的，而名誉往往累及后世，让人们在思索之余，多了些慨叹。

2021 年 6 月 21 日　牧童速记于品隐阁

君王死社稷

　　读史读到"崇祯帝自缢煤山"这一章节，我终于第一次对帝王产生了怜悯之情，不再那般嫉恨他的奢华和豪横了，而是断想那一刻，一个人是靠什么勇气去引颈索扣、离弃红尘的？去死，也需要理由，需要对自己生命决绝的割舍。崇祯帝给明朝带来了悲剧，但他的死却是这场悲剧落下帷幕前透出的最后一缕亮光，给原本逃不掉的历史宿命多了一声长叹！

　　崇祯十七年（1644年）三月的北京城，早是春意盎然，花红柳绿了。紫禁城里的皇帝朱由检却看不到这些，他的眼里只有那片压顶的黑云，那圈岌岌可危的高墙。建极殿龙椅上的崇祯与丹墀下的众臣对视了良久，互不再发声。君臣脸上都挂着一片愁云，尤其是皇上未老先衰的面容更是一副生无可恋的样子。三十四岁的壮年汉子，眼角、额头都是皱褶，两鬓已是黑白杂陈，那充满血丝的眼里不再有当年铲除阉党魏忠贤的勃勃英气。这时，忽有一股凉风吹进了殿堂，几处灯焰相继匍匐下去，摇闪的光亮掠过崇祯帝惨白的脸色，显得愈发恐怖，突然他大声地吼了起来："说呀，你们怎么都哑巴了呢？国家危亡之际，你们竟坐视不管，要眼看着大明朝倾覆吗？"

　　随后，又是一片死一般的寂静。唉，走到这一步怪谁呢？历史学家说，只怪崇祯。

君王可以不按成败论英雄，但得到何种结局是有成因的。把自己做成君子，并不是君王之道。崇祯是极其讲究个人修为的人，他高居帝位，并不贪图享乐，甚至不近女色、崇尚节俭，堪为表率。宵衣旰食，他还是一个工作狂，一个追求完美的人，一个偏执的理想主义者，可以说，他是没落的大明政权里的一个顶级异类。显然，他过高地估价自己的能量了，一艘即将倾覆的大船，靠一个人的力量怎么能扶正桅杆呢？不知崇祯是没有读懂老子的"太上，下知有之；其次，亲而誉之；其次，畏之；其次，侮之"，还是忘了先贤的教导，让臣下"畏之"，对臣下"侮之"，他是最次等的管理者。"为无为，则无不治"，倒不是说皇上什么也不做，而是说国君的权力要下放，不能只手独擎，治理国家需要一帮子各尽其职的能臣干将。他执政前期，已有中兴之象，"天下翕然称是"了。但到了后期，他刚愎自用，听不进谏言，妄图在短时间一举解决所有问题，实现晚明中兴，结果大大消耗了本朝的统治资源，掏空了生存资本。如此不仅加剧了原有的危机，而且衍生出新的危机。这个末代皇帝只因急政而丧失了国本，落了个国破身死的悲惨下场。

崇祯是个性格急躁的人，在处理复杂政务时独裁专断、急功近利，致使问题得不到彻底解决，反而矛盾越积越深。对此，他并不反思自纠，而是苛责臣下，使君臣缺乏信任。崇祯一朝少见佞臣，却也听不见诤言，在孤家寡人的路上，他是勇往直前不回头的人。他对臣子们由猜疑到迁怒，直至用严刑峻法来甩锅。如此一来，朝臣平庸者便遭排斥，表现得精明又遭猜忌，当真是伸头一刀，缩头也一刀，结果是"诏狱累累，犯者不绝"，史学家感叹崇祯一朝是"有君而无臣"。事实上，一个过分苛责的皇帝，手下怎么可能有勇于承担责任的大臣？后来崇祯竟大开杀戒，先后有多名大学士被杀或赐死。六部尚书有多人下狱，大部分不得善终。最后袁崇焕被杀，再也没有可用之人了。

崇祯一直自视甚高，把文武百官视为奴仆，大臣们战战兢兢，只能委蛇求全、随声附和、应付差事。对于群臣而言，朝堂早已不是什么荣耀之地，出将入相也成了一件可怕的事情。惊魂不安的群臣们在心里早已完成了对大明王朝的背叛、对崇祯皇帝的背叛，只差点燃李自成兵临城下的那根导火索了。

　　清军和农民起义军对崇祯一朝形成了双重攻势，但李自成远不如皇太极难对付，完全是崇祯的虚荣和虚伪帮了李自成，加速了明朝的灭亡。如果崇祯略施变通或迂回之术，留得住青山，也不至于悬吊而亡。

　　崇祯十七年（1644 年）三月，李自成十万大军围困北京城，他给崇祯提出了一个较"温和"的条件，什么条件？就是"明朝封李自成为王，赐银一百万两，并承认陕西和山西是其封国。李自成负责平定国内其他起义军，为朝廷抗击清政权，保卫辽东"。崇祯"哼"了一声，断然拒绝。他认为，一个堂堂国君与贼首和谈是最大的耻辱，况且割疆予寇，颜面何存？其后看来，这种貌似大义守土、威武不屈的言行，有极多虚伪的成分，更多是面子重于里子。如果一个君王把自己的所谓尊严放在国家利益之上，就不值得推崇了。

　　三月十七日，李自成率军攻入北京城，虎狼之师与大明天子就隔了一道宫墙。次日，他派人告诉崇祯，如果宣布退位尚可保全身家性命，这对于崇祯来说简直是奇耻大辱。到了这种地步，偏执的理想主义还在作祟，他竟痴人说梦般地宣布，赦免除李自成以外的所有起义参与者，如有人将李自成生擒或杀死，则封万户侯。

　　皇帝还在做梦，文武百官却梦醒多时，已没人愿意为他陪葬了。十八日上午，他亲自敲响召集百官的钟声，急促而亢奋的鸣响回荡在空旷的紫禁城上空，惊得那些鸦雀四散而去。孰料，这钟声竟成了大明帝国最后的绝响。崇祯在建极殿金灿灿的宝座上等了一个上午，也没等来一位大臣入殿，只有几个太监站在那里不停地张望，陪着皇上一块叹息。这时的崇祯已进入了一种焦虑不安的状态，他或倚在龙椅上，久久望着藻井悬挂的轩辕镜发呆，或走下丹墀，围着大殿高耸的龙柱转行。他用右手背敲击着左手心，嘴里不停地唠叨着："诸臣误我，诸臣误我啊！"

　　傍晚时分，西天之上，一缕一缕的火烧云像魔爪一样伸向了头顶，仿佛就要点燃整座宫城。崇祯精神恍惚地离开了建极殿，低着头向后宫走去，不敢仰望。他仿佛听到了宫墙外的呐喊声，看到了那一片闪着寒光的刀丛。他知道，这一切都是冲他来的，该由他结束这一切了。迁都，南逃，这不是汉家正统君王的行径，不能守国门，便要死社稷。自责与焦虑正如一团烈火，烧烤着他的意志。

　　见到皇后和皇子们，崇祯心如刀绞，在昏暗的殿堂里他摆着手对他们说："散了吧，散了吧，你们各自逃生去吧。"为保留皇家血脉，他让太监逼走了三个儿子。皇后、女儿和妃嫔们死活都要跟随着他，他伤心地说："你们跟着我只有死路一条啊。"皇后说："纵然一死，也要死在一起。"崇祯无奈地摇着头推门走进了寝室。不一会儿，太监带着哭腔报来消息，皇后悬梁自尽了。崇祯闻报，面不改色，平静地说："好，好，死得好！"接着便命后宫所有妃嫔统统自裁，一时间白纱悬结，哀号惊心，阴风穿堂，魂飞魄散。这时的崇祯一意求死，心志已坚，癫狂状态的他拔出那柄从未沾过人血的宝剑，毫不犹豫地刺死了六岁的女儿昭仁公主，又挥剑刺伤了十五岁的女儿长平公主。他一直视长平为掌上明珠，宠爱有加，看着倒在血泊中的女儿，他双眼灌满泪水，悲叹道："汝，何以生在我家？"

　　一场后宫的血雨腥风解决了君王殉国的后顾之忧。到了夜间，崇祯身边只剩了几个太监，其他人作了鸟兽散。这时，通往煤山的几道门都虚掩着，不再有人值守。崇祯忽然发觉从来没有过的自由，即便是行走在死亡的路上也没有一人阻拦。他身体内始终鼓荡的那股气还在膨胀，他铁定了心要为这个社稷殉葬，决不苟且求生。此刻，他也知道，他的身上已没有九五之尊的光环了，不过是附着痛苦灵魂的躯壳。他随手抓来一件蓝色道袍穿在身上，将一根黄绫系在腰间，提着那把杀过人的佩剑，带着司礼太监王承恩，秉着季春的夜色，从玄武门出来，登上了煤山。

　　天地悠然，山河已碎。那些火烧云都散落成了围在皇城外的篝火。他们没有向这座孤城发动强攻，他们不想损坏这里的一砖一木。因为在李自成眼里，这里俨然是他的宫殿了。崇祯在半山之上只回望了一眼，便伤心地扭过脸去。这一刻，月朗风清，紫微星高悬于头顶，王承恩心里最明白，什么紫微星垣，什么真龙天子，不过是一堆马屁文字罢了。崇祯最后一道旨意是让王承恩将黄绫系在歪脖树上，并帮他完成君王死社稷的最后壮行。诀别时分，崇祯竟向王承恩抬手做了一个揖谢，王承恩泪流满面，跪地回礼，他们相互没有说一句告别的话。其后，王承恩欲随驾而去，突然，从崇祯悬吊的身体里掉下一件信札，他急忙捡起，借着远处的篝火展开一看，只见上面写着："朕自登极，十有七年。逆贼直逼京师，虽朕薄德匪躬，上干天咎，然皆诸臣之误朕也。朕死无面目见先帝于地下，去朕冠冕，以

发覆面，任贼分裂朕尸，勿伤百姓一人。"

王承恩看罢，大叫一声："皇上，皇上，天下人有负于你呀！"他擦了一把眼泪，哆哆嗦嗦地拴紧丝扣，投缳自尽。

大明王朝，轰轰烈烈地开始，经历二百七十七年的风雨洗涤，竟如此凄然地做了收场。一个力求完美但并不完美的君王，给汉家最后一个王朝画出了一个悲壮的句号。

2021 年 7 月 12 日　牧童速记于涿鹿品隐阁

跟着徐公去旅行

　　无法统计有多少现代人成了徐霞客身后的驴友，还有多少人学着徐霞客且游且记，把感受变成文字，把游迹做成游记。我是其中之一，但做得不好。徐霞客是很"功利"的人，他一生的游走都归纳为文字，成为后世的指南。当然，在徐霞客那个年代，旅游是很奢侈的事情，莫说是说走就走，即便是能读到一本讲述旅游的专著，也是很幸运的人了。今天，跟着徐公去旅行，不是循着他的脚印亦步亦趋，而是循着他的精神放逐灵魂，让生命实现真正的自由。

　　一本六十多万字的《徐霞客游记》，使徐霞客享誉明代"四大科技巨匠"之称，与李时珍、徐光启、宋应星齐名，成为中国历史上最负盛名的地理学家和旅行家。游山玩水能玩出如此成就，那些"玩物丧志"的人应该很好地反思一下了。游而不记，是一个人在游；游而立记，是带着众人去游。徐霞客的"功利"，不是为一人之功，而是谋千秋之利。如此，我辈只能汗颜了。

　　徐霞客是江阴人，江阴人在他的故居原址上为他建了一座纪念馆，这纪念馆很低调、朴素，掩映于绿树幽篁之中，给追思先贤留足了空间。前几年我到江阴访友，专程前往拜谒，印象很深。特别是故居前方不远处的那座石桥，让我最为触动。那江南雾色里的清晨犹如一幅画，游子于此别母，

挥手而去，泪眼婆娑……

这座桥叫胜水桥，为方孔石板桥，承唐宋建造风格，线条简洁明直，不事奢华，也可看作是一座普通的民间跨河石桥。江南水乡，河汉交互，桥不是稀罕之物，唯胜水桥因徐公而名扬古今。更因徐公每每外出或回家必经此桥，所以这座桥便连通了徐公笔下的万水千山，成了后人精神出行的始点和回归的终点。这个始与终蕴含着古今行者的苦与乐、歌与吟、游与记。

在一般人眼里，徐霞客算不上孝子，因为他的出游有悖"父母在，不远游"的训诫，但在胸怀大志人的眼里，愚孝也不是他们恪守的永恒遵循，所以人们设了一个"忠孝不能双全"的伦理出口。徐霞客正是听从了母亲"身为男子汉大丈夫，应当志在四方，游历天地，有所作为"的教导，二十二岁便开始出游。他谨遵母命，一生不息，终得成就。他用三十四年的孤旅刻琢出一部旷世稀奇的地理专著，这难道不是尽忠尽孝的赤子吗？据说，为成全儿子的孝行，徐母在晚年拖着病躯陪子出游，践行着母子的共同志向，尤令后人赞叹。

富游穷守不是没有道理的。徐霞客出生于江阴有名的富庶之家，也是书香门第，这为他的出游奠定了良好的物质和思想基础。他的父亲徐有勉一生钟情山水，四处游览，不愿为官，不愿结交权势，这对他的人格也产生了极大的影响。他功名不成，父亲依然鼓励他做一个有学问的人。据说，他的祖上曾修了一座万卷楼用来藏书，专供子孙们阅读，这为徐霞客出行前的知识积累创造了优渥的条件，较好地完成了"读万卷书，行万里路"的前半程目标。

徐霞客的文化情怀，从他的故居晴山堂石刻还能寻得又一个实证。晴山堂是徐霞客为母亲病愈重建的新宅。崇祯三年（1630年），母亲病逝，为纪念贤母，遂将母亲和自己收藏的元、明两代名家书迹镌刻于石，嵌砌于晴山堂墙壁上，故称为晴山堂石刻，有宋濂、倪赞、文徵明、祝允明、顾鼎臣、董其昌、米万钟等大家的手笔，几乎集元、明文人之精英。我今之速览，便得熏陶，何况是古之私藏，细观把玩之，尽得神传，可谓近朱者赤，近水楼台先得月也。

那个年代，徐霞客出游有多艰难我们体会不到，只可以想象。有钱出

游也未必是件舒服的事，何况要做实地考察，溯源纠偏？我也有近三十年的出游经历，写出了几十万字的游记。比较而言，那都是些浅显的文字，龟缩于心路的歧点，扫描于眼前的短视，充其量与大多数游记一样，只是个人游程的记录而已。我也曾自豪地讲，我去过多少多少个地方，然而，早先所游，大多是一日数地，走马观花，并没有机会去做深度游览，捕捉到它最亮眼的地方，因而行文下来也鲜有特别之处。读了徐公的文章，我真感到脸上发烧。

惭愧于在这样美好的时代，一日千里万里，不用车马劳顿，更无山阻水拦、天灾人祸。然而，我们总归是辜负了时代的人，读不了几本书，行不得几里路，只剩一颗穷山尽水的贪心。

我与许多好游者一样，大言不惭地讲，我也游历过大半个中国，其实，这个游历是游玩，而徐公的游历是考察，今天与古人做一件结果相同的事，所耗费的精力和心血是不能同日而语的。读史读到徐公，能让我驻足行笔，正是我对行旅之艰的深切感受、对徐公成就的敬仰。

旅行是一种移动思考，劳其筋骨之余，是对其所学知识的验证。我们目视的空间很小，活动的范围有限，精神外延的机会越来越多地被外物所左右。因此，我们所获之信息，被动性输入的占比很大，我们正在成为存储器的一种，而不是思想的源泉，这的确令人担忧。读徐公我们会明白，人活着做一件事固然重要，但确定一种活法更重要。徐公的旅行是一种活法，一种有效地扩展视距的办法，一种让生命不断在精神的碰撞中获得思想的火花、点燃理想光焰的方式。

有人关心徐公去过哪里，热心于统计学的数字；也有人热衷于追踪、寻觅徐公的足迹和留言，以提升景区的知名度，这在现代社会都无可厚非。我在许多景区都见到过徐公的雕像，清瘦、矍铄、风尘仆仆，典型的户外运动的结果，符合当代的认知，尤其是身背雨笠、脚踩草履的形象，更生动地刻画出了一位亲近自然、朴素无畏的旅行者。徐公被后世如此厚爱，是因为他寄托了社会的人文情怀，折射出人们心中的向往。

人们对《徐霞客游记》在文学方面的成就做过概括，说他写景记事，悉从真实中来，不做虚构；说他描物绘形，力求精细，擅长通过动态描写或拟人手法营造极强的现场代入感；说他词汇丰富，敏于创新，不因袭套语，不落入窠臼；说他注重抒情，常寓情于景于物，表达了主观的生动感受；说他文章里还常常兼述当地人的民风民俗、历史事件，多为正史稗官所不载，具有一定的历史学、民族学价值。因此后人赞誉这本游记为"世间真文字、大文字、奇文字"。

除了东北地区、内蒙古、甘肃及以西，其他地方徐霞客都去过了，四川及川西地区尚有争议，目前没有文字佐证，是不是这些地方的文字记录被毁损了，就不得而知了。徐公去世后，遗有六十多万字的资料，由他人整理成书，世传本有十卷、十二卷、二十卷等数种，主要是按日记形式记述了作者 1613 年至 1639 年间旅行观察所得，足迹遍及华东、华北、中南、西南地区，登览了泰山、普陀、天台、雁荡、九华、黄山、武夷、华山、五台、盘山等几乎所有名山，在太湖、泯江、富春、钱塘、湘水、滇池、洱海等胜水都留有文字。年轻时徐霞客曾说："大丈夫当朝游碧海而暮苍梧。"这些旅迹当真践行了他的初心。

考察是要有科学态度的，旅行是要有冒险精神的，这两点都在徐公身上得到了体现。

徐公用了三年时间对西南地区石灰岩地貌游历考察，对其类型和成因都有详细的记述。那时，通过观察分析，他已明确认识到形成石灰岩奇特地貌的重要原因，更认识到了桂林、阳朔一带和柳州西北一带，由于地质发育的时期不同而形成的地区差异，他的分类描述与现代地质学的分类基本一致。因而他的游记成了世界最早对石灰岩地貌进行考察的文献，对石钟乳的见解，大部分也符合现代科学的解释。

为了去伪存真，验证古书的说法，他要爬到雁荡山顶上看看到底有没有湖。眼见为实，并没有湖。但下山时却犯了难，用布带子悬空而下时，带子断了，险些粉身碎骨。去黄山考察途中遇到大雪，便扯了一根铁杖探路，在又陡又滑的坚冰上凿坑攀登，终于爬了上去。山上的僧人无不惊叹，徐公简直是神人。

旅行者大多有强迫症的倾向，被一个目标催促着，似乎在完成一个最神圣的使命。山水是天地交合的产物，它唤醒了人们主宰自然的力量，去自然的大美中领略神性。人本来就是自然的一部分，之所以我们迷茫困顿，就是因为我们被外物所挟制，失去了天性，也失去了我们对大自然欣赏的

能力。走出去，第一步就是走出精神的牢笼，解放自己的双脚。当然，第二步最重要，就是要去践行。像徐公那样，少年立志，志在必得，一生不息，无怨无悔。读徐公的书，走徐公的路，当一回真正的旅行家。

读史读到徐霞客，本想写一篇轻松的随笔，孰料，一俟走近徐公，却不是那么简单可敷衍的了，徐公当年的科学精神和治学态度让我们今天读来很震惊。人们以为用一个"驴"字代替"旅"字，便褒扬了行者的付出。其实，在徐公那里，他的出游用得更多的是"头脑"行走，心智耗损远比肉体更大。他几乎没有一程是放空精神的漫游，每一步都被文字预约，并用汗水研成的墨书写进心灵。

2021 年 7 月 23 日　牧童速记于涿鹿品隐阁

朱耷笔下的鸟

清史大多也还是帝王行径的记录，我有些厌烦了。

如果读史就是为了重温他们的丰功伟绩，那么对于一个小百姓而言，从他们身上能借鉴到什么呢？所以，在历史的长河里蹚水，我尽可能躲着他们走。我无意去沾一身辉煌的浪花，却冷落了一颗凡心。

清史一路读来心情都很泥泞，尤其是后面读得还会隐隐作痛，由此，我的随笔在尾声处有些徘徊了。我想轻松一下，最好是找见那位亦道亦僧的画家。我想与他索求一幅画，即便是他泼出的几个墨点也好，那里面可以读出蔑视、超然的滋味。他就是擅长把水鸟画成翻白眼的鸟的画坛奇才朱耷，号"八大山人"。

对于水墨画我也略知一二，但精深处我便懵懂了。小时候也没少在白宣上涂鸦，浪费了很多纸张。高中时，我是在图书馆的一本《水墨画技法》书上第一次认识朱耷的。那时最让我好奇的是南宋梁楷的《泼墨仙人》，朱耷的花鸟畏畏缩缩，也没看懂有何深意。后来为了生计，我放弃了绘画，转而投身案牍，当了一个码字匠。然而，我始终热爱绘画艺术，特别是中国传统的水墨画，尤其是寥寥几笔的大写意、人为和天然生成的韵致与墨趣占尽了眼中的风流。它由此主宰了我的审美意识，为我铺就了简素、空灵、富有想象的美学底色。如今，再读朱耷，不会那般费解了，或者说，已经

能够贴近他的作品，甚至闻到墨的松烟味了。

朱耷是明太祖朱元璋的九世孙，有正统的帝王血脉。十九岁时，崇祯帝吊死煤山，他一家人便成了亡明的遗族。他先是皈依佛门，后又改奉道教，最后成了道观"青云圃"的开山祖师，这一切都是为了找一个栖身之地。六十岁时，他开始用"八大山人"署名题诗作画。朱耷是不甘寂寞的人，他时而隐居山林，时而出入闹市，时而饮酒狂歌，时而泼墨写意，世人只知道他的花鸟画得好，也就不在乎他为僧为道的功德了。说到底，他就是一个为画而生、为画而活的人。后人鉴于他的身世和他隐晦含蓄的风格，做了许多猜想，几乎把他看成是反清复明的斗士了。事实上，朱耷没有反清复明的打算，也没有试图通过他的作品暗含某种号召。"八大山人"是活在笔墨里的朱耷，他可以给自己起很多的名号，比如雪个、个山、个山驴、驴屋、驴汉、刃庵、拾得、书年、书疾等等。他可以通过名号来寄托某种不可言说的理想，可以将一腔无奈点皴为一只翻白眼的鸟，也可以把"八大山人"写成"哭之""笑之"的拟形落款。总之，一张画纸可任意书写，承载了他精神的所有重负。然而，一个羸弱的花甲之人，一个被佛与道双重洗礼的化外之人，他的作品并不是宣战的杀器，而是一位失去故国和荣耀的皇族后裔，看透了世事的那份苦寒与酸涩。正如他的诗所云："墨点无多泪点多，山河仍是旧山河。"我以为，即使明朝没有灭亡，他依然能画得出冷眼看世界的那只鸟，不过，那样的鸟在解读上就缺少些冷峻的背景了。一位伟大的艺术家永远将秉持独到的目光，而不屑与俗世同视。

但是，俗世也会以俗世的方式去给艺术的象牙塔上贴标签，让你清高不得。朱耷的一幅《孤禽图》，仅仅画了一只水禽，鸟的眼睛只一圈一点，眼珠顶着眼圈，一副白眼向天的冷傲孤寒，既夸张洗练，又奇特质朴。就是这样一只叫不上名的怪鸟，在十年前北京某场拍卖会上竟以6272万元的售价成交，成为有史以来最贵的一只鸟。

孤鸟是精神的写照，朱耷之后有无数画家竞相模仿。潘天寿有过菊花下的孤鸟，那鸟在欢鸣，题款是"一声四喜"；齐白石的孤鸟却总是栖于花石之上，晾晒那份悠闲自得的好心情；而张大千的孤鸟更是立于枝头，做成一个独享花好月圆的悠悠鸟了。后世还有许多人在画鸟，在画孤鸟，然而，他们绝少有朱耷的胆气，通过一只鸟的眼睛来宣泄画家睥睨现世、

傲岸绝尘的情绪。他们画的鸟就是鸟，而朱耷画的鸟是自己。这只人格化的鸟是不是可以称为人类精神的"始祖鸟"？

据说，朱耷存世的字画有三千多幅，任意一幅都是拍卖会的精品，不知有多少人，因为倒手他的一幅画而成了富翁。朱耷活着时有三个不知道：一是不知道他一生作过多少画；二是不知道他在中国美术史上被尊奉到如此高的地位；三是不知道他的画到头来这般值钱。所以说，名声最不靠谱，都是身后的事。活着，埋下头去做喜欢的事便是了，取悦当下那个我是聪明的选择。朱耷不过是青云圃里的一个小老头，常常喝得半醉，歪歪扭扭地走在林间石道上，还时常有一群孩童跟在身后与他嬉闹。

好在康熙中期，文字狱还掩掩遮遮，幸运的朱耷就成了漏网之鱼。他在红尘与空门之间时隐时现，如戏水蛟、入云龙，更似松头霜花、梅上雪影。是他那份癫怪掩去了他的政治倾向，那份才气撑起了自由的风帆，任他抛露市井、啼弄花鸟。那时周边人对他的认知是，这个小老头很怪异，他的画很有趣，但不值钱，提一壶老酒便可换来。

朱耷绘画起始于顺治，成熟于康熙中期，属大器晚成者。这一时期，文人山水画兴盛，以王时敏为代表的"四王画派"备受皇家推崇，居正统地位。他们承继董其昌衣钵，以摹古为宗法，强调技艺，追求平和蕴藉的意趣，展示出深厚的笔墨功夫。然而，他们忽视生活体验，回避现实，缺乏具体感受，使作品单调、空洞，缺少生气和新意。这时，原济、朱耷、髡残、渐江等民间"四僧"反其道而行之，他们大胆冲破樊篱，标新立异，主张"借古开今"，注重生活感受，强调独抒灵性，创造出奇肆豪放、磊磊昂奋、不守旧制、风采炽明的新画风。尤其朱耷，构图简约，格调冷隽，笔法极其洗练。他以奇特的形象、怪异的神态，营造出奇险苦寒的景象，抒发出他的愤懑与不屈。写意画快捷省时，不事雕琢，挥笔即来，甩手而去，符合他们的身份和创作条件，是最具大众化的表现形式。"四僧"的作品是空门的另一种释意，是底层心声的代言。其中，朱耷做得最好。

在那样的年代，有一幅名人字画悬于堂室，是非常荣耀的事情。闲来便与其对视，每每都能获得某种纾解。

人啊，看似日日红尘蹈覆，其实孤如寒鸟。朱耷的笔意正切入众人的心脉，注入进一份同情。他的鸟犹如当时受压迫的民众，他们被迫蜷缩在

那里，不敢登枝高歌，不能吟咏风月，更谈不上朝露梳羽、晚霞理巢的那份惬意，显然是精神寒冷的状态，那跼曲的双腿在发抖，内心的绝望在挣扎，但始终没有起飞的机会。不看，不看，白眼向天望；不听，不听，任由风雨声。

后来，有好事的画家把朱耷的画像拿来做了改造，在他清瘦狭长的脸上安了一对大大的、圆圆的鸟的眼睛，黑眼珠顶在上沿，眼白如皓月悬空，幽默又感伤。非是画家不得志，而是画家不得活啊！无论是鸟还是鱼，朱耷都竭力想翻出它们的眼白，想必如此看到的世界，不扭曲才怪？朱耷在好友黄安平为他所作的画像上自题了这样一段话："没毛驴，初生兔。躻破面门，手足无措。莫是悲他世上人，到头不识来时路。今朝且喜当行，穿过葛藤露布。咄！"都谁说没读懂？反正我是没读懂。读不懂无妨，朱耷用笔墨诗文为后人设了一个迷局，不得解，或多个解，正是他的得意之处。

余秋雨先生说："八大山人的画里有令天地为之一寒的白眼。"这句话也足够夸张了，但这句话却切中了朱耷的笔墨要义。

2021 年 8 月 6 日　牧童速记于涿鹿品隐阁

虚伪的盛世君王

　　清朝的"康乾盛世"果真是"文景之治""贞观之治"的再现吗？看来，影视剧看得多了，就容易被迷惑。有多少人追着剧，享受着帝王的风流演技，甘为精神奴仆，却忘了他们一手打造的恐怖的文化炼狱。

　　清朝入关后，待江山坐稳，人们斗志松懈的时候，不用说你武装起来反清复明，就是你有任何的前朝念想，发出一丝怀旧的呻吟，他们都不放过。无疑，他们渴望融合，又惧怕反抗，这是一把悬在头顶的双刃剑。如何让这把剑发挥作用，就是要敢冒天下之大不韪，去磨平一面，而使另一面更加锋利。他们精通汉学，知道文人是牵引思想的群体，也是一个自以为是的弱势群体，他们找到了征服并击倒他们的软肋。

　　"康乾盛世"获得了历史称颂，却是文人长达一百三十多年的噩梦。康、雍、乾三代帝王共兴起了一百六十起文字狱，其中乾隆在位六十年间就达一百三十起之多，有数不清的文人惨遭屠戮。其实，极少或罕有某个大胆的文人利用文字攻击他们，不过是汉字达情表意的多样性罢了。甚或是这些统治者为打击文人找的借口？

　　"秀才造反，十年不成"，想必他们深谙这句话的内涵吧？那他们为什么还要乐此不疲地迫害文人呢？就说乾隆，他一生写了三万多首诗，难道就没有几句该杀头的文字？其实，他们心里什么都明白，只不过更乐见

文字狱进化成文人阶层相互构陷的工具，令整个中国文人阶层道德失陷，自我瓦解离析。搞几场文字游戏，杀几个无辜的文人，就可以遏制思想萌芽，扑灭异动的火苗，岂不是"四两拨千斤"的治世神功？

想必那个时期的文人很纠结，文士精神很稀缺。他们必须知道当朝的忌讳，必须学会风险规避，必须明白提笔落纸就是生死攸关的大事，做奴才、拍马屁也有掉头之虞。君王面前没道理，只有屈服。所以，那个封建社会被刻意标榜的最后的"盛世"，可谓极其虚伪和险恶的一个历史时期。

然而，这样就可以躲过无妄之灾吗？猝不及防地给你来个"欲加之罪，何患无辞"，脑袋就得搬家。其实，乾隆之前三任皇帝就有文字狱了，是顺治入关首开文字狱先河的。

黄毓祺是江阴文士，在江阴城破后出逃，流亡时期写了许多反清诗文，后被朋友张纯一出卖，病死狱中。顺治对其恨之入骨，遗憾未能枭首示众，死后便将其"鞭尸"，还被"诛灭九族"。

后又发生了影响更大的"《明史》案"。浙江那位有钱的富人庄廷鑨，尽管是个盲人，却非要学左丘明搞史学研究，补写崇祯和南明史事，结果在涉及清人的用语上犯了大忌，被几个无耻小人敲诈，害了一堆人。当时顺治驾崩不久，鳌拜掌权，他便颁旨严查。康熙三年（1664年）五月，在杭州城，为《明史辑略》一书写序的、校对的，甚至包括卖书的、买书的、刻字印刷的以及涉事官员共计七十余人被处死，有凌迟的、杖毙的、绞死的，惨不忍睹。"主犯"庄廷鑨虽已死，仍被剖棺戮尸，另有数百人发配充军。

"《明史》案"开了勒索文人的先河，给小人以"逆书"为由找到了发财的捷径。他们专门挑别人书文中的纰漏，牵强附会，指为"逆书"，漫天要价。后来竟发展成自制"逆书"，署上被敲诈人的名字，发一笔横财。

康熙一朝有名的是"《南山集》案"，撰者戴名世五十六岁考中进士，被授翰林院编修之职。在此之前，他撰写的《南山集》也没什么问题。只是他过于清高，在京师国子监得罪了一些有名无实的贵族士大夫，这些人早就把他视为眼中钉，想着法子要惩治他。他一入编修之职，那些人便对他下手了。康熙五十年（1711年），都察院左都御史赵申乔上书参劾，奏章中说他恃才放荡，妄窃文名，私刻文集中有是非颠倒、狂悖不经的言论。如今入朝为官，不追悔前非，焚削书卷，实在罪该万死。望万岁下旨严加

议处，借此警诫此等狂妄不谨之徒。

康熙看后不悦，便命刑部审明，由此戴名世被捕，一干人屈打成招，刻字的、作序的、赞助的都成了同党，最后这个案子又与党朋之争交织在了一起，更加复杂，致使涉案获罪人员有几百人之多。据说是因为康熙爷要过六十大寿，不想杀人太多，下面这个结果就算是格外开恩了。主犯戴名世免凌迟，即刻处斩，其同族中十六岁以上者均被斩杀。其他人有发配黑龙江的，有发配宁古塔的，有入旗为奴的，只要被拽进圈子，没有一个人能逃脱。

雍正继位后，文字狱更甚，可以说到了谈字色变的地步。有一年，江西考官查嗣庭出了一道试题叫"维民所止"。这本是出自《诗经·商颂·玄鸟》里的一句话"邦畿千里，维民所止"，意思是"国都附近的千里之地，都是百姓安居乐业的场所"，但却有人向雍正告密，说查嗣庭试卷是影射陛下断头之意。雍正不解，那人便说，"维"字是去了头的"雍"，"止"字是去头的"正"，如此"雍正"变成了"维止"，岂不是隐喻陛下断头吗？雍正闻听勃然大怒，即刻下令将查嗣庭押解进京。查嗣庭将此句出处说明，雍正便命人查阅《诗经》和《大学》，果如所言不假。但为顾全皇上颜面，仍以"犯上"之罪追究其一家。查嗣庭含冤死于狱中，并被戮尸枭首示众。长子坐死，家眷充军。

雍正期间，还有一起令天下学子鄙夷唾弃的"清风不识字案"，有两种说法。一说是翰林院庶吉士徐骏的诗。雍正八年（1730年），他在奏章里将陛下的"陛"字写成了"狴"，雍正立马把其革职。随后在查抄他的诗集里找出"清风不识字，何事乱翻书""明月有情还顾我，清风无意不留人"的诗句，雍正认为这是存心诽谤清廷，照大不敬律条将徐骏斩立决。二说是雍正微服出游，在一家书店翻看书籍，当时有微风吹来，书页上下翻动不已，有个书生见状就顺口吟诵了一句"清风不识字，何必来翻书"，雍正听罢，立即下诏杀之。

在那个时代，在诗文里说说"明月""清风"都会招来大祸，如此望文生义、捕风捉影造出的文字狱，让文化界低声敛气，一片肃杀。所以，雍正十一年（1733年），重开博学鸿词科诏征士人，却应者寥寥，只得作罢。大兴文字狱使得人才凋零，文治废弛，天下学士人人寒栗，如立危墙。

　　说到乾隆一朝，可能是被当代戏说洗脑了，乾隆都成了杀富济贫的江湖大侠。不要相信电视里的神剧，都是哄骗流量的疯话。实际上，乾隆非常奢侈，他六次南巡都是豪华游。从北京到杭州共建了大小三十多处行宫，光南巡的船就有一千多只，浩浩荡荡几十里。排场一次比一次大，耗费一次比一次多，造成了国库枯竭，给百姓带来了深重的灾难。这种表面的盛世虚华，乾隆心里也明白，不是没有危机感，而是试图通过加大对文化的控制、对思想的打压，来增强自信，化解危机。因此，他的文字狱愈发的荒诞无稽，无辜者更悲惨。

　　"古稀罪案"是乾隆朝最令人感喟不已的文字狱。乾隆四十六年（1781年）乾隆西巡五台山，返京驻跸保定。家住博野已退休的大理寺卿尹嘉铨，一心想参加接驾盛典，便上奏了两份折子，一是给老父亲道学家尹会一追封个谥号，二是请准其父从祀。乾隆看后不悦，提笔朱批说："与谥乃国家定典，岂可妄求？"谁知尹嘉铨又送上一本奏折，请求皇上恩准他父亲从祀文庙。乾隆拍案大怒："竟大肆狂吠，不可恕矣！"于是承办官员绞尽脑汁罗列罪名，其中影响最大的是所谓的"古稀罪"。尹嘉铨在奏折中自称"古稀老人"，乾隆说："朕'古稀老人'早已昭告天下了，他怎么也敢自称'古稀老人'？罪不可赦，杀！"最后，给尹嘉铨扣上大不敬、假道学、伪君子等罪名被处斩。

　　还有一个举报人和被举报人一同被斩的案子，更令人无语。乾隆四十八年（1783年），李一在其《糊涂词》里有语道："天糊涂，地糊涂，帝王帅相，无非糊涂。"被河南登封乔廷英告发。结果在查案中发现举报人诗稿也有"千秋臣子心，一朝日月天"的诗句，"日"与"月"二字相合不正是"明"字吗？这不是谋反又是什么？于是检举人和被检举人皆凌迟处死，两家子孙均被斩，妻媳为奴。

　　江西德兴的祝庭诤为教儿孙读书，自编了一本《三字经》被人告发。原因是他写元朝有"发披左，衣冠更，难华夏，遍地僧"的句子。说他这是影射当朝，"于帝王兴废，尤且大加诽谤""明系隐寓诋清"。于是判祝庭诤开棺戮尸，十六岁子孙辈斩立决。真是一语不慎，祸及子孙啊！

　　在乾隆时期，涉及"华夷""明""清"等字句而获罪的俯拾皆是。触犯庙讳、御名以及提到皇帝应该换行抬写而没有的获罪者，不可胜数。

乾隆的文字狱防不胜防。可悲的是还有许多是向统治者歌功颂德、献书献策，却因为马屁拍得不得法而犯了忌讳，最后招来杀身之祸的。如此恐怖的文化专制使知识分子不敢涉及政治，只能埋头考订古书，而以考经证史为重要特色的考据学的兴起，推动着学术向着无聊的方向发展。当时有个叫梁诗正的老臣，总结出这样一条处事经验："不以字迹与人交往，即偶有无用稿纸，亦必焚毁。"乾隆的文字狱到了嘉庆年间在知识分子中仍余悸尚存，所以龚自珍哀叹道："避席畏闻文字狱，著书都为稻粱谋。"

康、雍、乾三朝在大搞文字狱的时候，西方资产阶级革命取得了重要成果。英国已完成了工业革命，一个庞大的"日不落帝国"建立了起来。乾隆时代，莫斯科大学、哥伦比亚大学建立，蒸汽机、自动织布机相续发明。乾隆三十九年（1774 年），华盛顿成为美利坚合众国第一位总统。这时，自大、傲慢的乾隆还沉浸在天朝帝国的美梦里，文字狱玩得得心应手，不知有止，哪晓得世界已经变了。他们三代联手浇灭了自由探索的人文之火，打造了一个"万马齐喑究可哀"的局面，如此给西方列强觊觎中国提供了绝好的机会。

是的，康、雍、乾三朝对中国疆域版图是有贡献的，相对的和平也有利于经济发展和人口增长。但文字狱这个污点是去不掉的，尤其是对历史的篡改和扼杀，一部《四库全书》背后是众多历史真相的消失，这是不可宽宥的。

入秋了，读史也进入了尾声。不寒而栗的文字狱让人脊骨不断有冷汗渗出，庆幸自己晚出生了三百年。多想再活五百年啊，去看尽乾坤挪移！

2021 年 8 月 12 日　牧童初秋速记于涿鹿品隐阁

瀛台悲歌

　　瀛台还在，那段历史也并不遥远，从史书跨向那片水域，尚可听到孤岛上传来的戚戚哀叹。那些塘荷，那些岸柳，那些自由的飞鸟，它们恣享着属于它们的悠乐，舒闲于时间的流逝。它们不知道，也不愿知道，这里曾经囚禁过一个痛苦的灵魂，那旖旎的水光浇灭过一片惊雷。

　　瀛台从古至今都距百姓很远，我始终没能到过。山水林石、楼台亭阁、花草鸟兽，神仙的居所也不过是这些材料堆积而成。帝王是比神仙少了驾空行云的本领，但多了世俗烟尘的味道，或者说，帝王比神仙多了一份理想，这也许就是还能让我们念想到他们的地方吧。

　　我总是能为想象找出理由的，尤其这趟读史，到了尾声，还不时澎湃出一腔忧愤，还被那堆故纸里的文字绑架，扔进历史的龌龊里受折磨。我可不想当什么宫女、太监，不想在瀛台的孤岛上陪伴君王十年。我不如做一阵清风，穿堂而过，来去自由，给那个可怜的皇帝带些外面的讯息，也算是对整个大清朝唯一能博得我同情的皇帝的迟来的抚慰。

　　学者们说，乾隆后期，大清朝就走下坡路了。慈禧太后是个不断耗尽天朝元气的历史罪人。爱新觉罗·载湉有幸四岁时过继给咸丰，被选定为皇位继承人，第二年便登上大宝，年号光绪。不幸的是他遇到了第二个武则天——执权不放的姨母慈禧，让他受尽了折磨和凌辱。这既是他个人的

悲剧，也是中华民族的悲剧。在他们母子之间上演的帝后之争，实际是革新与守旧势力的不可调和的较量，无论什么结果，都是一次民族痛苦的觉醒。维新变法尽管只有一百零三天，却挑战了几千年的封建制度，是史诗般的一曲悲歌。由此，光绪皇帝值得我们纪念。特别是当大学士孙家鼐提出"若开议院，民有权而君无权"时，光绪慨然答道："吾欲救中国耳，若能救国，则朕虽无权何碍？"这话说在当今，都让我们震惊！

因为在维新变法的百余天里，光绪先后颁布的诏书和谕旨有二百多道，涉及政治、经济、文化、军事、教育等诸多方面，基本可以看作是能撼动皇权根基的制度层面的改革，最终的目标是把君主专制的封建制变为有资本主义色彩的君主立宪制。所以，这种"弃旧图新"的改革触及了太多人的利益，尤其是最终要动摇顽固的守旧派的代表人物慈禧的地位。原以为掀不起大浪的慈禧突然惊醒，不再"稳坐城楼观山景"了。更让人痛心的是，被帝党倚重的袁世凯在"勤王"的关键时刻竟背叛了光绪，给整个改革造成致命的一击。迅即，维新派和帝党人士遭到抓捕，"戊戌六君子"谭嗣同、林旭、刘光第、杨悦、杨深秀、康广仁被杀于北京菜市口。一时阴云密布，遍地血腥。由此，光绪帝被慈禧幽禁于西苑瀛台涵元殿内，这场轰动世界的维新变法彻底失败了。

瀛台囚禁了光绪，也囚禁了后人无尽的想象。

我倒觉得，光绪能坦然地面对政治的失败，结局是有预知的。慈禧允许他去尝试变法，是因为老虎那会儿正打盹，但总有醒的时候。为什么他在一百多天里要下二百多道谕旨呢？抢抓机遇呀！真正让他痛苦的还不仅是政治的失败，而是他与珍妃的分离，痛失唯一的知音，才是瀛台的人间悲剧。

我自命为一阵清风，在殿堂的廊柱间穿行。在灯台，我环伺于伤心的烛泪；在纱帐，我踟蹰于长夜的无眠。君王也是人，失去自由的君王，失去万人仰奉的君王，其实不如人。光绪四岁便生活在慈禧的阴影之下，无法生长出正常的人间情愫。《瀛台泣血记》的作者德龄说："一个人只要在皇宫里住上三五年，就会变得愚蠢。"所以说，光绪已经不可能用人间的目光来看待人世的温馨了，他应该早已冻结出一种坚强和冷漠。瀛台不过是一簇没有生机的枯艳，寄居着他忧郁的灵魂，与百姓的草堂没有什么

区别，或者说，它却少了人间的炊烟味。他宁愿居于草堂而自由。

光绪是读过书的人啊，他知道历史更替、权力争夺之残酷，可为什么不废除太后夺权自立？就这般窝窝囊囊地死在瀛台？这就是女人弄权的高明。"垂帘听政"给女人掌权提供了机会，客观上完成了对男性世界的报复。秦国的宣太后、赵国的赵太后、西汉的吕后、唐朝的武则天、辽代的萧太后，等等，她们都是在确保政权过渡的幌子下，蜕变为一种野心的实现。她们熟谙政治，抓住了权力的要枢，扣准了人性的命脉。子孝而母不慈啊，任你千般理由也无奈，由此形成了一道特殊的政治风景。前几位女性掌权者，她们或多或少都做出过历史性贡献，被后世褒扬的居多。而慈禧，一个阴险、自私、贪婪的女人，在世界历史大变革面前，把中国带入灾难。几乎没有人念及她的好，如此也有些偏颇。然而，历史就是这样无情，不原谅一个有罪的人，哪怕你活的时候多么风光，埋的时候多么隆重，谥号叫得多么响亮，你还是被掘了坟墓，曝了尸骨，你的"丰功伟绩"还是被丢进历史的垃圾堆。光绪预测出了世界大变局中清朝的危机，他有一种责任肩负感。慈禧却只护着手里的权力，根本就没有为天下苍生或社稷安危去着想。他们必然会在不同的主观方向上撞车或分道扬镳，必然会在客观上得出不同的结果。

光绪与珍妃，被人们从政治伙伴关系提升到爱情层面做了解读，致使悲情色彩更浓烈了。光绪的故事让无数百姓从中找到了精神抚慰，他们会自足于底层苦涩的日子，珍惜有限的自由。做个君王竟不如一只飞鸟啊，当然更比不了一股清风。这就是中国百姓的帝王情结，在自卑与自满之间找平衡。

据说，慈禧对光绪很残忍的，既没有母子情分，也没有君臣情分，倒像是在玩弄一个没有生命的提线傀儡，大多是摆摆样子而已。光绪是真正的孤家寡人，他没有知己，没有近臣，更没有过命的人，一切政治资源都在老佛爷手中，光绪被囚瀛台后基本就是被废黜了。坊间还有慈禧想换掉他甚至想杀掉他的多种说法，包括他的死，都有多重疑点。所以说，孤岛如狱，生不如死，皇帝当成光绪这般，就悲剧了。

我心中的瀛台俨然是放置囚徒的孤岛，岁月是寂寞的轮盘，无声地碾压着你的意志。没有灿烂的心情，哪来明媚的阳光？没有雨露滋润，何谈

精神芬芳？那些太监、宫女多像一个个陪葬的偶人，他们幽灵般地静默于不可相视的一个个行走的躯壳里，只是没有情感温度的工具。偶尔出去摆摆样子，就被放置回涵元殿的幽室里。光绪脸上几乎没有血色，忧郁的眼神也是愈发的呆滞了。他的身体一天不如一天，那些医官也说不清他是什么病，只得弄些经典的药方，应付了老佛爷便得了。外面的人想象不到他是怎样的遭遇，至死也没几个人知道他的所思所想。有一个太监冠连材被杀，生前他秘记了一本《内廷记事》，后由其弟弟传出。这里面说，皇上每天吃的许多饭菜都腐臭了，偶尔想吃一种新菜，慈禧就责备他要勤俭。还说，只要太后稍不如意，就对皇上鞭打或罚跪。长此以往，皇上见了太后就像老鼠见了猫。天天战战兢兢，以致一听到锣鼓声，脸色就变。光绪自己也对人说过："我还不如汉献帝。"

固然自命为一阵清风，却吹不散瀛台的旷寞。去史书里寻找知音是与红尘相反的路径，都是些沉寂已久的灵魂在风中呓语，那些对话听来如此令人怅然。一说到瀛台，就觉得有一双绝望的眼神在看着我，透过岸柳的疏离，也能感觉到那颗至寒的心在颤抖。其实，无论普通百姓还是贵至君王，都在生命的同一个维度上努力地呼吸着。皇帝原本没有什么了不起的，不过是一堆朽骨之上多了一些传说而已。　然而，光绪不是紫微星下凡，却是悲苦的化身，因为有他，才为这个腐朽没落的王朝博得了一点儿同情。

2021 年 8 月 19 日　牧童速记于初秋品隐阁

我是人间惆怅客

终于在又一个初秋，夏季还未来得及收拾行囊的时候，我可以相邀一个人，用整个秋天，饮醉于他的词意里。

这个人就是纳兰性德，清初的词人。通史只给了他一幅小图和几行注释，在清朝的文学和诗歌成就里并没有提及他。我倒不在乎这些，我只循着感觉行文，让我的随笔更具性情。

我在前文里说过，我喜欢宋词胜过唐诗。是词放逐了表达的自由，更近乎长歌当哭。我踏行于词林里，分不清是雨霰还是泪花，总觉得活着是一种感动，夕阳是不可挽留的陨落，诗意是唯一独享的温暖。难道纳兰性德也是秉持这种执念的人吗？

我想，他应该是。

纳兰性德是满洲正黄旗人，字容若，号楞伽山人，是康熙重臣纳兰明珠的长子，外祖父英亲王阿济格是清朝著名的开国功臣。他出身于高贵的叶赫那拉氏，根红苗正，注定了钟鸣鼎食、金阶玉堂的命运。纳兰容若是在清人入关、天下平定后出生的一代人，他没有见过前辈争夺天下的血腥，或者说，后人因他文字的柔软竟宽谅了他血统里的残忍和傲气。其实，历史的错与对跟他无关，他是中原文化滋育的英才，无论他来自哪里，都传承了这条文脉。

　　我只想见到多情而通灵的那个纳兰容若，想挽掖住他高贵而羸弱的灵魂，倾听悲苦之诉。

　　中国文人的一生都是在努力打造一根挺直的脊骨和一片似水的柔情。诗人多悲秋，秋是精神淬火的季节，也是柔情缠绵的那片水。那种无厘头的清愁会借着雨或风在孤旷的高冈上任性释放，那是一种自愈。诗人容易受伤，因为灵感来源于脆弱。诗人不节制这个脆弱，所以，诗人之苦是自作自受。如此，就算能读懂他的诗，也未必能读懂他的人。

　　作为清朝鼎盛时期的贵族公子，纳兰容若是那个时代的宠儿。顺治十一年（1654 年）腊月出生的他，自幼饱读诗书，文武兼修，十八岁中举，十九岁会试及第。康熙十五年（1676 年）补殿试，考中第二甲第七名，赐进士出身。由此获康熙青睐，授御前三等侍卫，不久又晋升一等。作为贴身近臣，他随驾皇帝南巡北狩，四方游历，还奉命参与重要的战略侦察。加之他唱和诗词，译制著述，颇得圣宠，多次受到恩赏。如此英俊威武又风流斯文的少年英才，前程本无限量，然而，他"身在高门广厦，常有山泽鱼鸟之思"，有人讥讽他不谋正业，说他交友"皆一时俊异，于世所称落落难合者"。一等御前侍卫的他因情致所趋，并没有把全部心思投放在这个让人羡慕的岗位上，而是与仕途渐行渐远，最终独步于词林的荆棘之途。

　　渌水亭在纳兰容若居所的院子里，是康熙时期京城著名的雅集之地，有许多名士才子拢聚在他的身边，那是最美的一道风景。百年后，有和珅向乾隆进呈《红楼梦》一书，乾隆读后即说："此盖明珠家事作也。"这是句缺乏证据的推论，倒给了我们丰富的联想。明珠就是贾政？容若就是宝玉？那渌水亭岂不是大观园的藕香榭或芦雪庵？

　　恰恰是"诗书簪缨之族"的公子，却有一颗叛逆之心。宝玉遁入空门，容若走入词家，任你"烈火烹油，鲜花著锦"的望门显族，只一句"别有根芽，不是人间富贵花"，便弃绝了荣华之心、登龙之意。

　　试想，我即使生在那个时代，也不敢奢望与纳兰容若为伍，虽然我也挟掖一颗平淡之心。纳兰容若却说："你错怪我了，'寒月悲笳，万里西风瀚海沙'，那就是我。"

　　随风而动的一粒沙子在冷寂的孤寒里听胡笳悲歌，他的心并没有在渌

水亭的红尘翻卷中陶醉，而是在遥远的不再有贪欲交缠的一片月光下，放置自己孤独的灵魂。容若是把精神高贵视为生命的人，他舍弃浮华，而宁愿萃取苦难，舔食眼泪，做一回词中的李后主，活一趟易安的真性情。

果真是"天凉好个秋"，这季节是词家的季节，去每一片落叶上寄相思，是何等的累。容若如是说："唐人的愁不够深，宋人的愁不够悲，而我将'愁'字一股脑儿说个净，后人便再无愁了。"有人说，他枉生权相之家，不谙章台拂柳，在衣香鬓影的红尘里，唯爱那一瓣凋谢的梨花，抱个幻香清魂不放，让天下男子无颜面。

卢氏雨蝉，你的结发之爱，婚后三年，因难产而亡。那梨花上的蝶梦倏然便成了断肠处的绝望，从此，你便在思念中耗尽余生。一首首悼亡词从你的眼角流出，如长夜漏壶，滴蚀得你的生命愈发的短暂，是不节制的哀愁让你的呼唤噬碎心扉。你在她的画像上题词道："泪咽却无声，只向从前悔薄情。凭仗丹青重省识，盈盈，一片伤心画不成。"

容若，你是多么至情至真的人啊，她死后十一年，在你心中却如昨日。你的《饮水词》一首比一首哀婉、凄恻，在你心中，天下早已无红颜酥手，唯她是吹花嚼蕊、弄弦泼茶的林妹妹。不知多少次你从梦中哭醒，在她的画像前悔痛你的不周全，你是揣着一片伤心度时光的啊。在《临江仙·寒柳》一词里，你愈发地不能自已，"梦断续应难。西风多少恨，吹不散眉弯"，你借物咏情，达到了极致，实可比潘岳、元稹、苏东坡，或他们也有不及你之处。

"问世间，情是何物，直教生死相许？"元好问发出过这样一声感叹，容若却一生笃情不移。多少真真假假流于文藻的人间浮华，在容若面前何如晨露夕烟？

透过他的词，可以看见他一双如水的明眸写满了苍凉，一对凝郁的剑眉紧锁着春光。没有人再能叩开这扇门，也不要企望能撬开一扇窗。

那一日，他与她梦里相见，执手哽咽，醒后遂作《沁园春》，其中那句"梦好难留，诗残莫续，赢得更深哭一场"，如此直白的哀极之悲，虽有违中国诗学"乐而不淫，哀而不伤"的讲究，但情到至深时，管他许多，直把那河堤崩开，决泻千里。"人生若只如初见，何事秋风悲画扇。"

这句脍炙人口的词是纳兰容若的点睛之笔，奠定了他两宋之后难以撼动的地位。有人说，唐后无诗，宋后无词。容若的出现打破了这个绝望的定论。清朝著名词人周之琦说："纳兰容若，南唐李重光后身也。"晚清词人况周颐誉其为"国初第一词手"。王国维更显偏爱，大赞其"北宋以来，一人而已"。文人，尤其是诗人或词家，往往会把理性的物质生活艺术化，并借此提升人生观的哲学高度，在理性与热情的交汇点上迸发出照亮精神星空的光亮，产生隽永的语言奇迹。纳兰容若就是以词的形式，以杰出的艺术表达，互为观照着他的哲学思考，进而成就他艺术的高度。

人是感情动物，感情会被时间的流逝冷却，会带给人许多伤心和失意。容若是重情重义的人，他没有伤过人，但极可能被人伤过，所以他在这首词又叹道："等闲变却故人心，却道故人心易变。"尤其是他认为，本没有什么大不了的事情，谁知那相爱的人说变就变了。而那变了心的人却还说，情易生，也易变，有情未必真长远，这让容若无限哀痛。他咏叹道，一生如果能像初见时那样新鲜该有多好啊。奈何来了个赵飞燕，汉成帝便冷落了班婕妤，使其落得个"妾身似秋扇"、天凉谁把摇的境地。

这首词看似写人情的冷暖，实质是揭人性的短处，剖露出维系人与人情感的纽带，哪怕是伟大的爱情，实质是多么的脆弱，让世人看清了所谓专情、痴情、殉情的真相。是迷途知返，还是弃之不惜，自个儿寻思吧。"我是人间惆怅客，知君何事泪纵横，断肠声里忆平生。"

这是一个月色清寒的残雪之夜，容若在笛声里自问自答。我们也常有这种状态，当一个人累了、倦了、苦了的时候，会静坐在那里自怨自艾，不得其解。我们惆怅世间这一遭，我们无奈许多痛苦的事由，我们心中的那个目标啊，总是如彼岸的灯塔，没有舟楫而不能到达，有了舟楫却风浪太大。我们始终没有学会取舍而不能放下。容若说："我知道你为什么哭得这般伤心，因为你始终放不下那断肠的往事。三更天你还在落梅下横笛望月，怎不一身霜花，满腹孤苦？"

容若是说给自己听，也是说给无数惆怅人来听。他以天下众生之苦来度己，在精神上完成了贵族公子的蜕变，所以他的词能走进每个普通人的心中。

无奈，人间是一趟注定要结束的旅行，不容乐观的短暂，让纳兰容若急促的脚步在三十岁时便戛然而止。如此，这世间只余他的词成为绝唱，

他的文字化为无数人的眼泪。

与纳兰容若挥别，意味着我的这趟读史就要结束了。在历史的长河里，我几度享受秋天的馈赠，那些斑斓的落叶装满了我的口袋，我很知足。我知道，惆怅是一种天性，唯这种知足能填充因惆怅而造成的萎缩，让精神不至于塌陷得那般卑陋不堪。

两年时光，边读边写，仅此而已。

2021 年 8 月 26 日　初秋牧童于品隐阁完稿

后　记

　　或许是对这本书的期待太久了，当可以写后记的时候，我竟有些语塞。无数次自忖的腹稿，在时间面前，被纠结成碎片，飘然于一个又一个夏秋或冬春，铺满了我的心路。

　　刚下过的阵雨浇湿了从工作室到家里的街道，我踩着水花往回走，被脚下的那缕夕阳感动，它用余晖在我前行的道路上镀了一层光芒。我真的非常感恩生命的际遇，我尤其敏感突然出现的光亮，具有精神的穿透力，我不能抵抗。我循着那光芒的指引独自走着，竟无视街区的喧闹。一个熟人唤醒了我，他说："瞧你裤腿都湿啦，走火入魔了？"

　　是的，我就是这样的人，执着于独自行走，有时整个灵魂都被浸湿而浑然不知。但我有天生的趋光性，更像一只飞蛾，从小小青虫羽化出彩翼，全然为一缕光亮而不惧火焰。

　　读史，算得上是踏进历史长河的一次行走吧。那让我注目沉思之处，无不是光明与晦暗交替，歌赞与叹惋互答；无不是滔天巨声与卑微低鸣组成一曲混响，为后世警悟？这档读史犹如一次远足，更如枯木逢春，使我获得了一次难得的精神成长。

　　我始终认为，我不具研判和评说历史的能力，更不具专业的资质。以散文的手臂去挽住历史，并试图叩响回声，仅仅是我的一厢情愿。因为文

学的召唤，因为良心的驱使，因为手中那支笔的躁动不安，我便动了读下去并写下去的念头。一开始很勉强，后来渐渐找到了感觉。

散文算得上是思想边界的文字坐标，也算得上是高级的精神游戏，但当它真的触碰到历史巨人的时候，便有些胆怯了。如何把控文学尺度，防止跌入戏说的俗套，是处理历史题材的一个难题。历史是客观存在的，但也有主观的因素，因为记述历史的人有自己的倾向和态度，有自己的是非辨识权和局限性。但大的历史走向、重大历史事件的脉络和结果，还是可信的。这是散文介入的基础，我的勇气便来源于此。

我的文字游走于细节中，简单剖析成因，借助穿越的手法，增加代入感，将其称为历史再现或情景还原均可。构造细节也是一种态度，毕竟因果互为依存，细节的作用不可忽视。在可以改变历史结论的证据依然沉睡于地下时，猜测只能回旋于细节里，这是散文的机会。

历史是没有假如的，所以历史的固执排斥文学的臆想，它的严肃性不容亵渎，我尊重这一原则，并贯彻到文字里。可以肯定的是，用散文笔触描绘的历史依然是历史。

选取六十个历史节点码字成篇，体现了我的历史倾向，或者说是我的关切所在。但就历史的全貌而言，仅为管中窥豹。散文是兴趣的产物，在历史重大题材面前也不失其自由随性。这看似缺乏一种担当，但从某种意义上讲，也算是一种自觉。无疑，这种自觉缘于人文气象对我的持久熏陶，缘于我对历史的痴爱。

我的家乡涿鹿是一张极其厚重的历史文化名片，黄帝、炎帝、蚩尤三位始祖在此征战，肇造了中华民族。这里是东方人类文明的开端之处，这片土地充满了历史的神秘，留足了想象的空间，我没有理由不对历史好奇。所以，我的读史随记系列正是从家乡写起的。涿鹿，因为太史公在《史记》开篇的那句黄帝"与蚩尤战于涿鹿之野""而邑于涿鹿之阿"，遂成为中华文明的起点，也成为我的自豪所系。

"把历史变为我们自己的，我们遂从历史进入永恒。"这是存在主义哲学家雅斯贝斯的名言。历史在行进中续写，我们的存在自然也是历史续写的一部分。因此，我们在创造历史，也在书写历史。读史，读的是自己的过往，是人类命运推演于己的投影，是精神立于时间原点之上，向过去

与未来两个端点的无限延伸。这的确是一场值得倾心的历史文化之旅，去掉游戏部分，其肃正性足以让人荡气回肠。

历史的人民性不可置疑，一个个小人物在历史长河里投溅的浪花，是汹涌澎湃的组成部分。我们不否定某些大人物的历史功绩，但我的文字切入更多的是小人物的历史作用，因为他们容易被忘记，而且容易湮失。尤其是一些灰色地带，里面蕴藏着丰富的精神资源，他们被厥功至伟的阴影笼罩，等待着后世的人文之光来照耀。

我按时间顺序写下的随记，是不需要导读的。我的文字除了梳理出一些历史事件的脉络之外，更多的是讲述我的阅读体验。我尝试营造一种三维的文字意象，用语言的张力膨化情绪，并用某些陌生的词句来强调语境，只是生怕有了阅读疲劳，辜负了大家的期待。不否认我使用了一些技巧，那都是些雕虫小技，谈不上创新。只能说，我努力了，亦技穷了。

用散文演绎历史，余秋雨先生是一座高峰。他为散文开辟了一条新途，也为尘封于囊匣的历史与新时代关注自身命运的人们，找到了对话的方式。他的历史文化散文，峻严高拔，恢宏绵密，是我一生只可仰望而不可企及的。如果说，余秋雨先生的文章如江河之磅礴，那我的仅仅是小溪之清冷。我在向先生致敬的同时，也踏上了先生开辟的道路。这条路上，擦身而过的荆棘与花朵都会感动每一只蜜蜂，历史天空的每一朵云都不吝啬每一滴雨珠。正如诗人所言，你若盛开，蝴蝶自来；你若精彩，天地作歌！

我真是幸运被散文接纳，并可自由地踏进那片园圃，植下我的兰草。有人说，写作是一种救赎。我却以为，写作是一种感恩。当用心地去组织文字，把埋在心底的秘密呈现给阳光的时候，那便是对生活的回报。尽管揭开伤疤会有渗血，告别长情会有短痛，但总是有所释怀的。

随着时间的推移，我的文字也在不断地调整焦段，新的焦点渐渐清晰起来。原来世上并没有纯粹的风景，人才是风景顶端的风景。当我为一个后记行文至此的时候，一个亲切、睿智且博雅的面孔跃然于我的眼前，让我感动。他就是堪称散文界的标杆人物，一个灵魂干净、极富担当精神的"骑士"，中国散文学会常务副会长、散文家、散文理论家——红孩。

在北京散文学会的一次重要会议上，我将这本书的文稿递给了红孩先生，我说："想请您给写个序言。"话一出口，他就爽快地答应了我的请求，竟没有片刻的迟疑。那时他刚做完一个大的手术，正在恢复期，人显得十分虚弱。我也是犹豫再三，内心颇为纠结的。红孩先生在序文里详细讲述了这个过程，字里行间充满关怀扶掖与浓浓的兄弟情谊。尤其令人感动的是，先生走下高位，俯下身段，克服着手术对身体造成的不良影响，特别是眼压的困扰，逐篇逐句地读完了全稿。他说："我不认为我看到的是'二手货'，有时看高水平的'二手货'比原著本身更让人怦然心动。"在序文的最后，他做了一个精彩的结语，实质是对我提出了更高的要求，甚或就是我未来的奋斗目标。他说："其实，我看刘存根这本书，本身就是在做一次历史漫游，这是一次历史的、精神的、文化的、文学的、打包式的聚合，也是在看写作者对新一种散文样式做出的成功的尝试与体验。"我对先生的褒扬却之不恭，又受之有愧。

获悉这本书即将付梓，我心中的那块石头终于落地。此前所有的期待、担心甚至焦虑都变为了喜悦和满满的感激。感谢河北教育出版社帮助我实现了这一愿望；感谢出版社的各位老师，他们工作认真，精心校勘，细致耐心，令人钦佩。

还要真诚地感谢含月老师就本书文稿的早期打印、整理所付出的辛劳；感谢宇航、金虎、老汉、金华、秀琴、无墨、老遂、赵寒、零度、雪雁等诸位朋友对文稿的先期校对。书稿不仅是所有参与者的劳动成果，更展现出了志同道合之人对文学的执着与热爱。

这本读史随记写作期间及完稿之后，众多朋友对它何时出版成书不断表达着关切。送到出版社后，他们更是多次询问进展情况，期待着早日见到新作。这份精神陪伴与支持是我坚守文学、笔耕不辍的力量源泉。

现在看来，期待也不失为一种磨炼。文学本身就是心路历程，阅尽沿途幽薮，更显雨后夕照的耀眼。所有的光只有经心灵的折射，才有思想的丰度，这便是阅读带给我的收获。但愿这本随记能让您阅读愉快，并能陪伴您静笃书卷一刻，踏行史海百丈，开启历史文化之旅。

本人由于学识所限，书中所述难免失之偏颇甚至存有谬误之处，敬请读者朋友不吝赐教！

2024 年 7 月 12 日　牧童写于涿鹿品隐阁